[荷兰] 米里亚姆·兰斯伍德／著　　马庆燕／译

我的原始生活

新西兰荒野生存之旅

Woman In The Wilderness

華中科技大學出版社
http://www.hustp.com
中国·武汉

图书在版编目 (CIP) 数据

我的原始生活：新西兰荒野生存之旅 /（荷兰）米里亚姆·兰斯伍德 (Miriam Lancewood) 著；马庆燕译. —武汉：华中科技大学出版社，2019.1
ISBN 978-7-5680-4686-2

Ⅰ. ①我… Ⅱ. ①米… ②马… Ⅲ. ①纪实文学－荷兰－现代 Ⅳ. ① I563.55

中国版本图书馆 CIP 数据核字 (2018) 第 234384 号

我的原始生活：新西兰荒野生存之旅　　[荷兰] 米里亚姆·兰斯伍德 著
Wo de Yuanshi Shenghuo: Xinxilan Huangye Shengcunzhilü　　马庆燕 译

策划编辑：饶 静
责任编辑：江彦彧
封面设计：颜小曼
责任校对：何 欢
责任监印：朱 玢
出版发行：华中科技大学出版社（中国·武汉）　电话：(027)81321913
武汉市东湖新技术开发区华工科技园　邮编：430223
录　排：华中科技大学惠友文印中心
印　刷：湖北新华印务有限公司
开　本：880mm × 1230mm 1/32
印　张：12.375
字　数：260 千字
版　次：2019 年 1 月第 1 版第 1 次印刷
定　价：49.00 元

华中出版

蒂阿拉罗阿之行，
肩上是我重重的行李。

摄影：洛蒂・赫德利

1. 彼得正在用从河边捡来的浮木生火。他周围是新西兰的山毛榉幼树。
2. 出发之前我在后院练习弓箭狩猎。
3. 我穿着负鼠皮制成的马甲。

摄影：洛蒂·赫德利

1
—
2

1. 马尔堡隆冬的早晨，我们的小帐篷冷如冰窖。
2. 四周一片冰天雪地，我呵出的气仿佛一缕烟。为了保暖，我把所有能穿的衣服都穿在了身上！

1
2

1. 时值冬日，彼得背着行李朝我们在马尔堡南部高山区的营地走去。
2. 我和彼得结婚的日子。

1
2

1. 位于南岛西海岸的帕帕罗阿国家公园内的陡峭山脉。
2. 丹尼尔教我用猎枪。

1
2

1. 马尔堡南部山区清澈纯净的河水。
2. 我和彼得在森泊湾。这里也是我们蒂阿拉罗阿之行的起点。

摄影：弗洛拉·德辛

1/2

1. 蒂阿拉罗阿之行中的一程，徒步横穿坎特伯雷南部。
2. 我们走完全长 3000 公里的蒂阿拉罗阿之路的那天。

摄影：弗洛拉·德辛

摄影：洛蒂·赫德利

1/2

1. 我正在涉水而过。这条河流起源于坎特伯雷南部的冰川带，河水透明而清澈。

2. 彼得和我正在麦卢卡树下避雨。

啊！为人母者，

请每晚给孩子一个吻吧！

让真理点亮他们前行的路，

让他们无畏地出发吧，

任他们成就心中的自我，

就像我的母亲当年对我做的那样。

啊！为人父者，

请为孩子轻声唱一首歌吧！

唱一唱他们生活着的这个星球，

歌声里是你对他们的爱，

和你放手让他们自由翱翔的慷慨，

就像我的父亲当年为我唱的那样。

序：在野外

冬阳和煦，我背着弓箭走在山脊的一侧，想去打一只野山羊。在密林当中，每行进一步都要突破各种藤蔓和落木的阻碍。慢慢往山上走，树木开始变得不再如山下的那么高大，布满落叶的潮湿土路也逐渐变成了石板路。黑色岩石的表面被太阳烤得暖烘烘的，我坐下来欣赏这周遭的一切。我和彼得将在这座美丽的山谷安家，度过这个漫长的寒冬。

山谷里没有风，一切都安静极了，只有河水在恣意地流淌。远峰上覆盖着不染纤尘的皑皑白雪，看起来庄严肃穆，不由得令人心生敬畏。眼前的一切构成了一幅美丽的图景：

河水奔腾，山林寂寂，一派和谐。

我注意到头顶的几块岩石十分平整，适合攀爬。或许我们能在这些小小的悬壁下面找到野山羊的踪迹，它们喜欢在视野开阔、温暖干燥的地方做窝，而且一般会在傍晚时分回来。我小心翼翼地往上爬了一点，想去瞧个仔细。

终于，我爬到了一片由低矮树木围成的开阔地带，但却连山羊的影子都瞧不见。转念一想，从现在所在的这个高度望下去，应该可以将建在山下的营地一览无余，它就在那条狭长的山谷里。我甚至还能看到彼得！他穿着红色的套头毛衣，被吞没在群山之间，远远看去就像一个红点。虽然今天早上分开之前我还吻了他，但看到他时的感觉就像是我在山林中独自生活十几年后，终于见到了人类一样。

我很兴奋，心想：快看我这边啊，彼得！

我看到他起身站起来。或许他在往山上望？我不太确定。于是我起身脱下外套，努力地左右挥舞试图引起他的注意。几秒钟之后，我看到他拿起一块小地垫，缓缓地朝我挥了挥。

一瞬间，泪水涌上眼眶。我们相隔数里互相挥手，感受着彼此的存在。我望了望群山，又望向彼得：

这两者，都是我今生的挚爱。

西海岸 /196

现代游牧者 /237

文明之路 /277

蒂阿拉罗阿之北岛行 /301

蒂阿拉罗阿之南岛行 /341

后记 /377

目录 CONTENTS

自由无价 /001

冬 /022

春 /061

夏 /092

秋 /128

亚伯·塔斯曼国家公园 /159

我的原始生活

新西兰荒野生存之旅

Woman In The
Wilderness

自由无价

我紧张极了。感觉到自己双颊滚烫，我便不停地试图用手背让它们冷下来，但收效甚微。离那扇门越来越近，我在脑海里不断地演练着接下来要说的话。过去一年，我和经理弗吉妮娅逐渐从同事变成朋友，我不想让她感到失望。

我敲了敲门。

“请进。”

弗吉妮娅坐在办公桌旁，正忙着处理一堆文件和时间表，还时不时看一看电脑。她的体型稍显丰满，黑色的秀发柔顺地垂在她的双肩上。这使得她作为一个经理，既拥有稳重大气的气质，又不会显得咄咄逼人。

“请坐，米里亚姆。最近怎么样？你来找我是有什么事吗？”她满脸笑意地问道，说着把自己的紫色披肩往背上搭了搭。

我拿起椅子上的一摞文件夹，放在她办公桌的另一边，然后坐了下来。“还不错，谢谢！”我深呼了一口气，对她说：“真的很抱歉，吉，我想要辞职。”又停顿了几秒钟，我接着说道：“我很喜欢这所学校和这里的一切，但是我打算尝试去做一些其他的事情。”说完这些我就只好尴尬地笑，因为我已经把刚才演练好的台词用光了。

一开始，弗吉妮娅的脸上写满了笑意，不一会儿，我就从她眼里察觉出一丝惊诧。她问我：“为什么？你接下来打算去哪工作呢，米里亚姆？”她伸出手，轻柔地搭在我身上。她的披肩又落了下来。

我回答说：“哪也不去，我想去丛林里生活一段时间。”

弗吉妮娅一脸不可思议地看向我。

“就是到山上去，生活在树林中，大自然里。”我又补充了一句。

弗吉妮娅吃惊地张大了嘴巴。

“真的吗？但是……为什么呢？”她问。

我接着对她说道：“我觉得只有在丛林中，我才能真切地体会到活着的那种感觉。”听完这话，弗吉妮娅看起来依然有点疑惑。“我想试试，看看自己能不能在那样的条件下生存，看看那样的生活能否能够净化我的身心。”我对她说。

“我明白了。那你还是会时不时回来的，对吗？”

“是的，我们初步的计划是每次去山里待三个月，在去下一个目的地之前，我们会回到城里添置一些必需品。”我解释道，“我们打算这样坚持一整年。”

“但是，你们怎么洗澡呢？”

洗澡？对于这个突如其来的问题，我一时没有反应过来。没多思考，我脱口而出地回答道："就在河里洗好了。"

"大冬天也在河里洗吗？"她的脸上闪过一丝难以置信，"不行，你得一个月回来一次，至少在生理期的时候你得回来吧，我说真的！"

我忍不住笑了出来。看到我笑，弗吉妮娅也笑了。我心里一阵激动：这一天真的来了，我即将开启一段伟大的冒险之旅。

4 月里一个清朗的秋日，学校的师生为我举办了一场欢送会。我们先是在院子里举行了冷餐会，之后我为大家唱了一首歌。在众人面前唱歌让我倍感紧张，因为之前的几次登台表演都很失败，但我还是想以这种方式和大家庄重而又有仪式感地告别。在这之前，我写过一首关于自己的歌，那天我唱给了大家听："冲破枷锁去追寻自由吧，自由之路并不容易……记住，自由无价……"

进屋之后，我正用一把不合时宜的塑料叉切巧克力蛋糕，弗吉妮娅走了过来。

她对我说："米里亚姆，我会想你的。"

我微笑道："吉，你能这样说真是太好了。"

"我说真的。但我承认，你去山里生活的决定对我来说依然有点不可思议。"她不失诚恳地对我讲，"我说真的，你有机会成为一名老师，或者是运动员和音乐家。像你这样一位美丽的女性，怎么会主动选择去山林里过物质匮乏又与世隔绝的生活呢？"她的棕色眼睛睁得圆圆的，里面都是疑惑。

我扫了一眼蛋糕，正准备开口："呃……"

她又接着说道："我看过电影里那些喜欢和父母针锋相对，或者是成长环境比较恶劣的叛逆青年，他们会选择逃避生活跑到野外去。但是你和你父母的关系很好，不是吗？"

我点了点头："的确如此，我父母人都非常好。虽然我和他们不常见面，但是关系很好。"

弗吉妮娅轻声笑道："那他们对你要去野外生活也没有意见吗？"

"噢！没有。"我笑着对她说，"他们很支持我。"

"嗯，难怪你这么有信心。"她的声音突然高了八度，"很明显啊，是你父母给了你独自出发的勇气。"

我从没这样想过，但或许弗吉妮娅说的话是对的。

"还有，你也不是与社会格格不入的人。"她继续说道，"但你还是选择逃离社会。这就好比是，你眼前精致华美的桌子上摆满了丰盛的美味佳肴，可你还是选择离开——我这样讲一点都不夸张。"

"可能是身体里的某个我觉得这些东西都毫无意义吧。"我抱歉地看着她。

弗吉妮娅意味深长地嘬了一小口饮料："什么意思？"

"日复一日为了金钱和地位工作，手脚并用地往社会上层爬，买那些你根本不需要的东西……诸如此类。"

"那把自己封锁到大山里去就是一个更好的选择？"弗吉妮娅

的眼睛里闪着光，问道。

我笑着回答：“也不一定，但是我想试试。”

我顿了顿，又对她说：“我记得在 16 岁的一个夜晚，望着窗外一片漆黑的树林，我不禁疑惑，我们的祖先曾在这片广袤的树林中过着怎样的生活？他们躺在牲畜旁边席地而睡，又是怎样一幅场景？现在我们已经习惯住在大房子里，被各种舒适感裹挟。变化太大啦！”

“嗯，是啊。”弗吉妮娅又小酌一口，“所以你是觉得人类已经丧失了与自然之间的联系，是吗？”

“嗯，难道你不这样认为吗？重建与大自然之间的联系听起来有点新奇。”我指着窗外的远山，“但那是一个完全不同的世界，吉。”

她转过头，望向那眉黛般的远山。

“大自然那永恒的美丽令我感到惊奇。”我有点害羞地说，“我想去近距离地接触最原始的自然，生火煮饭，喝山泉水，幕天席地……大自然会教会我们一些东西，只要我们愿意花时间倾听。”我不知道弗吉妮娅会对我的这一番奇谈怪论作何反应。

她只是稍显惊讶地点了点头，然后突然表情变得生动起来，说：“嘿，你还能学会好多生存技能。如果哪一天瘟疫爆发大家都往山里躲，你所学的也正好派上用场。那时候我一定去投奔你们。”

我笑了。她的调侃让我轻松了不少。

弗吉妮娅放下杯子，摆开架势做了一个弯弓射箭的动作，好像她眼前有猎物似的。“你能想象我捕山羊的样子吗？”她大声问我。

“哪天你要是饿晕了，我等着看。”我回答道。这时我听见同事萝丝在教室外面喊我，我把还没来得及吃的蛋糕搁在弗吉妮娅的杯子旁边，和她一起朝院子里走去。她抓着我的手对我说：“祝你好运，亲爱的，我钦佩你的勇气。一定要照顾好自己。”

“谢谢你，吉，我会的。”

学校送给我的礼物很实用：一件美利奴的羊毛衫，还有一顶配套的帽子。我做了简短的发言，表达了对大家的感谢，并给了每个学生一个拥抱。十个学生中有大半都是因各种问题辍学的高中生，行为处事异于常人，却不得不努力融入这个社会。我帮他们找过工作，写过推荐信，也出席过某些学生的法庭审判。这些孩子的成长环境是我无法想象的。与他们相处有时很困难，尤其是那些有黑道背景的孩子。他们中还有些人不愿意跟我拥抱，或许是因为早就想让我走了，也或许是因为拥抱这个动作不属于黑帮“礼仪”吧。

其中有个学生名叫山姆。虽然他长得又高又壮，经常晚上喝得醉醺醺地回来，但其实是个温柔的壮汉。山姆给了我一个结实的“熊抱”，然后把我从地上抱起来转了一大圈，我感觉自己的腿都快飞出去了。我被他逗得开怀大笑，周围几个黑帮小兄弟的脸上也漾开了微笑（又或者是窃笑吧——我永远都分不清这两种表情）。

15 岁的吉米从萨摩亚来，他是我最喜欢的学生之一。还记得第一次看到他个人资料时的情景，资料上面写着吉米曾在美国生活过一段时间，参与过大规模的聚众斗殴，之后来到新西兰，因偷盗和暴力袭击而被关进过少年监狱。学生们都对他的劣迹有所耳闻，提醒我离他远一些。所以第一次在办公室听到他的敲门声时，我着实被吓得不轻。但是跟他有了接触之后，我慢慢地喜欢上了这个个子不高、有点害羞的男孩。那年年底，我组织学生一起参加野营旅行，才知道外表凶悍的吉米原来很怕黑，因为他觉得晚上有鬼。这次临走前，我送了他一块孔雀石，那是10岁时母亲因为我胆小怕鬼送给我的。拿到礼物的他看起来开心极了。

吉米很开心，弗吉妮娅很开心，我也很开心。我相信这是一个圆满的结束。为了这一天的到来，我盼了整整一年。终于在这令人兴奋的一天，我翻开了人生的新篇章，迎接属于自己的新生活。银行卡里有充足的积蓄，拿到了新西兰的居留许可，我有了想在哪里生活就在哪里生活的自由。开车回家的路上，我倍感愉悦和轻松，一路嘴角上扬，感觉有用不完的能量。

一阵狂风吹过，车身猛地晃了一下。我太爱这股无形的力量了！风从山顶一路吹拂过山谷，拂过高高的金黄色草丛，掠过古树繁茂的枝丫，吹得金黄色的花朵弯腰亲吻大地。平原上没有树，风的劲头更猛了，我的车都快被吹到路边去了。

我家是一座白色的木质小别墅，周围长满了已经有些年头的新西兰罗汉松。从学校开车回来大概需要半小时。快到家的时候我老远看到彼得在菜地里摘南瓜，我按了按喇叭，欢快地朝他挥手。闹哄哄的气氛与我成功辞职的喜悦心情很吻合。

我跳下车，热烈地拥抱了彼得，并深深地望向他亮晶晶的蓝色眸子，学着埃德蒙·希拉里[①]的声音大声宣布道："我把那该死的工作给辞了！"

彼得笑道："你现在可算是真正的新西兰人了。"

我和彼得四年前在南印度的一家餐厅里相遇。当时，他满脸热情地向我讲述了他如何在45℃的高温下徒步横穿印度南部，在没有地图和导航的情况下翻越喜马拉雅山，在雷电交加的夜晚进行海上冲浪……

我听得目瞪口呆。在以前的旅行中，我从没见过像他这样放弃房子和工作，致力于探险的人。坐在我面前的这个人眼神清亮，十分睿智。吸引我的不仅仅是他的知识和智慧，更是他对冒险生活的热爱，能简化生活的能力，还有强健的身躯。不可否认，我们从看到彼此的那一刻就迸发出了爱的火花，直到今天这种爱也没有消散。从那时起我就知道，我找到了一个真正了不起的男人。

认识彼得两年后，我随他一起来到他的祖国——新西兰。我们俩都十分热爱大自然，向往平和、美好和自由的生活。对我来说，没有什么地方比新西兰那些无人居住的原野更迷人，那里有高耸的大山、广袤的森林、蜿蜒的河流、星罗棋布的湖泊和各种野生动物。只是望一眼远处的山，就能令我兴奋不已。在我成长的荷兰乡村地区也有一些开阔的空地，但是没有这么大的旷野。即便是很久以前

① 新西兰著名登山家、探险家、人类学者。——译者注

覆盖着茂密森林、散布着湿地沼泽的地方，如今也已经演变成越来越拥挤的城市，大多数人都生活在这样的城市里。因此，我放弃了井然有序的生活，开始向往一些最原始质朴的东西。

彼得向我讲了上世纪70年代他和一群苦行僧翻越喜马拉雅山的故事。我也想像那些灵修的圣人们一样在山里生活，寻找内心的平静。但是印度那个地方每隔几里就有一个村子，徒步者能从那里补充给养，并且印度的天气情况也比较稳定。而新西兰的高山地区往往不适宜人类居住，除了偶尔能挖到一些醉针茅根和白浆果，几乎没什么其他可吃的东西——除非你去捕猎。因此，为了在山林里生活，我们不得不非常细致地规划。

“你一天喝几杯茶，亲爱的？”我坐在桌子边，手拿纸笔和计算器，想算一下去山里要带多少必需品。

彼得皱了皱眉头：“我没算过。可能6杯的样子吧。”

“好的。那么1天就是12杯，10天120杯，20天240杯……1个月大概是360杯，3个月的话就需要1080杯。”

我们计划将携带的食物精简到最少，因此要计算好支撑我们度过这个冬天的茶包、蜂蜜、奶粉、面粉、酵母、大米以及豆类。秋天的时候，彼得在院子里晒了一些蔬菜。我们准备了一些桶，可以将食物装进去并安全地埋在地下。我还为每个桶列了清单，记录着里面都装了什么。我们照着北极探险书上写的那样，一丝不苟地计划着行程。

同时，为了能在野外采集到食物，我们还专门研究了相关书籍，了解哪些野生植物可以食用。我们想主要依赖可食用的野生植物过活，同时我也想学着捕一些兔子山羊之类的动物，这样在采不到野果时也不至于挨饿。我成长于一个崇尚“人智学”的家庭，这是由鲁道夫·斯坦纳创立的一种学说，主张用最自然的方式促进人的身心健康，因此我从出生时起就是一个素食主义者。来新西兰之后，我了解到这个国家因为外来物种入侵而导致的生态问题，因此我觉得捕猎野生动物在伦理上也说得过去。这几年里我们认识了不少猎人，其中有一个用弓箭捕猎。我想跟他学习用这种传统的方式狩猎，于是买了一把非常精美的弓，还配了好几支价格不菲的箭，并每天专门抽出一个小时在花园里对着靶子练习射箭。

我们决定在马尔堡南部度过这个冬天。

首先需要在一个叫作贝斯小屋的临时营地旁把帐篷搭起来，那地方已经有些年头了，很旧，冬天也没什么人去，但是那里有一条供四轮机动车通行的路。彼得出主意说，让我们的邻居兼好朋友里基开卡车把我们拉到贝斯小屋去，顺带捎上行李。我们不打算住在屋子里，但是下雨天要用房间里的火炉做饭。在这个地方开始我们的山中生活再好不过了。

我们办理了年卡，这样就能在环保局管理下的任何一个临时营地居住。同时，为了做好开始新生活的准备，我们开始练习长距离行走，并进行了为期 10 天的负重远足，背着笨重的行李穿过崎岖山脊上茂密的植被和几乎不可逾越的山壑。为了锻炼双脚的适应能力，我们穿着凉鞋蹚过冰冷彻骨的河水。我们还试着在雨天生火。我发现羊毛做的外套要比人造材料做的暖和，为了能在寒冷的天气里尽量保暖，我在二手商店里买了一些毛毡，自己手缝了外套和裤子。

出发之前还要再精简一下行李。我们租住的房子里的家具都是房东的，自己的东西很少。除了把一箱书留给里基代为保管之外，我们把电脑、手机、衣服、鞋子、挂饰、闹钟等不再需要的物件都扔了。这些东西当初收集起来简单，而慢慢有了感情之后，想要一下子丢掉实在是太难了。但是看着那两包行李和十二桶食物，我又开心了起来。能不再为这些外物所累，也是一件让人高兴的事。

5月的一个晴朗的秋日，我们准备启程。走之前，我打了通电话给父母。

“我们怎么跟你联系呢？如何能确保你平安？”母亲有些焦虑。

“你要相信我会平安的，妈妈。”我回答说，“我们没带手机，因为那里没有信号，也没法充电。但是我们会很小心的，我会给你写信，遇到进城的猎人后委托他们寄给你。”

“他们会帮你吗？”母亲略带惊奇地问。

“会的，他们都是值得信赖的人。我会在信封上贴好邮票，他们只需要帮我把信扔到邮筒里就行。”

老爸最后给我的忠告是：“祝你弓箭打猎之行好运。别迷路了！”

妈妈在电话里用荷兰语跟我道别。

我突然意识到，接下来很长的一段时间都听不到挚爱的父母说荷兰语了，我感觉喉咙里像被什么东西卡住了似的。一切会顺利吗？我不知道。

“耗子来了！”我听见彼得喊道。

我把眼泪使劲忍了回去。桶和纸箱都不轻，我跑出去帮忙，把它们装到里基的卡车后面，彼得用绳子把所有东西扎牢固定。

我们的邻居里基 37 岁了，但看起来精力充沛，像一个不知疲倦的活力少年。他的孩子们同前妻生活，所以他没有要养家糊口的那种严肃感，就像一只还没有长大的小狗，时时刻刻寻找着玩伴。我们管他叫耗子就是因为他敏捷、利索，永远不知疲倦。他觉得人生没有什么迈不过去的坎，做起事来总是乐呵呵的。他还是一个猎猪的好手。

听说我们入居山野的计划时，他激动坏了，甚至因能成为我们旅途中的一员而兴奋得两眼发光。他说把我们拉到山里之后还要帮忙锯些柴火。我们三人打算一起在贝斯小屋过夜，一起吃他猎来的野猪肉，就当是告别会了。

我们和耗子关系很好，唯一的摩擦也是因他妻子黛比而起。她是个非常强悍的小个子女人，也很擅长捕野猪，而且捕到的野猪往往个头最大。他们家的车库里总能看到她的战利品——一长排野猪的獠牙。有时候她的到来会让气氛很融洽，有时候则不会——这完全取决于她的心情。某些时候她会很友好，但大多数时候她都恹恹的，挑剔且暴躁。

当听说黛比要和里基一起送我们进山时，我不禁有些失望。我担心想象中那个谈笑风生的夜晚会被她的喜怒无常毁掉，恐怕到时候大家都不会开心。

耗子开车，黛比坐在副驾驶位上。彼得跟我坐在后排，中间放了满满一大箱费约果。

“东西都拿了吧？”耗子问我们。

彼得看了看我。

“应该是吧。”我说。

“你最好再确定一下，这会儿时间也不早了。”彼得紧张兮兮地说。

我回头看了一眼车斗里的桶：“是的，确定都带了。”

“哈哈！”耗子一边启动车子一边大笑道，“你的‘德国’媳妇把行程规划得井井有条啊，彼得。”

“我不是德国人！”我也大笑着说道。

“但你说话真的很像德国人。”耗子一脸戏谑。

“荷兰人其实就是生活在沼泽地带的德国人！”彼得朝我眨了眨眼，“他们会帮你打理好生活里的一切事物，包括那些很难注意到的鸡毛蒜皮的小事。”

车子慢慢驶离山谷，我凝视着道路两旁的景色，一条小溪穿过牧场，红黄相间的柳树伫立在小溪两旁。这是最后一次走这条路了吧。

“谁知道下次回来得什么时候了。”彼得说道。

“永远不会再回来了。”我笑着轻声说道，感觉心里很激动。

“不可能不回来的。来年春天我们会再次经过这条路，不是回家，而是来看耗子。”

彼得把整条胳膊搭在费约果箱子上，手落在我膝盖上方，我用左手紧紧握住。

一小时后，我们开到了一条凹凸不平的碎石子路上。路边立着一个标示牌：“四轮机动车道，其他车辆勿入，否则后果自负。”

“亲爱的，能在这停一下吗？”黛比说。她正把身子倚出窗外，拿着望远镜眺望远方的山脉。

“发现野猪的踪迹了吗？”耗子把卡车停下来问道。

“可能有吧。水沟那边长着一些猪草，有几块像是刚被啃光了，应该是有野猪出没过。”

听到打猎，坐在黛比后面的我立马来了兴致，赶忙摇下车窗望出去，虽然我也不知道应该往哪儿看。我想跟她借望远镜，但又不确定这么做好不好。“野猪会住在海拔这么高的地方吗？”我问她。

“哦，是的。它们喜欢在人迹罕至的地方生活。”黛比回答说。

“我在山顶见过很大的那种野猪，它们把一整个山头都霸占了。这些畜生真他妈的顽强，我跟你们讲。”耗子说着，又在衬衫外面套了一件蓝色羊毛衫。

“你从山顶赶它们，它们会往哪个方向跑呢？”我看着后视镜里的耗子问道。

“跑不了。它们没路走，因为我的猎犬分分钟就能把它们追回来。”

“太可怜了！”彼得叹了口气，“你给它们留条活路吧。”

“可怜的彼得，你心肠太软啦！”耗子又笑着对黛比说，“彼得连只苍蝇都舍不得打死。”说着又踩下油门。

耗子开车蹚过了好几条河，有一次河水几乎漫过了引擎盖。我有点担心车子会在河中间突然熄火，河水从车门涌进来，我们那几箱宝贵的食物也会被冲走。我越想，越觉得事情会朝我预想的方向发展。

“别那么紧张，米里亚姆。”耗子在后视镜里看到了我的表情，“我车里装了通气管，水漫到这儿来都没事。”他拿手比划了一下自己前胸的位置。

“水真的到过这么高吗？”我难以置信。

“对啊。那次差点把车淹了。”黛比笑着说。

“遇到那种情况怎么办呢？”一旦最坏的情况发生，我也好知道该怎么办。

“下车走路。”耗子回答。

耗子驾车缓缓开过马路一边的大坡，对面是低矮的灌木丛。我们望着车身下流淌着的河水。

“我想起了爬喜马拉雅山的时候。”彼得说，“情况也差不多这样，只是这儿的什么东西看起来都要大一些。”

“而且每周都有一辆公交车通过山脊地带。”我帮他补充。

“每周一辆？”耗子大叫，几乎要盖过卡车发动机的声音，“他们哪来那么多公交车，也太浪费了吧！”

“印度是一个很大的国家，不用担心。”彼得大声回应他。

卡车又越过一块巨石，一个轮子飞离了地面，整个车都斜了，感觉十分危险。我看了一眼捆在铁桶上面的绳子，庆幸彼得扎得很牢。

再往前是一个大约 40 米长的水坑，布满泥浆。右边隐约可见一条车辙伸向灌木丛，显然是前人为了避开水坑留下的。黛比还在想怎么走，鲁莽的耗子一脚油门开进了泥浆里。

我不由得屏住呼吸，感觉卡车在一点点下沉。我茫然地望着挡风玻璃，听着发动机的声音。四个轮子看起来已经不听使唤，后轮在淤泥里缓慢滑动，我们小心翼翼地向前行驶。谢天谢地，卡车没有完全熄火，最终越过了这片沼泽。黛比喋喋不休地抱怨了 5 分钟，说她明明已经看到能躲过沼泽的路线，但耗子就是不听她的话。我不知道应该帮谁说话，只好一直保持沉默。

看到贝斯小屋出现在眼前的那一刻，大家都松了一口气。小屋建在长满茂密森林的山崖脚下，一边是草地，一边是河流。因为通体由铁板搭建而成，所以它看起来寂寥又破败，像在那里独自站立了很多年似的。

耗子第一个跳下卡车。“我们终于到了！”他大声喊道，“所以接下来的三个月里，一旦下雨你们就要蜷在这座小破屋里过活了。”

“雪下大了还会把门挡住，出都出不去。”黛比又加了一嘴。

“天哪！那你们怎么去上厕所？”耗子大笑。

我朝小屋走去，中途看到一间空荡荡的柴火间。我站在门口，让眼睛适应了一会儿屋里昏暗的光线，仅有的两扇很小的窗户很久没有擦过了。房间里冷得像冰窖，散发着一股老鼠身上的恶臭。原本白色的墙面因为年代久远开始发褐。左手边是四张铺着塑料床垫的铁架床，中间放了一张桌子，旁边摆着三把椅子，其中一把是坏的。右手边是一个小火炉，地上散落着几颗松果，还有一些报纸。房里有个灶台，但是没有水槽和水龙头。有个铁皮桶应该是专门用来去河里打水的。灶台下面放着一摞盘子，我拿起顶上那个，黑色的老鼠屎洒落一地。之前住的人留下了一个铁皮罐和一口煎锅，但是忘了洗。

“我的老天，今晚要住这儿吗？”黛比紧随其后，气喘吁吁地问。

“我想是的。”我跟她一样感觉有点不舒服。随后我打开了窗户通风，“把火生起来就好了。”心里虽然不舒服，但还是要表现得乐观一点。

耗子不一会儿就用锯子给我们锯了一堆柴火，如果我们自己用斧头劈的话，差不多要一周才能劈这么多。他像个树艺家似的，对树木很有研究。我以前就看到过他双腿勾着树枝倒挂在树上。这时他正一手抓着锯子，另一只手按着木头。

彼得和黛比在旁边帮着把柴火码成一堆。我提议说先把装食物的桶埋起来，耗子主动要求帮忙。我们找了半天，选了一块最适合埋食物的地方。但是一动手挖才发现这块地只有 5 厘米深，下面全是雨花石。即使是在森林里挖个坑也很难，因为地下全是树根。

耗子一屁股坐在草坪上，笑话我们太傻太天真。

“我们得把吃的藏起来。”我说着，在他旁边坐下来，“用树枝和苔藓盖起来。”

我感到焦虑。一旦食物出现问题，那么就会发生“灾难”。我把各种可能性都想了个遍：白桶哪怕露出一点点被猎人看到，他们就会偷走；猎犬会循着味道把面粉叼走；更别提可以不费吹灰之力咬开桶盖的老鼠。

“新家感觉怎么样？”耗子一边问，一边将两个很重的桶拉到一个天然形成的大坑旁边。

“我宁可睡到外面的帐篷里也不想睡在这间脏屋子里。”我无比悲伤地说，“明天就搭帐篷。”

“没几个女的愿意大冬天住在帐篷里。”

“男人也一样啊！”我笑着看向他。

“是的。”他点头表示赞成，“你太与众不同了，不需要整洁明亮、湿度适宜的大豪宅。”说着把桶抬了起来。

“我喜欢过简单的生活，在美丽的大自然里散步，自己生火做饭，在河里洗衣服。对我来说这才是真的活着。”我张开空无一物的手掌，“生命中最美好的事物都是免费的。”

“自由无价。”他笑着对我说。

“你愿意跟我们在丛林里一起生活一段时间吗？”我问他。

“好啊，我还挺喜欢这里。”耗子说，“但我更喜欢跟人打交道，住在山里感觉太孤独了。”

我看着他亮晶晶的双眼，嘴巴像海豚似的一张一合。有耗子在的地方，总是充满了欢声笑语。

火着起来了，彼得用耗子打来的野猪肉烹制着十分美味的咖喱，屋子里也慢慢暖了起来。我们在桌子上点了两根蜡烛，开始吃晚餐。大家偶尔说说话，开一两句玩笑，但是因为有黛比在，我还是感觉有些紧张和防备。洗过碗碟之后，我们决定钻进睡袋保暖。我选了一个最干净的床垫，擦了擦塑料外罩上的黑色污迹，然后迅速钻进睡袋，并用套头衫叠了一个枕头。最后一晚能在干干净净的睡袋里睡觉了，我想。

“大家都感觉热起来了吗？”彼得问道。

“我烫得都能烧饭了。”耗子说。他每次的情绪表达都极其夸张。

“等会儿火灭了又要冷了。”黛比说。

大家都不知道该怎么接话。沉默了一会儿，黛比说：“晚安，大家。”

“晚安。”我回应道。

每隔 10 分钟耗子就要翻一次身，弄得他的床嘎吱作响。

“别老翻来翻去的，里基。”黛比突然说道。

突然我听到老鼠跑过的声音，害怕极了。它们把塑料袋弄得很响，彼得起身把袋子丢到了一边。

一阵安静。我躺在床上想，一会儿老鼠会不会爬到我的睡袋上来？它们可能会碰巧从我脸上跑过去。我顿时觉得很难受，浑身热得冒汗。我开始想，要是早点把帐篷搭好就好了，在封闭的小空间里自己至少可以感觉自在一些。

迷迷糊糊睡了几个小时，我又醒了。

这次是听到了房顶上有老鼠的声音。它们没法进屋，只能在寂静的夜里不断跳上跳下。耗子打开了头灯，穿着干净袜子踩着脏脏的木地板去拿了一把扫帚。

“你要把老鼠赶出去是吗？”是彼得的声音。

“你瞧好了。”耗子轻声说道。他拿着扫帚在房间里挥来挥去，紧盯着房顶，想确定老鼠的位置，然后用扫帚的一头使劲敲击房顶。之后是一片沉寂。随后耗子又拿扫帚猛敲了几分钟以确定老鼠的位置。房顶很薄，老鼠们可能早就被这突如其来的巨大声响吓跑了。

“看到没？”耗子一脸炫耀地说道，“还是有点用的。”

第二天一早，我们还没吃完早餐，黛比就跑出去热车了。

“我们得早点回去，省得下雨河水又涨起来。”耗子抚着妻子的背向我们解释。可能是一夜无眠，黛比看起来苍白又脆弱。到最后要告别的时候，她已经坐在车里等着了。

我抱了抱瘦长而结实的耗子，不想让他走。因为我突然意识到，接下来很长一段时间我们都见不到彼此了。

“我们会想你的。”我对他说。

他开心地笑了，说为我们感到开心，他还承诺如果河水水位不深，就来看我们。他对我说：“祝你打猎的时候交到好运。前路漫漫，望君珍重。”

我点了点头，给了他一个大大的微笑。

之后他们就出发了。耗子猛踩油门涉水而过，水花四溅，把引擎盖弄得湿透。拐弯前，他大声地摁着喇叭。车子开动的嗡嗡声大概持续了一分钟。

之后就什么声音都没有了。

冬

彼得转过身，拿起我的手搭在他的肩膀上。“现在就只剩咱俩了。”他说着拥抱了我。我轻轻地吻了吻他的前额。

天空中出现了一只巨大的翔鹰，优雅地向着河流前进的方向飞行。看到我们，它用力地拍打着翅膀改变方向，消失在了山的那一边——对我们来说，那已经是另外一个世界了。

我深呼吸一口气：“感觉我们终于回家了。”

彼得点了点头：“这里才是真正属于我们的家。”

我牵着他的手，望着四周的山谷和森林。“远离尘嚣独自生活的感觉太棒了，是吧？”我对他说。

“是啊，离这里最近的房子也要走路 3 天才能到。这个季节人们大多不愿进山，只有到明年春天才会出门。”

我抬头，望见一片云速度飞快地飘过山顶，想必天上的风应该很大。

彼得好奇地问我：“你觉得接下来会发生些什么？”

我想了一会说：“不知道，未来真的很难预见。”

“因为尽是未知。”

“就好像我们没有未来，前方只是永恒的空洞和无尽的迷雾。”

回到小屋，我又把火生起来，煮了两杯茶。彼得正坐在小河边的一块岩石上，我把茶端了过去。

“这里真是美得令人惊艳，对吧？”我看着从山上奔流而下的清澈河水说道。河里的大石被水流冲刷得圆润光滑，在阳光下熠熠生辉。

“是啊，新西兰有很多地方都是这样的。”彼得向后靠在岩石上。

“能来这里，在这么美的地方生活，真是太幸运了。”我望着河对岸裸露出地面的岩层，远处茂密的森林，还有附近不远处的古树。喝完茶后，我又进屋去煮了一杯。虽然我们没有表，但我猜时间大概是上午 10 点。我想这时候弗吉妮娅和萝丝应该正坐在员工休息室窗边的桌子上喝咖啡。

我们现在已经是身处两个世界的人了。

起初的喜悦过后，我开始渐渐感到一丝不安，脑海中的一些想法让我觉得恐慌。“然后呢？接下来我该做些什么？”这些想法与我想要在丛林中平静生活的幻想之间产生了剧烈的冲突。

我谋划着接下来要做的事，突然想起还没有去看看卫生间。卫生间离小屋有大概 70 米的距离，那是一个很深的坑，上面覆盖着木板，唯一有点现代化气息的就是里面的白色坐便。一卷被水浸透的手纸堆在墙角。我揭开盖子往坑里望了望，一阵恶臭扑鼻而来，我赶忙又盖上了盖子。

关上门在这里面上厕所，我会窒息的，我想。

我感到有些焦虑。临时营房和厕所都比我想象的更糟糕，我强迫自己先不要去想接下来的日子，先行动吧。

继续清理小屋，我从河里打了一桶水，用找到的旧毛巾擦拭布满陈垢的墙壁、玻璃还有床垫上的污迹。这间屋是老鼠们的家，我们自己肯定会在帐篷里过夜。但是打扫一下，下雨天至少还有个干净的住处。

彼得看我提着桶跑来跑去，对我说："坐下来休息一会儿吧。"但是这么多年我忙习惯了，一分钟都闲不下来。我从架子上拿下布满油污的煎锅、餐具还有铁皮罐，用河沙擦洗一新。接着，我开始找地方搭帐篷。我决定把帐篷搭在几棵树下，还盖了一层防雨布并加固了顶部。帐篷是我们的卧室，天气不好时小屋就是我们的客厅，河水充当自来水龙头、冰箱、淋浴室、洗碗机和洗衣机的角色，还有，整个山谷都是我们的花园！我们的家建在旷野中，我开始对这个地方有了好感。

有好几次彼得都说要来帮忙，但我怕两个人很快就会把所有家务全部干完，还是宁愿一个人来做这些事。我要把无事可做的一天填满。最后，在两棵树之间绑了一根晾衣绳后，我坐了下来，想不出还有其他什么事可做了。

现在几点了呢？我想。

太阳刚刚挨到山尖上，我感觉大概是下午三四点的样子。一天真的好漫长！

我做了很多远足旅行的准备和训练，唯独没有料到这件事：无聊。与真正开始山野生活相比，当初每天日行万步真是太容易了！如果我是一个徒步者，我只需每天背上背包向下一个营地行进就可以了；如果我是一个猎人或是渔夫，我只需完成一天的工作之后回到车里。但是现在，我哪儿也去不了。

我去找彼得，跟他一起晒太阳，读旧报纸。

“一开始都要适应一下，对吧？”说出来的话比我心里想的事讲情理多了。

“嗯，是的，要适应很长时间。”彼得点头道，“心要先平静下来，可能需要几天甚至好几周来适应这里的节奏。”

刚开始的那几天，我要调整自己的各种习惯来适应新生活。我时而感觉舒适自在，时而对未来充满不安，但大多数时候的体验都是无聊和焦躁。我没有工作可做，没有任何社交，不能收发邮件，没法听歌。什么事都做不了，我狂躁得像一个正在戒毒的“瘾君子”。大脑每天都在飞速运转，不断闪现过去的场景和片段。大自然不急不缓、沉寂安详，与它相比，我真是聒噪又忙乱。

对我来说，适应节奏缓慢的新生活是一个艰难的过程，但是能和彼得倾诉，我始终觉得欣慰。他也从未在原始森林里生活过，但是对于人类思维的本质，他似乎比我了解更多。他说尽管他看起来比我平静，但是他能理解我的感受；与不断找家务做的我相比，他的排解方式是把屋子里所有的旧报纸和杂志都翻看一遍。他建议我坚持忍过这段无聊期，先什么都不做。

什么都不做。

这是我最不愿意做的事。什么都不做意味着可怕的空虚和无聊，意味着未知。

我发现我对这种状态充满了恐惧。我必须强迫自己在接下来几周的时间里直面这种恐惧。

第一天，日出时分我们就醒了，随后在屋外生起了火。我喜欢火，从 5 岁起我就对两件事情十分着迷：建木屋和生火。它们都是父亲耐心地教给我的。

我们带了面粉、发酵粉和露营专用烤箱。说是烤箱，其实就是扣了一顶平锅盖的大铁锅。彼得 20 岁在澳大利亚北部卡奔塔利亚湾的牧牛场做厨子时学会了用这种锅。为了用它烤面包，我们必须用密纹的木材生火。彼得跟我说，如果用松木之类的软木料，火会很快燃尽，这样烤出来的就是夹生面包。经过两个小时的燃烧，木材变得火红滚烫。

彼得揉好面团放进铁锅，等面团逐渐膨胀到锅盖的位置后，他把烧得正旺的几根木材挪开，在尚有一丝小火苗的余烬中间挖了一个坑，把铁锅支在上面，然后用一把小铲子把其余的木炭铲到了锅盖上。

一小时后，我迫不及待地揭开锅盖，一条烤得正好的金黄色面包出现在眼前。第一次吃到自己烹制的热面包，我们笑得合不拢嘴。面包很美味，它标志着我们野外独立生活的开始。

一只绿背黄腹、羽毛光亮鲜艳的铃鸟在不远处的树枝上歌唱，宝石般的红色眼睛转来转去，似乎在打量着我们。

“仔细看它们的嘴。”彼得小声对我说。

鸟儿们叫得很大声，但有时候它们的嘴张着却没有发出任何声音。

“有些声音我们听不到。”我小声说。

“是的，有些高音我们听不到。”

“这世上还有什么事是我们错过了，却连自己都不知道的呢？”我问他。

“那就需要我们自己去寻找了，米里亚姆。”彼得说着，我看到铃鸟拍拍翅膀飞走了。

几天后，我看到一只公山羊从我们的营地前走过。我追着在它后面“咩咩”地叫，期待它给我一点回应，但它只是闲庭信步地往森林里去了。我不打算把它捕回来，因为耗子留给我们的野猪肉还没有吃完。

然而一周后，我们的野猪肉就没剩多少了，我得出去捕一些猎物。尽管我之前对着靶子练习过射箭，但其实没有任何实地狩猎的经验，我十分迫切地想要尽快掌握这门技能。说到“技能”这个词，让我想起了彼得的哥哥马克，他有一座很大的羊场。3 年前，我来新西兰的头一个月就去看过他。

去看他的那次，我们三个人坐在厨房的长椅上喝茶闲聊，马克用打猎的长刀给我们切腊肠，腊肠是用他自己猎来的猪肉和鹿肉熏制的。他们两兄弟看起来差别极大。马克头发很短，说话、做事都是典型的农民做派：实际、不说废话、直奔主题，偶尔有点木讷。他站着就像一头公牛，看起来浑身是劲，让人不敢近身。

他常常一脸严肃着言简意赅地给我们分析世界政治格局。“人口过剩，自然资源趋于紧张，压力会越来越大，早晚会有灾难爆发。”他飞快地扫了我们一眼，然后点点头，“整个社会体系已经不堪一击，很快就会像纸牌屋一样分崩离析。”他用刀尖插起一片腊肠送到自己嘴里。

“怎么会呢？”我问。

兄弟俩一副被逗乐的表情，好像我是世界上唯一一个从没想过灾难会降临的人。

“基因工程灾难。”彼得说，“或是第三次世界大战。”

“因气候变化而引起的战争，还有传染病。”马克补充道。

“像 1929 年那样股市大崩盘。”彼得慢慢摇了摇头，“很多事情都可能成为导火索。”

“对。”马克说，“一旦股市崩盘，钱就什么都不是了，人们一定纷纷开始自保。”他把切好的腊肠推过来。

马克的话让我觉得震惊。我和彼得在亚洲旅行多年，知道那里存在很严重的人口和资源问题，但是我觉得这些问题在新西兰表现得并不明显。

“一旦法律崩溃、社会失序，我知道该怎么办。”他向前靠了靠，一副运筹帷幄的样子，“我就去把那该死的桥炸了，谁都别想进来。”我顺着他手指的方向看向窗外无尽的绿色山脉和大片的树林，这些都归马克和他的家族所有。“桥没了，就只留下那些具备一定技能的人。”

技能？我想了想。是的，技能。

“我准备了好几把枪来保卫家族的安全，还在房门上面放了一把，需要的时候可以马上取下来用，其他枪都锁在保险柜里。”

“可以组个小型军队了。”彼得大笑。

我想象着，将来大灾难爆发后的某一刻，自己站在没有桥的河岸边缘。

“你会干什么？”马克和他的伙伴们在河岸对面朝我大喊。

“我是体育老师！”我回答道。

“什么？”对面的幸存者们对这一毫无用处的职业表示惊异，我的技能可以给他们的生活带来什么价值呢？

“体育老——”

砰！

米里亚姆中枪倒地。

然后，我就变成了一顿“饕餮盛宴”——当然了，到那时候什么东西都不能被浪费。

那时候我就想，如果真的有灾难发生了，我可能需要确保自己有一项生存的技能，以防万一。即使没有什么灾难发生，我也可以享受学习的过程。

因此我决定学习打猎，像古代人那样。小时候，我和父亲一起在花园里用竹子做过弓箭，罗宾汉一直是我心目中的英雄。我觉得打猎很适合我，因此一年前就买了一把反曲弓。这把弓非常精美，但是它没有瞄准器，只能凭直觉瞄准。他们管这个叫“直觉射击”，这么说听起来还挺贴切。

把耗子留给我们的肉全部吃完后，我觉得是时候出发去打猎了。我带上弓箭，套好刀鞘，自信满满地沿路向森林进发。想象中早期的美洲印第安猎人就是这个样子：肩上挎着弓箭，昂首阔步走在辽阔的旷野中。我在这里，在新西兰的旷野中打猎！多么奇幻而又史诗般的冒险啊！

我沿着小路一路上山，屏气静听着周围的一切响动。我感觉远处有山羊叫，走近才发现是溪水声。我藏到树后面坐了下来，到处闻了闻，看能不能发现山羊的粪便，还看了看泥里有没有它们的脚印。但是整个世界一片寂静——连鸟叫声都听不见。我望着左手边的树丛，不敢继续往前走了，怕会迷路。在这一片广袤而陌生的森林中，我感到一阵不安。

我看到不远处的草地上伫立着一块大圆石。耗子跟我说过山羊喜欢空旷的草地，于是我小心翼翼地潜行过去，躲在石头后面。我上了一支箭，做好射击的准备。我慢慢抬起头，有点期待能看到一只山羊站在那里，就在我的箭射程能够达到的20米开外处等着我。但是什么都没有，我连一只野兔都看不见。

最后一搏，我“咩咩”地叫了几声，想引一只山羊到草地这边来。

依旧是一片沉寂。太阳开始落山了。

我失望地向营地方向返回。周围越来越黑，我突然觉得害怕。

“你走了多远？”回去之后彼得问我，“你都看到什么了？”他一脸兴奋地想要听我讲述第一次打猎的经历。

“其实也没多远。”我有点惭愧，含糊其辞，“什么也没看见。”

“没事，你只有不断尝试才行。”彼得鼓励我道，“以后学习打猎的时间长着呢。”

天气晴好的白天通常都很暖和，我们出门只要穿件T恤就好了。一旦太阳下山，气温立马降低。山谷里开始下霜的时候，早上起床看到的草坪都是白茫茫一大片。我们的帐篷搭在常青树的下面，它的枝叶宽大，在它的保护下，我们夜里也不会觉得太冷。

天气好的时候，我们会心情大好地外出散步，通常都是彼得走在前面带路。跟彼得一起走在野外我感觉很安心，自己一个人的话我总是担心会迷路。他方向感很好，即使迷路了他也知道该怎么办。他走路的时候气定神闲，从不慌乱。他不喜欢沿着别人踩出来的小径走，相反，他喜欢进入密林，走到布满碎石的小溪和峡谷，也会带我登高望远，探访碧绿的草原和没人能发现的山洞。有一次，他在路上看到一棵很古老的松树，于是带我爬了上去，足足爬了 4 米高。我们坐在鸟儿们栖息的枝头，眺望着整座山谷。

“这跟斯堪的纳维亚半岛那边的树种很像。”我说着指了指山谷里的松树。

“可能和加拿大的也很类似。”他说着换了个舒服的姿势，“那些都是冷杉、松树和果柏。19 世纪 50 年代的时候，人们想在这些地方种庄稼，于是放火烧山，但是山里那些水沟没办法弄。”

他用手指着当年烧山时幸存下来的一棵高大的山毛榉：“因为当年燃烧过度，峡谷里水土流失很严重，所以他们又用固定翼飞机给山上抛洒松树种子——就是你现在看到的这些树了。”

“你怎么知道？”我问他，顺手从树上割下一块气味芳香的树胶。

“我去年碰到一个好朋友，飞机上撒的种子就是他们挑的。”

“他们为什么会担心这个地方的水土流失呢？”

“因为如果没有植被的话很容易爆发泥石流，河流下游全是从山这边冲过去的石块，农田也经常被水淹没。”

我从远处看着松树高大的轮廓，它们有的像铅笔一样笔直，有的枝叶繁茂，看起来像一个倒立的圆锥。

“这对我们有好处，我们就不用遭受洪水之苦了。如今的新西兰人不喜欢外来树种。”彼得笑着说。

“就算这些树是他们的祖先种在这里的也不行吗？”

“是啊，人们的想法总是在变。他们更爱长着本土树木的原始森林。”他微笑着说，“关于人们的想法，只有一点不会变——那就是它们永远在变。”

彼得向后靠在树干上，屈膝坐在树枝上，双腿交叉着。他的长卷发落在肩头，在阳光下闪着金色，在树荫下看又有点发白。身处大自然中的他总有一种无比沉静的气息。他厌恶匆忙，喜欢静静地享受一天里的每一个时刻。此时此刻，他蓝色的眼睛眺望着远方，想把每一份美好都细细品味一番。他的一对大耳朵露在头发外面，彼得总想遮住它们，但我喜欢他精灵一般的耳朵。他的听觉很灵敏，多远的声音都听得见——有时候甚至能听见我心里的想法。

几周的摸索之后，我们决定向山林深处进发，住到索斯小屋去。我们还没去过那里，很想去看看。我们选了一个晴朗的日子，带着我们所有的行李和足够维持两周的食物出发了。我喜欢穿凉鞋走路。以前我有一双旧靴子，但是因为脚面宽，总是磨出水泡，疼痛难忍。穿着轻便的凉鞋就舒服多了，而且还有一个好处是蹚水后可以速干。在这里穿凉鞋就更实用了，因为路上总是会遇到各种河流和巨大的岩石。

我看着眼前奔腾而过的河水，想想一脚踩下去的彻骨冰凉就发怵。踏入河水中，刺骨的河水冲刷着我的双腿，我打了一个冷战。我有点担心装在塑料袋里的衣服，一旦我失足摔倒，它们肯定全部湿透。还有，我们没有车回去，如果摔倒的话彼得只能就地搭起帐篷，把我塞进睡袋里防止出现低体温症状。

“用你的手杖撑着点。”嘈杂的河水声中传来彼得的大喊。

看着脚下的河水，我有点慌神——我看不清下面到底有多深——湍急的水流冲得我数度失去平衡。

“那边！”我正准备往一个深水河道里面跳，彼得用手杖指了指水浅的方向，我慢慢地蹚过河流，鞋里全是碎石子。

“你冷吗？”我大喊。

“冻透啦！”彼得回答，“继续往前走！”

但是我得先停下把鞋里的石子倒出来。我背着沉重的背包，一只脚支撑着，完全站不稳。彼得已经缓缓往林中走去了。

离开山谷，我们一路沿着小径向陡峭的山崖攀爬。山谷的背阴面已经开始结霜。因为不断用力攀爬的缘故，我很快热了起来。走着走着，树木不再那么茂密，我们终于望见了山谷的全貌。峡谷的另一边是一块高耸的巨石。风从山谷间呼啸而过，河岸两边的树轻舞着。

树梢的轻舞看起来安静又曼妙。

“这样纯粹的美景足以净化身心，你说呢？”彼得问我。他的眼里满是对美景的惊异。“所有宗教都有一条共通的教义，不论是基督教、佛教、伊斯兰教还是道教。那就是心灵的净化。”

我点了点头。河水不费吹灰之力地穿过坚硬的岩石，水的力量真大啊！“无论如何，这个纯净而原始的地方应该可以改变我们。”

最后半小时的山路极其陡峭，我们爬得几乎筋疲力尽。终于看到了巨大空地上伫立着的白色小屋时，那种感觉好极了！但是我们和小屋之间还隔着一个泥泞的沼泽，一脚踩进去，黑色的泥浆立马没过了膝盖。

“他们怎么把营地建在这里？”我摇摇晃晃地走过冰冷的沼泽，轻叹一口气。

屋子里面很潮，应该有好几周没有进过阳光了。地上堆着火盆和一些木柴。房间里有三扇窗户，看起来倒还明亮整洁。

“这屋子里好像没有老鼠！还挺亮堂！太好了！”我一边卸行李一边开心地说道。

“我们今天睡屋里吧？就不用搭帐篷了。”我问彼得，“你觉得下个月会有多少人来？”

“去年6月来了4个，7月来了6个。”彼得翻看着小屋里的留言册。上面有一条去年来这儿的猎人留下的留言：

“在屋里找到了两罐豌豆，罐子有点破。一晚上就被冻得结结实实。”

我望出去，窗外山毛榉树林中零零散散地长着几棵松树。

“天哪，还有一条是这么说的。”彼得继续翻看着留言，“这是一个在山里设陷阱狩猎的人留下的，他去年6月在这里住过几天。‘该死的壁炉根本点不着，环保部的人用混凝土把火膛堵了，没有通风口火根本着不起来，满屋子都是烟！’”

“什么意思？”我盯着敞开的炉床。

“可能以前壁炉地板上是石头，风能从外面进来。但是现在他们用混凝土把石头之间的缝隙堵住了，风完全进不来。我们来试着生一下火，但可能还是得开窗通风。”

彼得生火的时候，我们发现留言册上猎人的气愤是有理由的，屋子里面全是烟！我们在烟雾里被熏得泪水直流，彼得不得不赶快去把窗户打开。一阵刺骨的冷风吹进来，火又着了起来。顷刻间，烟全部散了出去。

“我们怎么取暖呢？”我担心我们还没有做好准备去迎接接下来几个月的寒冷——毕竟冬天才刚刚开始。

“我们尽量把火生得旺一些。”彼得说，“火盆的好处就是你能填大木块上去。冬雨马上就来了，我们得赶快再劈些柴把柴间放满。”

雨天逼近，我们心里很着急，开始忙着准备木柴。一旦柴火被雨水打湿，到明年春天都干不了。我决定去岸边捡些河里冲上来现在已经风干了的木头。去河边要经过一个很滑的长满针茅的陡坡，这种长满针尖状叶片的植物在新西兰的高山地区很常见，我们都非常清楚，如果一不留神被它扎到，后果十分严重。针茅根可以吃，但是我们都没有胆量接近它。

我找了一根长短适宜的原木，扛在肩上。回来的路上又看到一根。因十四五岁练习撑杆跳时接受过举重训练，我觉得我能把这一根也举起来。我试着把两根原木固定在两边肩膀上。这样做已接近我体力的极限，但是我感觉内心很兴奋，现在的生活是一场真正的探险了！我慢慢拖着步子返回山上，山两边都是针茅地，我穿过森林，越过小溪，最终回到了住处。我把木头放下，瘫坐在地上。

彼得坐在门边，吃惊地张大嘴巴。“一根木头就已经够重的了，你还抬两根。你是疯了吗？”他大叫道，“过几天你是不是为了射箭更方便还要去切胸啊！”

我笑着向后退了一步，然后抱起彼得，以证明我力气真的很大。

彼得也咧开嘴大笑：“好了好了，当心点，亚马逊女士[①]。”说着我把他放在了地上。

他手执大斧走到原木前，双脚稍稍分开，之后将斧头举过头顶。他的膝盖微屈，弯着腰，抬起前胸好似一只上满的弓。突然，像一根飞快落下的皮鞭似的，他的斧子稳稳地落在木头中间。

“我也会。”我迫不及待地去拿斧子柄。

“不行，这才砍了一半。”

彼得站好，他盯着木头，深呼吸一口气，开始重新发力，将斧头对准同一个位置砍去，木头立刻裂开了一条缝。

“哇，难以置信！给我试试。”我说着从彼得手里接过斧柄，还挺沉。

我学彼得一脸严肃的样子站着，然后全身发力朝木头砍去。斧头落在离裂缝大概 5 厘米远的地方，然后被弹飞了出去。

“你瞧瞧。”看我一顿手起斧落把木头砸得乱七八糟，彼得说，“这事没有看起来那么容易的！”

---

① 亚马逊：古希腊女战士。——译者注

抬木头时弄得脖子上都是黑印，再加上浑身冒汗，我决定去河里洗个冷水澡。我带了蓝色的搪瓷杯、黄色的肥皂还有一条红色的小毛巾，这些红红黄黄的东西放在灰石头上，显得格外好看。

我脱了衣服跳进河里，站在靠近河岸的地方，冰冷的河风吹过我裸露的皮肤，我用最快的速度打湿身体抹好肥皂，然后赶紧擦干穿上衣服。等觉得暖和了一些之后，我又用水杯打湿头发用肥皂把头洗了一遍。

我弯下腰，看见一个翻转过来的世界，然后把头伸进了流淌的河水中。冰冷的河水一时间让我头很痛，地面上的一切都消失了，只见我的长发随水漂动着。有那么 5 秒钟，我好像听到了河水的心跳，这感觉令我欣喜不已。我感觉自己很干净，比以前任何一次热水淋浴都干净。

索斯小屋白天就很冷，到了夜里尤甚。生火的话会好一点，但是我们柴不够，不能浪费地生一整晚火。彼得喜欢每晚在床边备一杯热茶，但是后来也喝不了了，因为半夜时茶水都结成了冰。天气酷寒，即使在室内你也看得到呵气。

有一天，接近傍晚的时候，我们正在准备用大米和豆子做饭，突然听到雨点砸在铁皮房顶上的声音。冷空气顺着窗户钻进来，赶走了屋子里仅剩的一点热气。我把所有的毛衣和外套穿在身上，然后用毯子把自己裹住。彼得站在火堆旁边。

他慢慢揭开锅盖，想尝尝豆子熟了没。

“我开始有点讨厌它了，米里亚姆。”他一脸沮丧，没精打采地对我说。

“豆子吗？”我满怀希望地问他。

“不是。我开始有点讨厌这间建在沼泽地里的房子，呛人的烟，还有冷——所有这些。”他看着我说，“简直莫名其妙！我就在火跟前，但是感觉背上有块冰似的。我们到底来这里干吗？”

我不知道该说些什么。他鼻头发青，两颊惨白，看起来确实冻坏了，但我还是有点失望。我们来山里还不到一个月，真正的探险才刚刚开始。我还期待着遇到更多的挑战，然而听起来彼得已经不想再坚持了。

我们沉默了一会。我看到自己手指上有一条黑印，那是之前不小心挨到锅把儿留下的，当时铁锅刚从火上取下来，给我手上烫了一条浅浅的伤疤。

“你怎么不多吃点？你最近总是吃很少。”我强打精神，装作愉快地说，希望能给他点力量。

“天气太冷了，白天也不怎么饿。”听起来他还是不大有精神。

我不太理解——我觉得如果冷会吃得更多才对。

我看了看堆放在角落里的食物。3 天前我们步行回贝斯小屋又去取了一些面粉、大米还有豆子。

“这里的食物还够吃两周。”我犹豫地说，“我不想再把它们扛回山下去了。”

“我也不想。”他的眼睛盯着木地板，蓝色的眼睛里写满焦虑，

“这才初冬，我们真的能克服这些困难吗？如果是夏天的话，住在这里真的特别好，但是冬天太可怕了。”

“东部营地可能会好一些。”幸好我们还知道这个地方，因为去年正好去过那里。“等我们把这些东西吃完，我们就回中心营地，然后再去东部营地。”

有时我也会觉得冷，心里难过极了，但我从没想过回到过去的生活中。我被这场旅程深深吸引——感觉自己像一个古时候的探险家。是的，我们的旅程尽是奔波、寒冷的天气、单调的食物、绵绵无期的雨季、幽闭烦躁症和诸如此类的悲惨的境遇，但是我感觉自己活得如此真实。我们在感受真正的世界，感受着它最原始最粗犷的部分。每次我从岸边拖回食物，在河里洗澡或是在夜里生火时，我都感觉自己的心灵充满了力量。

对我来说，留下来还有一个很重要的原因——好奇。如果真如马克所说，我们的社会体系因为某个原因崩溃了，那会是一幅什么样的景象呢？我和彼得能生存下来吗？我们带了足够的食物因此不至于挨饿，但是如果真的有那么一天到来，而我们只能靠打猎和采集野果活着又将怎样？没有充足的给养，我们能活下来吗？这会是一次很好的实验。我渐渐明白，在极端情况中幸存下来是一件极其困难的事。

自从有了第一次狩猎的经验，我后来又带着弓箭出去过几次，但是除了一只从我眼前飞奔而逃的野兔之外，我什么都没看见。听了彼得在火炉边的那番沮丧的倾诉，我决定设捕猎器捕负鼠。我们太需要肉类提供热量和能量了。

刷尾负鼠是早期的欧洲殖民者于 19 世纪 50 年代从澳大利亚引进新西兰的，现在是新西兰生态平衡的头号公敌。多数新西兰人不会把它捕来吃，但是我和彼得太需要补充肉类食物了。我对捕杀负鼠毫无经验，但是耗子和彼得都曾经教过我，当时看起来这个工作挺容易。我唯一担心的事情就是怕捕猎器伤到手指，好在一切都很顺利，除了没有动物被捕获这件事之外。我在捕猎器周围撒上了面粉和咖喱，但是负鼠看起来并不蠢。

第二天醒来，我们的肚子又饿又痛。吃米饭和豆子可以填饱肚子，但是夜晚寒冷又漫长，一早起来身体里的能量都被消耗殆尽。因为极端的低温，我们一天天消瘦下去。

第三天一早，彼得出门去检查是否有猎物。

“我们捕到负鼠了！”

一只猫般大小的负鼠被套住了。它长着一身柔顺的棕毛，一条毛茸茸的尾巴，小小的脑袋上长着一双黑亮的眼睛，还有一对粉色的耳朵。它的爪子很小，牙齿跟老鼠很像。

“你负责把它弄死。”我抢先一步说。我知道彼得在这方面经验丰富。

“是你想当猎人的，你得来做这件事。”彼得回答道。

我们都不敢杀死它。

我极不情愿地用左手抓住尾巴，用斧头背敲它的头。但是，恐怖的事情发生了，我下手的位置不对，负鼠没有死，它用深褐色的大眼惊恐地望着我。我双手颤抖着又砸了几下。

“两眼中间的位置！”彼得大喊。

我以为可以让它一招毙命，但是现实给我这个无知的新手上了残忍的一课。我已经抓不稳斧头了，负鼠拖着捕猎器跑出几米开外。

彼得上前抓住它的尾巴，对准位置砸下去，负鼠终于一命呜呼。

看着死去的负鼠躺在草地上，我终于松了一口气，但心脏依然狂跳不止，想放声大哭。

“我来剥皮吗？”彼得说着把负鼠从捕猎器上拿下来。

“不不，我来吧。”我回答道。我努力从惊恐中平复过来，让自己看起来正常一点，但是我的声音还是在颤抖。我战战兢兢地拎起负鼠，把它摆放在面前，看着它一动不动的尸体。几分钟之前它还活蹦乱跳，现在却已经死了。生命都去了哪里呢？

我努力回忆耗子当时教我怎么给动物去皮的情景，但是一瞬间什么都想不起来了。不愿意让自己看起来一无是处，我假装成一副胸有成竹的样子。我试着先在爪子周围切了一圈，但是因为太用力一下子扯坏了，拔下来的毛都粘在肉上。皮毛被我一块一块扯下来，里面的肉上沾满了草和沙子。

彼得过来看了一眼手忙脚乱的我：“你不记得耗子和我是怎么教你的了吗？”

“没有，记着呢。”我撒谎，“就是这样的。”我说话很冲，虽然并不想对他发火。

“怎么不让我来教你呢？”彼得有点生气，“你看看里面的肉弄得多脏。”

“我会，你让我自己弄吧。”我眼里噙着泪水。

好不容易皮都去得差不多了。我在它腹部划了一刀，把手伸进它依然留有余温的体内取出了内脏。满地的鲜血和内脏，腥气令人作呕。

我害怕极了。

我慢慢地用河水冲洗负鼠，想把粘在它身上的脏东西都洗掉，但是事情比我想象的困难，怎么都洗不干净，我感觉自己几近虚脱。最后我只好把滴滴答答流着水的负鼠拎回屋，彼得看到后，露出一脸嫌弃。

我把负鼠放在案板上，转身出屋，向森林里走去，眼泪不断涌上来。一棵大树的枝丫像手臂般伸展着，占据了一块很大的空间。我在一处较低的枝头上坐下哭了起来，哭被我弄得一团糟的猎物，哭彼得朝我发火，还有那没有做错什么却要被夺去生命的小生灵。我亲手制造了一场悲剧，这太可怕了！我们为什么要杀死这些无辜的小动物呢？

哭了一会儿我就回屋了。彼得看我两眼通红，过来抱了抱我。“拿起屠刀不容易，对吧？”他温柔地说。他跟我一样，也很害怕。

“我不想当猎人了。”眼泪又涌上来。

“不想当就不当。”他说着，吻了我的眼睛，“给，你尝尝第一口。”他害羞地递给我一个盘子以示友好。

我不会烧肉，因此彼得负责下厨。我过去一直吃素，猎杀动物吃肉对我来说是头一遭。我不太确定自己能不能吃下去，但是为了适应这里的新生活，我必须吃。彼得用铁锅把肥硕的负鼠煮到熟软，我们就着煎米饭一起把它吃了。负鼠很美味，尤其是肥肉部分。我们太需要脂肪了。

“所以你现在有什么想法，还想当猎人吗？”过了一会儿彼得问我。

“嗯……我想再试试。”

那夜我们睡得很香。一晚上都觉得很暖，早上也没有被饿醒。

负鼠肉解决了我们的三顿饭。

天气太冷，我戴着手套蜷缩在睡袋里读书。我们带书来是希望自己能不断学习。我在非常努力地读一本由中国哲学家老子写的书。多数时候我的大脑都在神游，回忆着过去一些无关紧要的小事情，然后眼前出现了这句话：“使我介然有知，行于大道，唯施是畏。”

“你觉得这是什么意思？”我把这句话大声读给彼得听。

“嗯，就是如果你很忙的话，那你的生命就被完全占据了，然后就会很容易丧失自我意识。你得留出时间和空间去观察自己，找到方法挣脱思维的牢笼。”

我爬出睡袋，给火里又添了几根柴，想把肉热一热。

“那‘道’又是什么呢？”我问。

“这个问题的答案需要我们一同来寻找。”彼得笑着对我说。

我望向窗外。外面飘着细雨，一层迷雾遮住了沼泽那边的树林。正在思索着困住我思维的牢笼是什么时，我看到沼泽里有两个人影摇摇晃晃地朝这边走来。我眼睛一亮。

“有人来了！”我大喊，“这时候怎么会有人来？”

我们都很兴奋。

彼得也迅速从睡袋爬出来，我们手忙脚乱地收拾了一下拥挤杂乱的小屋。

我打开门朝他们大喊：“下午好啊！”

这两个人看到我们后吃了一惊。

在这个潮湿阴郁的地方碰到人让我开心坏了，像中了彩票似的。我把他们引进屋坐下，给每人倒上一杯热茶，细细观察他们的脸、身体、动作还有装备。我急切地想要把一切都看个遍。

他们说自己是新西兰北岛西海岸的农民，下雨对他们来说造不成什么困扰。“不在雨里的工作不算工作”是他们常说的一句话。他们看起来都是40多岁的样子。迈特高大英俊，肩膀宽厚强壮。他倚墙而坐，手里端着茶杯，看起来很轻松。能看到一个身心都完全放松的人多不容易啊！

他的朋友杰克个子稍微矮一些，留着黑色短发，眼睛是棕色的。他先是花了差不多10分钟时间在包里翻找坚果麦片条，找到之后又决定把包里其他东西拿出来再整理一遍。他把所有东西整整齐齐地码在床上。我感觉他在思考怎样把东西重新整理归位——在这无边无际的旷野里给自己的行李打造一个安全的空间。我仔细观察着他，因为他让我想到了自己。

“嘿，伙计！你们火上炖的啥？”迈特笑着问。

“负鼠肉。”彼得一脸严肃。

“你们居然吃负鼠肉？”杰克看起来很吃惊。

彼得大笑着给他们舀了一勺。他们尝了尝，点头说味道不错。

我们坐在小屋里，光线越来越暗。他们俩带了四只蜡烛，那一夜我们难得享受了奢侈的光亮。大家天南海北地聊着打猎、种田、家庭还有国际政治。我和彼得说得很少，希望能让客人说得尽兴。

“你们说这里没有表？”杰克问，“所以你们不知道时间吗？”

“不知道。”彼得轻声笑道，“在这儿没必要看时间，10 点和 11 点没什么区别。”

“饿了就吃，天黑就睡。”我开心地补充道。

杰克低头看了看表：“所以如果我们没来你们这会儿已经睡了吧？”

“当然。”我说，“可能一个小时前就睡了。”

“但这还不到 8 点呢！你们比婴儿还能睡！”杰克大笑。

“是啊。”彼得说，“很难想象人能睡那么久，但是显然这是可能的。”

迈特和杰克很惊讶。我和彼得告诉他们，我们喜欢随性的生活，随遇而安，不喜欢把所有的事情都计划好。彼得问他们有没有远一些的山谷适合我们春天去居住，杰克说玛塔基塔基山谷里的鲍勃营地不错。他还在地图上给我们指了方向。

我们四个人那晚都睡在屋子里。我怕把大家吵醒，就一动不动地躺在睡袋里，整个晚上都没怎么睡着，所以第二天一早我就决定把帐篷搭起来。

早上，他俩套着湿漉漉的雨衣，带上来复枪，就向沼泽那边进发了。那天傍晚他们带了一只岩羚羊的头回来。

“这只羊的其他部分呢？”我问。

“捕到这只羊的地方离这里太远，只能把头和肋条带回来。”

彼得和我都沉默了。我很震惊，为无缘无故而死去的动物感到悲哀，而且那些要坏掉的肉真是太可惜了。

第二天晚上也过得很愉快，我们一起吃饭聊天。之后我跟彼得睡在了树下的帐篷里，还采了一些草皮铺在瑜伽垫上，这样躺起来更舒服。我也很好奇到底能不能在户外度过寒冷的冬夜。我们把带来的所有衣服都套在身上，包括帽子。我把睡袋拉到头的位置，只留下一个小孔呼吸。我感觉鼻子快冻住了，但是不一会儿体温就使帐篷慢慢暖和起来。更让我们惊讶的是，外面居然要比屋里热一些！尤其是每天清晨气温最低的那几个小时。我们立刻决定以后都睡在帐篷里，只在下雨的时候回去。

第三天一早，迈特和杰克就出去打猎了。回来的时候，迈特开心地望着我们。

“把你们的地图拿出来。”他展开地图，在上面指了一条很长又有点复杂的路线，最后指着地图上的一个点很兴奋地对我们说，“你们去这儿就能看见树上挂着一只小鹿，够吃几个星期的了。”

“你们不要了吗？”我有点疑惑地问。

“路上带这么多肉太麻烦了。”迈特说，“再说我老婆也不喜欢吃野鹿肉。”他耸耸肩。

彼得一脸难以置信的表情，眼里闪着光。我们太高兴了。

迈特和杰克走的时候我们互相拥抱告别，彼此许诺保持联系。迈特在背包上挂着岩羚羊的头，和杰克消失在沼泽的那边。

“一路顺风。”看着他们的背影，我轻声说道。迈特的背包里放着我写给父母的 10 页长信。当我的父母在世界另一边的葱郁花园中打开信封时，他们会闻到信纸上的煤烟味，知道他们的女儿还活着，并且活得很好。

他俩离开后，我们立马背着空包赶往迈特告诉我们的地方，一直走了几个小时。我永远都忘不了在转弯的一瞬间看到一头巨大的野兽悬挂在树上的情景。我已经习惯了碰到负鼠那么大的动物，眼前这个被剥了皮的野鹿跟在阿拉斯加遇到的驼鹿长得很像。彼得尽可能多地把肉从骨头上剔下来。我们背着大概 40 公斤的肉回到营地，把它们挂到了屋外的树上。因为天气冷，根本没有蚊蝇。这些肉我们吃了 4 个星期。

雨一连下了好几周。一天早上醒来，我听到周围很安静。我拉开睡袋，看到纷扬的雪花像蝴蝶般轻盈地落在大地上，如一条白色的地毯覆盖住了所有的秘密。那种感觉很奇妙。

那天下午刮起了风，天很快放晴了。看到经历了凄冷的雨雪后露出的久违的蓝天，我们开心极了。彼得立马跑向一块能晒到太阳的地方。我端茶过去的时候，他正开心地晒着太阳：我最爱的人穿着短裤短袖站在雪地里，沐浴着他最爱的阳光。

我走进雪白一片的森林。厚重的积雪压弯了四季常青的山毛榉，我看到雪地上一串小小的脚印——晚上肯定有负鼠从这里跑过。四周安静极了，一切都是沉静温柔的，焕然一新。

食物差不多吃完后，我们决定回中心营地一趟。我们提前劈了很多柴放满柴火间，然后带着剩下的鹿肉返回山谷。走到岸边时，我们看到一群加拿大天鹅在水中栖息，其中一只叫唤了一声，然后其他天鹅齐声鸣叫起来。它们的声音很悦耳，但又有点悲伤，好像是想让我们快点离开。新西兰允许捕杀加拿大天鹅，因为它们数量太多而且会对农场和庄稼造成破坏。但是很可惜，很多猎人不愿意吃天鹅肉。负鼠和山羊也造成了很严重的生态问题，但是我喜欢天鹅，因为它们让我想起在荷兰看到的排成 V 字型在欧洲上空自由迁徙的野天鹅。最后，这群加拿大天鹅又迎着风，一个个飞走了。

走在下山的路上，我们甚至能感觉到气温在一点点上升，看到中心营地的那一刻真是开心至极。它看起来比我记忆中大了一点。太阳洒在屋子上，屋里有火炉供我们取暖，真是太棒了。

“我们不能再管它叫中心营地了。”彼得咧嘴笑道，“我们应该叫它中心旅馆。这儿太舒服了！真暖和呀！”

我仰头坐在干燥的草坪上，沉浸在一片温暖的阳光里。我们已经在山里住了快两个月，但感觉就像过了一生。前两周过得百无聊赖，但是野外的生活不断逼迫我改变自己。一天过去了，接下来一周过去了，时间开始过得很慢很慢。

我暗自思忖，如果余生都要在野外度过，那我的一生将多么漫长啊。

对于那个我舍弃的世界，我一点都不想念。

我意识到自己野外生活的体验正在逐渐发生变化，我开始适应森林、河流和山野的节奏，发现越来越多的美好。当我望向群山，看到的不仅是它们的轮廓，还有各种色彩和情绪。慢慢地，随着时间的推移，我学会享受微风的轻柔和山野的芬芳，也不再那么讨厌下雨，还开始认真观察变幻莫测的云和天空清远的蓝。

在温暖的“宾馆”过了一周，我们准备动身向东部营地进发。背着背包出发的那一天，天空湛蓝如洗，地面结着白霜。走过冰冷的草丛时，我脚趾上结满了冰。过河时河水没有那么冰，反而让人觉得好受些。河水不断冲击脚面，我慢慢觉得热了起来。四周的空气清新舒爽，山谷呈现出一派原始而奇异的景象。

不一会儿，我们走进了一片原始森林，林中长满麦卢卡树，树下散落着圆形的巨石。阳光透过树林之间的缝隙照进来。地上覆盖着一层很厚的青苔。

“亲爱的，这是真正的精灵王国。”彼得对我说。

我们在一块石头上坐下，开始吃面包，同时认真观察着这座充满奇幻色彩的森林。一只长着细长双腿和白色肚皮的小灰鸟落在我们脚边，这应该是当地的一种知更鸟。它黑亮的眼睛先好奇地将我们打量了一番，继而望向地上的面包屑，然后腾空而起，飞向树枝头，开始嘹亮的歌唱。它看起来一点也不怕我们。

东部营地建在山顶一处很棒的地方，站在那里可以俯瞰整座山谷，还能将连绵起伏的群山一览无余。屋外是一小块草坪，一路延伸到峡谷边。我小心翼翼地走到悬崖边上，万丈深渊下波涛翻滚。

屋子里面陈设简单，但是干净明亮，柴火充足，还有一个很大的火炉。我从未感到如此开心！我们在一处靠近小屋的干燥树荫下搭起了帐篷。

冬天已经过去一半，每晚的霜结得厉害。白天要是天气晴朗的话，我们会去散步。经历了南部营地的风雨凄迷，我觉得世上没有比这更好的天气了！晚上房檐上会结满冰柱，白天气温升高，它们又会融化，一块块掉在地上。有一天，我去屋子附近的小溪打水，回来的时候就看到地上又结了一块冰。

一路上我们捕到很多负鼠，没有忍受挨饿之苦。能在如此美丽的大自然中生活，我很开心，也很感激命运的厚待。唯独有一件事令我困扰：我怎么努力，都没法成为一个好猎手。我希望自己能对打猎再多一点兴趣，希望自己能自信地阔步走在山野中，即使有那么一两次失败，依然充满信念，坚定而有忍耐力。但是连着几次空手而归之后，我几乎要放弃了。

“你知道问题出在哪里吗？”听到我的倾诉后，彼得问我。

“你太希望自己成为罗宾汉那样的人，觉得自己可以像他那样不费吹灰之力捕到猎物。”他温柔地对我说，“可能你需要重新开始，自己去森林里待几个小时，走一走，安静地坐一会儿，观察你看到的一切。”

我听从了他的意见。先把通往小屋的路都走了一遍，然后熟悉了去河边的路，最后信心满满地独自进入了森林，觉得自己不会再迷路。坐在一根原木上，我开始观察周围，沼泽里的动物脚印，干燥的粪便，被啃掉的树皮，这里有许多证明野兽曾出没过的痕迹。

在学会真正的狩猎之前，我得先学会观察动物。我决定换一种方式，学着耐心一点。

“我看起来怎么样？”我把脸凑近彼得问道，假装在照一面镜子。当时我们正站在火炉旁，等着水开。

“好看。”彼得笑着回答。

“没有镜子照，只能相信你了。”我吻了他。

“我呢？”我们的鼻子碰到了一起，“你嫌弃我看起来老吗？”彼得问我。

“那你会嫌弃我看起来太小吗？”我说着，把铁皮罐挂在火堆上方的挂钩上，“你老，我年轻，但是为什么年轻就比老好呢？”

“是啊。”彼得点点头，“但是没几个年轻女性愿意跟比自己大 30 岁的男人在一起。”

“我不愿意跟其他比我大的男人在一起，只愿意跟你在一起。”我抱住了穿着三层套头衫的彼得。

“我真幸运。”他笑道。

“你很健壮，还充满智慧，幸运的人是我。”我又吻了吻他。

“嗯，对，比你大有个好处，就是能帮你避免一些我年轻时犯过的错误。”他拿起茶杯。

“的确如此。跟忘年交聊天能学到很多东西呢！”我说，“年长者能从年轻人身上学到一些东西，反之亦然。”我又给铁皮罐里添了些茶叶。“你从我身上也学到不少东西吧？”我笑着望向他。

“从你身上我学到两个人也可以相处得很融洽。”

我跟彼得在印度第一次遇见时，还碰到过另外一个出来旅行的人，她直接问我们是不是父女，当时场面尴尬极了。一些荷兰的朋友也说彼得的岁数可以当我爸爸了——他们觉得彼得一定是一个苍老、行动迟缓的垂暮老人，我一度被他们说得摇摆不定。还有人猜测说因为我和父亲之间相处不融洽所以喜欢岁数大的人。小时候当我担心别人的眼光时，母亲经常对我讲的一句话是“由他们想去吧”。事实证明，这句话对我长大后的生活也大有裨益。

那一整个冬天都没有出现任何意外，我们也没有生病。唯一的困扰就是我的头皮屑问题复发了。以前我用一种配方独特的洗发水治好了这个问题，但这次的复发十分严重，我经常半夜在睡梦中挠头发。

"你知道你的挠头声都把我吵醒了吗？"一天早上彼得问我。

"头皮痒。"我飞快地回答。

"我看看。"他说，"我听说古时候有些地方的人用尿洗头。"

"你说什么？"我转过身皱着眉头，"小便？"

"是啊，听起来确实有点可怕，而且他们只用女人的尿。"彼得大笑。

于是一个用尿液洗头的伟大想法诞生了。一天早晨，我用一个易拉罐盛好自己的尿液。这罐深黄色的液体，气味熏人。我带着它来到河边，用河水打湿头发，然后慢慢地把尿液浇在上面。为了让头皮充分吸收营养，我又忍受着恶臭在太阳下晒了半个小时。彼得捏着鼻子笑个不停。之后我又到河边，在两块大石夹起形成的深水池中把头发冲了一遍，不停地抹肥皂想把臭味洗掉。谢天谢地，用这个世界上最廉价易得的东西，我的头皮屑问题被神奇地解决了——而且再也没有复发过。

冬日昼短夜长。我们会在天黑前把饭做好，点上一截被折成四段的蜡烛，围坐在火炉边。这样正好 4 天能把一根蜡烛用完。借着珍贵的盈盈烛光，彼得会为我读《指环王》。我发现一开始根本没法集中精力，总是错过关键的情节，过了几周之后才慢慢适应了。读完之后我们会转移进帐篷，静静地在睡袋里倾听暗夜中的森林。所有声音都清晰极了。猫头鹰在林间互相叫喊着，负鼠大声尖叫着，还有其他夜行的动物从洞里爬出开始四处跑动。河水从山下的峡谷里奔流而过。

长夜并非死一般寂静，也没有伸手不见五指——月光给整个山谷和森林点着灯。望着纤尘不染的夜空，我们常常感到好奇，浩瀚的宇宙里像是空无一物，而实际上却又包含了那么丰富的内容。

睡在星空下有一种很神奇的感觉。以前晚上我都不敢外出，不知道遇到野兽应该怎么办。但现在已不再有任何恐惧，因为山谷就像我们的家。我们一睡就是 12 个小时，充足睡眠的结果是精力越来越旺盛。3 个月后，我感觉身体达到了前所未有的活力状态，整个人都精神百倍，心情愉悦。

睡觉之外的时间用来捡柴、生火、做饭，我通常早上把火生起来，煮茶、烤面包。在冬天那几个月里我学会了生火，并且开始喜欢上火带来的温暖陪伴。火是有生命的，它总能让我重新振奋，望着它我就能立马平静下来。火烧得正旺时不能拨弄火心，它和人一样，有自己的坚守。

当然生火也要付出代价。我的两只手被木炭熏得发黑，而且身体的每个器官仿佛都布满烟尘。头发和衣服上的烟尘味很难洗掉。我经常把衣服拿到河边去洗，但是穿上没多久又恢复老样子。烟尘味就是我的气味，就像芬芳是玫瑰的气味一样。

两周后，我主动提出回中心营地取些必需品。我背着空背包出发了，一路心想着快点赶到那里。我飞快地沿着山路走下山谷，穿过几条河流，走过荒草丛生的小路，到达一片开阔的平地后甚至飞奔起来。进入“精灵王国”后，我突然感觉奔跑这个动作很滑稽，应该慢下来享受周遭曼妙的风景，慢一点也比较安全。于是我停下来，望着周围的一切，突然意识到自己以前做什么都太快了。从学生生涯到工作一直如此，迅速行动是我对生活一贯的反应。然而，大自然给了我充足的时间。我不再逼自己一味狂奔。

“嘿，米里亚姆！”彼得挂着一脸笑出现在我的帐篷门口。

“怎么了？”我轻声问。我刚用了几个小时把睡袋抽空，正准备往帐篷里放。

“哈里来了！”彼得压低声音对我说，指了指屋子。

“哈里？”我有点惊讶，紧接着就笑了。

我随彼得悄悄钻到帐篷后面，偷偷望着屋子前面的那片空地。我们的好邻居，高傲而又美丽的野兔哈里，正在草坪上晒着日光浴。当然我没打算把它捕来吃，它可是家里常来的客人。

这片地方的负鼠被我们捕得差不多了。但是有一只我们从来不杀它。因为它经常来营地周围遛弯，我们给它取名帕西。它一点也不怕人。我们觉得能和周围的小动物们交朋友也挺不错。营地周围经常有一些小动物，但我们从不惊扰它们。看到自然的生灵以它们的方式生存，我们由衷地高兴。在由人类掌控的世界里，这样自由的生命越来越少了。

某天，很早我就醒了，把脑袋探出窗外想看看天空是否已经破晓。听到一声鸟叫，我提起衣服起身走出帐篷。天空依然是一副灰蒙蒙的景象，但是我知道太阳一出来天空就会立马变得湛蓝湛蓝的。

我捡了几根干树枝，准备生火煮茶。彼得出来后也对好天气一番赞叹。我们坐在火堆旁一起吃起了面包。

“天气可真好啊！”我说，“我们今天去个远一些的地方吧。”我早就把铁皮罐、茶叶和奶粉装进背包，准备好随时出发。

森林里有几处霜结得很厚，溪水还没有被完全冻住，但是瀑布上已经结了一层冰，覆盖着各种植被和岩石，岩壁上挂满了细长的冰柱，每有一滴水落下，冰柱就变长一点。背阴面的石块更是被冻得仿佛冰雕一般。

海拔越来越高，山路上逐渐出现积雪。我们来到一条小溪边，河岸上挂满了冰碴。我走得满头大汗，所以赶快脱下衣服跳进河里洗了洗。清凉的河水和微风令我神清气爽，我感觉体内不断向外散发着热量。

彼得打量着山顶。“今天的天气很适合往山顶爬。”他说，“你想试试吗？”

洁白的雪地反射着刺目的太阳光，头顶是一片深沉的蓝。雪已经变得很瓷实，走在上面脚都不会陷进去。木头手杖扎进冰里，每走一步地上都会很神奇地出现一个蓝色的小洞。万籁俱静，整个山谷里只听得到我们的脚步声。

山上的景色美得无法用语言形容。没有一丝风，一切都安静极了。我们看到起伏的群山覆盖着白雪，看起来之前并没有人来过这里——整个世界一片洁白和空旷。阳光很强烈，穿着短裤和羊毛衫也觉得热。站在山顶上，我们望着眼前这个沉静又迷人的世界。

在下山的路上，我们遇到一个个陡坡，不断滚落的鹅卵石上覆盖着白雪。我们只能把腿抬得很高，一路又滑又跳地下了山。那种感觉很奇妙，像是毫不费力地滑下一张白色的丝绸床单。

我们停下来休息了一会儿，彼得从口袋里掏出一小块报纸。

“可以喝茶了。”我抱住他。带一小块报纸来点火，他真是聪明啊！

彼得去树林里捡了几根枯枝，在石头中间生起一个小火堆。我给铁皮罐里装了几捧雪，放在火上。

此后的人生里，我再也想不出有什么事比在山上生起一堆火、煮一杯热奶茶更美好了。

8 月中旬，所有的食物全面告急。过了几个月同营火相伴和在积雪覆盖的群山中不断行走的日子，我们不得不出去补充给养了。但是两人都不愿意离开这个美丽的山谷，因为它已经像家一样亲切了。我们很怕再次回到外部世界的文明中，怕会不适应那里快节奏的生活与嘈杂。但是食物实在是不够吃了，我们别无选择。

走出大山再到山下的公路一共需要 4 天时间，我们要在公路上搭便车回城，这一路上都在回忆过去 3 个月的生活。

“还记得我们说过大自然的纯净可以净化我们的身心吗？”彼得突然站住，下巴搭在手杖上。

“你感觉有变化吗？”我问他。

“有一点吧，又好像没有。”他说，“现实与想象总是有差距的，对吧？”他的手杖尖戳了戳我这边，“我现在才明白与万物的宽广相比，人类的思维其实是很有限的。”

“我感觉我有变化。”我说，“我觉得自己的精力越来越旺盛了！可能是因为睡眠充足，也有可能是来自大山的力量——谁知道呢？也许自然能做的就是给我们力量，我们的心智也能因此得到改变。”

“嗯，对，我也感觉精力旺盛。”彼得点头表示赞同，“不管多大年纪，适当地放松身心都很重要。我觉得大家都低估了‘无为’的作用。”

“嗯，我觉得‘无为’对我来说是最难做到的。”我微笑着对他说。休息了一会儿，我们又继续赶路。

终于来到了开阔的平原地带，天气暖和了许多，不再像山上那么凛冽。四处一派春意盎然。紫色的小花点缀着苍翠繁茂的草丛，蜜蜂正忙着采集花粉。有些树上已经开出了花朵。看到五光十色的世界，我们心情大好。

缓缓走下山谷，一片农田出现在面前，方方正正地被篱笆隔开，篱笆上捆着电线。

“这也太整齐了吧！”我大叫道。

“这就叫人类的秩序感。”彼得微笑地看着我，“当然，这还是个时间问题，希望不久的将来一切都能按其自然规律生长。”

我环顾四周。不同的人应该对这片农田有不一样的感受吧。人们被禁锢在这里，只能以一种固定的方式耕作。人类的秩序感意味着控制，但大自然却恰恰相反：它貌似杂乱无章，却潜藏着自己永恒的规律。

终于顺利到达公路地带。10分钟后，一辆红色宝马向我们驶来，之后缓缓停靠在路边。司机摇下车窗，我们看到一个西装革履的帅气男士，右臂搭在窗框上。一股须后水的味道扑面而来。他的面容苍白，胡须修剪得很整齐，嘴唇薄薄的，挂着笑意。他一脸疑惑地看着我们的衣服和拐杖，然后将蓝色的眼睛转向我。我对他笑了笑。

他眨了眨眼，慢慢将头探出窗外，问道：“你们从哪儿来的？”

春

已经接近傍晚时分，空气潮湿黏腻，四处都透着春天的气息。一只大黄蜂在前面为我们引路。山峰、洞穴、树丛看起来都熟悉极了，但怎么都感觉像是已经离开这里一辈子了。路过我们之前的家，我们很快就到了耗子房前——这间木屋子伫立在一座极具生活气息的小院子里，周围长满松树，院里有几只羊，果树正在开花。

“什么？”耗子从厨房里看见我们，惊讶地大叫一声，“你们怎么回来的？”

不一会儿，他从里面走出来站在房门前，满脸诧异。

“步行，搭车，再步行。”彼得回答。我们紧紧地抱住耗子。

“我的天，你们能活着回来真是太好了！”

看着彼得一脸的笑意，我感到一种前所未有的成就感：我们成功地在大山里度过了这个寒冷的冬天。

“天气怎么样？”耗子问，“这里天天下雨，我有两次想去看看你们，但是根本过不了河！整整两次！”

“那边大部分时候都是晴好，就是晚上霜结得很重。”彼得说，“还下了好几场雪。”

“快给我讲讲！”耗子说，“先进屋吧，我给你们倒酒。”

我们脱下鞋，小心翼翼地踩上他干净的蓝色地毯。两个野猪的头挂在墙上，静静地凝视我们。它们生命最后一刻的惊诧表情永恒地凝固在脸上。

耗子拧开水壶电源，立马传来一阵震耳欲聋的声响。“你们想吃点什么？”他问，“你们现在最想吃的是什么？”

“水果！”我俩异口同声道。

他赶忙端来一大碗柑橘和苹果，给杯子里倒满热水。

“水烧得真快。”我指了指热水壶，“捡柴生火再烧水真是没法比！”我看了看彼得。他心领神会地笑了笑，我们像是分享了一个小秘密，而这个秘密发生的世界，外人无从知晓。

耗子开冰箱取牛奶的时候，我的视线落在了他冰箱里的食物上。有那么一瞬间，我感觉自己像一个初次造访大都市纽约的原始人，垂涎地望着冰箱里满得快要溢出来的食物。过去，我的冰箱里也是这个样子。小时候，我们家的冰箱里也总是装满各种奶酪和酸奶——如今能享受到它们的美味对我来说算是奢侈了。

“嘿，你用你的弓箭打到猎物了吗？”耗子一脸期待地看着我，放了几个杯子在桌子上。

“嗯……呃……并没有。”我回答说。耗子以前教过我很多打猎的理论知识，感觉现在的自己像个不及格的小学生。

“但是我们并不缺肉，吃了好多负鼠还有鹿肉。”彼得帮我解围。

“啊？你们怎么逮到鹿的？”耗子摆出一副洗耳恭听的架势。

我们开始竹筒倒豆子般讲述过去3个月的经历。我讲完，彼得接着讲。一个人讲的时候，另一个人手舞足蹈负责还原场景。

“你真应该看看彼得说我们吃负鼠肉时那人脸上的表情！”我大声说。

“当然！”耗子大笑。突然他一脸严肃地问道：“有时候还是挺难的，是吗？”

“有时候冷得要命。”彼得摇摇头，“我的老天，你都不会相信，帐篷里冷得像冰窖，瀑布结成了冰，所有东西都被冻得结结实实的。而且，你知道吗？”彼得放下茶杯，“当你已经睡了8个小时，醒来的时候却才凌晨3点，那时过去所有恼人的回忆就会爬上心头，一遍遍地折磨你。”

“真的吗？”耗子脸上闪过一丝担忧。

“嗯，那些无法解决的矛盾一件件涌上来。”彼得用两根手指轻轻抚着胡须，“就像地下室里排着队爬过来的蜘蛛。”

“我明白。”耗子说，“我想我们让自己不断忙碌的目的也是为了不去想那些糟心的事。”

“晚上在那儿几乎没什么事可做，所以你只能躺着任由回忆侵袭，别无他法。”彼得说着喝了一口茶。

“后来呢？”耗子又问。

"几个月后，这种感觉就没有了。能在安静的冬天无所事事地坐着，哪怕生命里只有一次这样的经历，都能净化人——我是说心灵的净化。"

"身体也一样。"我插嘴，"因为睡眠充足，我们每天都元气满满！"

"你们经历的这些事还挺有意思，是吧？"耗子扬了扬眉毛。

我们沉默着喝了一会儿茶。

"这边怎么样？"彼得问。

耗子想了一会，说："哎呀，什么都没发生，一切都是老样子。"

电话铃响了。我感觉肾上腺素飙升一般，不由自主地打了个哆嗦。

耗子跳起来。"随便吃随便用，我可能得一会儿才能回来，工作上的事。"

彼得打开电视，房间里立马回荡起电视播放的巨大声响。他不断地换台，从 CNN 跳到 BBC，再到半岛电视台、俄罗斯电视台还有中国的中央电视台，不一会儿就把世界形势了解了个大概。我跑向另一个房间，打开电脑，输入密码之后我突然感到一种想要查看邮箱的强烈冲动。我为自己有这样的冲动感到惊讶，感觉自己像一个毒瘾患者终于又吸到了一口毒品。我在电脑前看了一小时邮件，但感觉好像只过去了 5 分钟，然后就被黛比的声音拉回了现实世界。

我们努力真诚地对彼此微笑。我搂紧她小小的身体，她大笑着对我说："我闻到了你身上的烟尘味！"

彼得在厨房帮忙，我溜进干净洁白的浴室想把一身的烟尘味洗掉。我贪婪地嗅着毛巾上的香味，看着镜子里自己的样子，我有点惊诧。这是我吗？几个月来第一次，我看到了自己的脸。我已经快要想不起来自己长什么样了。我脑子里都是彼得的样子。

接下来的几天，我们每天洗澡洗衣服，开车去超市购买必需品。临行前一晚，大家围坐在桌子旁边。

“你们俩知道接下来要去哪儿吗？”耗子问。

“嗯，之前遇到的那三个人跟我们说起过鲍勃营地。”彼得说，“就在玛塔基塔基山谷，他们都说那有一座美丽的原始森林，地方比较偏，没什么人去过。”

耗子皱了皱眉头，说：“你们去过那边的营地吗？是自己亲自去的吗？”

“没有，但我们挺相信这些小道消息。”彼得看着耗子的眼睛。

“你们怎么不订个计划呢？比如说，春天去那儿，夏天来这儿，秋天再换个地方这样的。”

“如果把一切都计划好，就没什么想象的空间了。”我耸耸肩，“不期而遇才是最有趣的。”

“可能会发生一些奇妙的事情，改变我们的人生轨迹，但是这些事，人是没办法提前计划的。”彼得补充道。

“可怕的事情也会发生，你们可能因此丧命！”耗子打开地图，“好吧，这是玛塔基塔基，鲍勃营地在哪儿？”他问道，绿色的瞳仁在长睫毛下面一闪一闪。

彼得指着国家公园里一片人迹罕至的区域。我们会在那里看到真正原始的野外环境。

第二天一早，装上耗子的四轮摩托和重新购买的食物，我们坐上卡车再次出发。穿过群山，越过峡谷，来到一条布满灰尘的废弃公路前。我们换上装有拖车的四轮摩托，一路驶过农田进入森林。森林仿佛是另外一个世界——苍翠、茂盛、充满生命力，一条小径洒满阳光。

“抓紧了。”耗子说道，接着猛地加速，驶过布满泥浆和大石的河滩。彼得只能抱着我，我紧紧抓住耗子，害怕被甩到拖车的一角。我们一路上升得奇快无比，我抱着耗子笑个不停。直到车子没办法再往前开一步，我们才下车，我笑得眼泪都要流出来了。

“笑什么呢？”耗子的声音里满是不解。

我们把装食物的铁桶藏在树林里，盖上青苔和石头。之后就背着背包向森林进发了，我们走过一条宽阔的河谷，两边是坚硬多刺的灌木丛。它们浓密的针叶可供动物食用，也为很多鸟儿和其他动物提供舒适的栖息地。

看到草坪那头伫立着的木质小屋时，我们开心极了。它就坐落在一大片红色山毛榉的尽头。我们猜大概 100 年前有一个叫唐尼的农夫专门为了养羊清理出了这片农场，还自己伐木盖了这座唐尼小屋。最近几年，为了防止漏雨，木质屋顶已经被换成了铁皮屋顶。小屋大概长宽各有 4 米。屋里很黑，我看了好久才看见屋内有个火盆，还有四个铺着床垫的铺位和窗下的一把木椅。我饶有兴致地打量着这座屋子，用边缘粗糙的黑色木板做的墙，用最原始的木条打造的天花板，还有木头上刻着的名字和日期，这一切都让我感觉自己走进了一座博物馆。

“嘿，你看见那只白鼬了吗？”我正在铆足了劲扫地，彼得跑进来大喊。我抬起头，但是已经什么都看不见了。

“你们真幸运，它能帮你们捉老鼠！”耗子说，“你们想在这儿待多久？”他边问边划开一些陈木，想生火煮茶。

“等我们把所有食物都转移过来，就去鲍勃营地附近驻扎。我想应该会很快吧。”彼得说。

晚饭后我们钻进睡袋取暖。

“盯着火看的感觉真好，对吧？”耗子舒适地躺在床上，双手背在脑袋后面，“我爸爸只允许我们在他在场的时候生火，像个疯子似的寸步不离守着那些柴火，如果发现有人偷偷点火，他一定会把我们暴揍一顿。”

“真的吗？”我吃了一惊，很难想象他遭受过如此暴力的童年。

“对啊。”屋子黑暗的一角传来彼得的声音，“那时候你在家挨你爸的打，在学校挨老师的打！那时候体罚真的很正常。”

“是啊，在学校一不写作业老师就打手板。”耗子咧嘴笑道，

“但是老师没有我爸爸打得狠，所以我宁愿挨老师打。”

“什么？每天都是如此吗？”我脑海中出现了一个主动要求挨揍的瘦弱男孩。

“打到最后老师也觉得没意思了。校长开始格外关照我，他发给我一套校服，每天监督我完成作业。”他笑道。

在我成长的过程中，父母没有因为任何事打过我。听起来耗子生活的年代要比我早 30 年，但实际上他只比我大十几岁而已。时间改变了很多东西。

次日天一亮，耗子就起床了。“祝你们好运！”他说着，脸上挂着一丝忧虑，“我不确定能不能来看你们，这确实有点远。”看着我们一点点地从睡袋里钻出来，他有点抱歉地对我们说。

“别担心，我们会没事的。”我很有信心地对他说，并给了他一个拥抱，“我会让路上遇到的猎人给你捎信。”

我们挥手告别，从小屋的窗户看着他远去的背影。耗子快步走过一片潮湿的草坪，走了大概 50 米之后，他开始奔跑起来。

过了一会儿，太阳被遮在厚厚的云层后，天开始下雨。先是淅淅沥沥，继而大雨如注。

彼得穿着厚羊毛衫和短裤，有点绝望地站在一团漆黑的小屋里。

“你的头发因为潮湿全部卷起来了。”我抱了抱他。

“我们需要木头。”他吻了吻我，“木头，米里亚姆。”他的声音里满是焦急。“这样我们就能烤面包了。”他一脸严肃地说，“冬天一过，这儿的木头肯定都被浸湿了。”

“嗯，好。明天应该就放晴了，外面不会再这么潮湿，我们肯定可以很快把柴火间填满！”我信心满满地说。

但是第二天并没有放晴。雨一天比一天大。有一天雨停了一小会儿，彼得出门去劈了一棵齐腰高的红色山毛榉，我飞快地跑到河边又捡了一些风干的木头。我们将干木头点着，把其他潮湿的柴火立在墙上等待烘干。点燃一部分柴火去烘干另外一部分柴火，不断循环往复。接下来的几天，几乎日日如此。

我们在老屋里等了好几周，外面时而风雨凄迷，时而雨雪交加。河水猛涨，洪水阻断了上山的路。屋里的光线很暗，只有站在窗边才能看清书上的字。我们下棋，在窗边读书，煮豆子，劈柴，填火，一杯接一杯喝茶。窗外，鸟儿们在春日里繁忙，野兔四处奔跑。我们似乎是最不适宜在这座山谷里生存的两个生物。

我在窗前坐了好几天，期待有身影出现在迷雾中。

我想，要是有人来就好了，猎人、徒步者、渔夫……什么人都好。

我想象着两个人倚在厨房的桌子上，讨论着他们接下来要去哪里打猎，手里端着热气腾腾的咖啡。

“玛塔基塔基！”我想象自己小声对他们耳语。但是期待终究还是落空了，谁都没有来。

“你知道，人们说一旦社会系统崩溃他们就会往山里跑，对吧？”有一天，我在清洗铁皮罐时问彼得。

“是的。”彼得正在对着冒烟的火堆猛吹，想让火着起来。

“你想象一下他们来到这儿。我觉得没几个人能应付这里的生活——我是说心理上。第一周他们就会变得焦躁不安，患上幽闭烦躁症，还会非常想念家人，因为与人类社会脱离而变得异常暴躁，你说呢？就比如耗子，他一晚上都待不住，肯定会迫不及待往家跑。”

我顿了顿，听着雨点敲打房顶的声音。

“如果还有选择，我想换一个不下雨的地方。”我叹了口气，“这雨已经淅淅沥沥下了好几周了。”

“是的，我也是。但现实是，即使我们能顺利过河，也没地方可去。这里暂时就是我们的家。那就接受当下吧，好吗？”

我看向窗外，树林间弥漫着雾气。

“这种天气什么都干不了。”我苦涩地笑了笑。

“我们并不是来一个下雨的地方度假，完了之后可以回家过上正常的生活。”彼得说，“这就是我们的生活，我们必须接受它。”

有那么一两次，雨势稍稍减弱，我会出去打猎。穿着短裤凉鞋走过齐膝的草丛，吸满水的青茎轻柔地拂过我的小腿。有些地方的草坪已经变成了沼泽，泥浆可以没过脚踝。我拉开弓向远处石头山上的一只野兔射去。箭射中了石头，摩擦出耀眼的火花。野兔早已逃之夭夭，我的箭也被射弯了，怎么都掰不直。

我还设置过几次捕猎器，但是一只负鼠都没有捕到。它们也在洞里躲雨吧！我们把黄豆和豌豆煮了做晚餐。每天都吃豆子，还有大米，这样坚持了好几周。

在那间阴郁的老房子里，我们有的是时间。因为读书很不方便，我们发明了一种十分有趣的消遣方式：我说一个国家的名字，彼得给我描述他曾在照片中看到的那里的景色。他学识丰富，知道那里的植被和气候。他把自己在历史书和政治书里看到的故事讲给我听。通过彼得，我对这个世界又多了一分了解。

有一天，我们正在讨论伊拉克的古代文明，彼得提到了《吉尔伽美什史诗》，这突然勾起了我的兴趣。

彼得对我讲："吉尔伽美什是历史上真实存在过的一个极富传奇色彩的国王，他生活的年代大概在公元前 2100 多年。因为想留下一些东西以供后世纪念，于是他决定修建一座城市。他向女神伊师塔征求意见，女神对他说：'我给你一样叫作文明的礼物，但是你不能再把它还回来。'于是吉尔伽美什建了乌鲁克城，用一堵墙将城市和荒野分隔开来，与自然丧失联系的人们很快开始觉得孤独，在死亡面前他们的所有成就都显得一文不值。"

"哇！不能再将文明还回来。"我倒吸一口气，"我们还没有从过去 5000 年的历史中吸取教训，我们的城市越来越大，但是人却感觉越来越孤独。"

我们静静地躺了一会儿。

"那堵墙总有一天会塌的。"我说。

"但是可能需要很长时间。"彼得回答道。

小屋附近有个茅房，像是好几年前建成的，经年累月，里面都是粪便、泥土还有雨水。一天早上，我坐在木制马桶上上厕所，看着雪花轻柔地落在一片苔藓上。突然可怕的事情发生了，我感觉有什么东西溅了上来——是雨水和粪便的混合物！其他人的粪便！我瘫坐了几秒，接受了噩梦已经发生的事实，然后一下跳起冲进雨里，光着屁股跑到河边。

进屋之后，我看到彼得朝我眨眼。“怎么了？”他一副什么都不知道的样子。

“上厕所的时候有东西溅上来了。”我无比悲伤地说着，伸手去拿肥皂，我打算回河边进行新一轮的清洗工作。

他指着屋子角落里的一个盒子对我说：“这就是我为什么每次上厕所都先垫层报纸的原因。”他一脸坏笑。

雨下了整整 3 周，我们变得暴躁不堪，开始因为一些小事争吵。

“燕麦放哪了？”一天早上彼得问我，声音里透着不耐烦。

“我放到墙角那个袋子里了，也有可能在桶里。不对，是不是在那个挂钩上？老天爷！你不能自己找找看吗？就在这间屋子里！”我凶神恶煞地说。

一天下午，彼得对我说：“你最近老是对我发火，我感觉你不愿意和我在一起了。”听到他有点委屈的声音，我的眼泪涌了上来。我为自己的暴躁向他道歉，并走过去拥抱了他。在荒凉群山中的这座孤独的小屋里，我和彼得是彼此唯一的依靠。那种感觉就像是拿着一瓶水走在沙漠里，可我却差点儿连那瓶水都丢了。彼得是我最该珍惜的人，我应该温柔地对待他，他是我的丈夫、我最好的朋友，是我在这座大山里唯一的陪伴。

一天晚上，我们刚睡下，就听到雨点重重砸在房顶上的声音。远处惊雷乍起。一道闪电把小屋照得透亮，接着是地动山摇的雷声和瓢泼大雨。我们说着话，却完全听不清对方的声音。我想钻到彼得身边去，但又觉得那样做有点幼稚。

雨声慢慢小下来，接着窗外狂风大作。大风从山谷中的每一道罅隙中涌进来，吹得树枝噼啪作响。小屋侧上方有一根粗壮的枯木，一旦被狂风吹倒下来，这间屋子瞬间就会被砸成一片废墟。我越想越焦虑，不知道我们能不能熬过这一夜。脑子里翻来覆去地想：能撑到明早吧？我还想象着两具被压碎的尸体成了白鼬和野猪盘中餐的情景。突然，巨大的撞击声响起，我惊声尖叫起来。什么东西重重地砸在地上，我的心几乎要提到嗓子眼。

谢天谢地，我们熬过了那一晚。经历一夜的狂风骤雨，房顶也完好无损。第二天一早我打开门，一阵清新舒爽的气息扑面而来，南风赶走了全部的坏天气！天空湛蓝，雨季终于结束了！我张开手臂拥抱了蓝天，像诺亚在洪水过后，准备放出鸽子去寻找一片没有被洪水吞没的土地一样。

“放晴了！”我朝彼得大喊。

我们向河那边走去，走到被积雪覆盖的山顶，周围的景色奇异壮观。我们在这里住了一个月，却从没看到过这些山峰，它们一直被隐匿在层层乌云背后。在小屋 20 米开外，一棵大树倒在地上——这应该就是昨晚巨大声响的来源。

至于整晚令我惴惴不安的那根枯木，它还在暴雨来临前的位置——一动不动地倾斜在屋子上方。

我们开心地彼此相拥以示庆贺。我们终于熬过了雨季！没有什么比接连 25 天的大雨之后再度放晴的天空更令人欣喜的了！为了这一刻，即便是 25 天的等待也值了。

我迫切地想离开这里并向鲍勃营地进发。“我先带一些必需品过去，回来的时候告诉你山上到底有多棒！”我激动地对彼得说，然后立马开始打包大米和面粉。我一天也不想待在这个潮湿阴暗的屋子里，无比期待一场独自出发的探险。

“一定要这么着急吗？”彼得看上去有点担心，“河水可能还没退下去。”

“不不，河水肯定退了。”我继续打着包，“我要把好天气充分利用起来。指示牌说到鲍勃营地只需要 4 小时，也不是很远。”我信心满满地跟彼得吻别道：“明天见！”

在这样晴朗的天气里一个人向遥远的未知进发，感觉好极了。我走过泥泞的沼泽，爬过陡峭的河岸，越过粗壮的落木，蹚过数条河流。天气晴好，路也好走，我开心极了。一个小时后，我进入了一座风景迥异的森林，一片死寂，没有风声，没有鸟叫声，更没有潺潺的溪水声。太阳被厚厚的云层裹住，时间好像一瞬间到了黄昏。站在寂静的树林里，我内心惶恐，不知道自己身在哪里。大树耸立在这座气氛诡异的山林里，好像在对我说："回去吧……回去吧……"

蹚过一条布满障碍的河流，不一会儿，我到了一座小桥前。我之前在地图上看到过它，但从没走过这样的桥：脚踩着一根绳索，再用手扶住另外两根保持平衡。一旦从脚踩的那根绳子上滑落，我就会跌入万丈深渊，摔得粉身碎骨。我把拐杖平放在上面的两根绳子上，然后有点犹豫地踩了上去。脚下是奔腾不息的冰冷河水。

千万别掉下去，我不断提醒自己。因为抓得太紧，我的手指关节开始发白。快到悬崖另一头的时候，我几乎够不到头顶的绳索，几度失去平衡。好不容易安全抵达对岸，我长舒一口气。

我要穿过另一片阴冷湿滑的树林一路向山上走去。我逐渐体力不支，越走越慢，感觉自己好像等着被大灰狼吃掉的小红帽。尽管没有什么大灰狼，但我还是被一只在河边饮水的雄鹿吓了一大跳。看到我之后，它飞也似的转身逃跑，脚步声打破了山野的寂静。

走着走着，眼前突然没路了。

我在原地定定站了一会儿，环顾这仿佛有什么不祥预兆的树林。

衰败的黑色山毛榉落叶铺在地上厚厚一层，已看不清哪一条是路。我害怕极了，感觉自己下一秒就要被黑暗吞没。我疯狂地在原地打转，想找到那块橘红色的路标，但到处都是长相古怪、盘根错节的灌木丛。我盯着一束从厚重幽暗的树叶间落下来的阳光，感觉天很快就要暗下去了。我又往前走了一段，在树丛中看到一块空地，感觉那有一条路。但是到了之后却发现什么都没有。我又一路狂奔返回原地，突然一切看起来极其陌生。一番折腾后，我终于找到了路。

我沿着路继续往山上走，最终在森林的尽头看到一束亮光。我顺着铁杆上的橘色路标走到了一汪巨大的沼泽前，上面覆盖着厚厚的积雪。一条窄窄的小溪从茂密的草丛中流过，溪水上漂着落叶，起初我以为水很浅，一脚踩进去才发现这冰冷的溪水可以没过我的大腿，绑在腰上的毛衣一下子被浸湿了。我喘着粗气，因为恐惧而大哭起来。我害怕自己会因为低体温症死去，脑海中闪过各种可怕的画面，感觉自己要完蛋了。

我想再快一点，于是加快脚步跑了起来，没跑几步就被一块覆盖着积雪的大石头绊到了。我告诉自己要冷静。我知道很多人会在丛林里失了主意。不断出现的威胁会夺去人的理智，令他们发疯。我感觉自己已经接近崩溃的边缘。

终于看到伫立在远处的白色小屋，我长舒一口气。走到门口，我看到窗户下面的雪地里立着一座坟包。以看到一个人的坟墓作为结尾，我这场惊心动魄的旅途算是圆满了。坟墓边上是一座木质的十字架，刻着“安息吧，鲍勃”。看起来鲍勃曾经是一名金矿的矿工，一把充满纪念意义的铁铲挂在墙上。我想，他一定是在这间屋子附近死去的。是因病去世的吗？还是发生了什么意外？这样想着，我不禁打了个寒战。

打开门，里面比唐尼小屋干净明亮得多，大概 15 平方米的样子。我翻看了屋里的留言册，发现一整个冬天都没有人来过这里。窗外，落日的余晖正照耀着小屋上方那座清冷孤绝的石山。我知道自己来到了一个真正杳无人迹的地方，这就是我一直在寻找的最原始的野外。现在我终于找到了，内心却是五味杂陈，感觉全世界只剩下我一个人。

我换上随身携带的羊毛裤和衬衫，开始生火。把被打湿的短裤和羊毛衫挂在火堆上方的绳子上，不一会我就觉得浑身热了起来。睡觉时，我闭上眼，满脑子都是鲍勃——或者说是他的灵魂吧。他的灵魂肯定还在周围四处飘荡。

“你好，鲍勃。”我小声说。

没有回应。

躺在寂静的夜里，我发现以往脑子里那些杂七杂八的想法都不见了，只剩下恐惧——我很怕有鬼魂出现。自己仿佛又回到了 12 岁。我整个人都躲在睡袋里，感觉呼吸困难。我想到了当初送给吉米希望他不再胆小的那颗孔雀石。

之后，我的脑海里突然浮现《老子》中的一句话：将欲废之，必固兴之。于是我深呼一口气，任由恐惧来袭。我开始不再抗拒脑海中令我感到害怕的意象。我望着黑暗，静静地等待着。没有鬼魂的声音，什么都没有发生。我躺在一片寂静里，突然明白让自己觉得害怕的，不过是未知而已。

这个小小的顿悟让我感觉好多了。我又能自如地呼吸，不一会儿就睡着了。

半夜，我突然醒来，热得大汗淋漓。我知道来自北方的暖流可能又要带来降水。果不其然，黎明时分，大雨倾盆而下。害怕河水会很快涨上来，我迅速将东西打包好——我可不想一个人在这个屋子里与鲍勃的鬼魂共处3周！

我一路跑下山，忘了自己还要过一条令人胆寒的绳索桥！不一会儿，我就被汹涌奔流的河水挡住了去路，前一天来的时候，这条河还很好过。我呆呆地望着黄褐色的水从眼前湍流而过。河虽不宽，但是水流得太急了。

我望着河水流去的方向。一旦跌倒，我会被冲到哪里去呢？但最后我还是决定冒险一试，一脚踏进河里。我把拐杖插在碎石中间紧紧握住，可是水流太急，拐杖根本立不稳。河水不断冲刷着我的双腿，巨大的岩石顺着河床一路向下游滚去。

我突然想起母亲曾教给我的一个办法：如果你把自己想象成一棵树，那么就没有什么能够撼动你。我仿佛看到她就站在身边，一步步告诉我应该怎么做。我想象着自己的根深入地下，像一棵树一样稳稳地站在奔腾的河流中央。河水已经漫过我的腰，并且还在不断上涨，但是我没有被它冲倒。我感觉有点紧张，所有的感官都十分敏锐，甚至能够听到自己的呼吸声。我慢慢地一步步向前，走到了河对岸。

因为带的行李不多，剩下的路我走得很轻松，一路都很开心，甚至没有注意到那座气氛诡异的森林。下午三四点的时候，我回到了唐尼小屋，天已经完全放晴，感觉自己冒雨一路狂奔回来真是愚蠢！

彼得看到我很吃惊，他紧紧地抱住我："你应该再等等的，宝贝，下次涨潮的时候不要再冒险过河了。19 世纪的时候人们管溺水叫'新西兰式死亡'，因为有太多新西兰人在过河的时候丧命了。"

那天晚上躺在床上，我想了想在过河时本可能遇到的险境。那是第一次我因为自己可能会被淹死而感到深深的后怕。那种感觉奇怪极了，因为 8 个小时前我过河时，可是一点都不害怕。

第二天起来时天气很好，我对河流和鬼魂的恐惧也烟消云散。我说服彼得带着给养和我一起上山去那美丽的鲍勃营地。因为打包花了一些时间，我们出发的时候已经快接近中午了。但是没关系，我跟彼得保证说那里并不是很远。

我准备扛背包时才发现它太重了，根本拎不起来。我不得不先坐在地上，把肩带绕到肩膀上，再转向一边抬起膝盖，最后拄着拐杖颤巍巍地站起来。

因为背包太沉，我们在泥泞的山路上走得很慢。

“4 个小时可能到不了，我们能赶在天黑前到就不错了。”彼得转过身等我走上来，我们之间大概隔了 15 米的距离。

“你为什么老是急匆匆的，因为你太心浮气躁！”他说。

我从他身边走过去，一句话都没有说。

“我们本来应该今天把行李打包好，明天一早出发，就是因为你没耐心，我们俩现在都要面临危险！”彼得在我身后大喊。

他是对的。我没法跟他争论，但是我也不想当面承认错误。这使彼得更生气了。

“你究竟装了些什么在包里，这么沉？”他接着说道，“我们真的该取些东西出来，简直太荒谬了，只有新手才会把盥洗室的那些东西背在身上——都是你抹脸用的那些瓶瓶罐罐。”

我扬起脸想为自己辩解几句，却不知道该说些什么。小雨淅淅沥沥地打湿了我的衣服。

“在野外根本不需要那些东西。”他依旧喋喋不休，“如果你担心脸上长皱纹，就应该回城里去。”

好的，够了，我心想。虽然没有说出来，但我在心里默默发誓以后再也不会和彼得出来远足。我决定以后每次要去别的营地取食物的时候，都自己一个人去。我们的关系不会存在任何问题——只要避免背着沉重的行李一起走远路。在这一点上，我们都没法做出丝毫妥协和让步。但后来证明这只是自己一时赌气发的誓。

还好，我们赶在天黑之前到达了营地。我默默地生了火，彼得做了晚饭。两个人都没什么话。

“能来这儿还是挺好的。”彼得淡淡地说了一句，手里翻着一本之前的人留下的杂志。

我有点惊讶地抬起头，然后突然笑了。

“你笑什么？”他微笑地看着我，一脸不解。

“没什么，亲爱的。”我说。

天气慢慢地越来越好，森林不再那么潮湿。我们生活在壮丽的雪山之下，四周是各种美丽的岩石。在温暖的午后，我们总能听到巨大的雪崩声，成百上千吨的雪和冰从近乎垂直的山顶滚落而下。

鲍勃营地建在两条河流的交汇处，屋外是一片布满碎石的田野。四周有很多沿着悬壁倾流而下的小溪。在峡谷的这一边能够望见对面一座呈金字塔形状的雄伟山峰，山顶终年积雪，两侧的悬壁和裂谷上却光秃秃的，因为没有供植被生长和落雪的地方。暴露在外的岩石反射着天空的颜色，有几个晚上看起来甚至是红色的，白天它们被阴影覆盖时呈黑灰色，太阳直射时又发出非常耀眼的棕褐色。

树底下的土壤慢慢变干，我们在小屋附近搭起了一顶舒适的帐篷。不下雨的日子，我们都在帐篷里度过。

某天散步回来的路上，彼得看到一只加拿大天鹅，它正在河边的草丛里孵蛋。彼得靠过去，想试探它是否会飞走。但是这个勇敢的母亲一动不动。从那天起，我们就经常去草丛里捡没有天鹅妈妈看护的天鹅蛋。我暂时忘记了弓箭打猎的事，每天专心致志地捡蛋。能吃到天鹅蛋也不错。

我们几乎天天下午去那条石头路上散步。有一天，我在路上捡到一个特别好看的羽毛戒指，它的编制手法很精巧，山谷里那么大的风都没有把它吹坏。捡蛋时听到天鹅妈妈在远处凄厉的叫声，我有点于心不忍，于是只拿走了两个，把剩下的三个小心翼翼地留在原地。我哭了，为那些天鹅母亲感到难过，觉得自己真是无情，脑海中闪过一个念头：我偷走了它们的孩子——以前在超市买鸡蛋的时候我可从来都不会这么想。而彼时的我却在那里，为了两颗被自己拿走的天鹅蛋哭泣。

我回到屋里，彼得盯着我手里的两颗天鹅蛋，并没有刻意看我哭红的双眼。

“我们不知道里面的胚胎发育到什么程度了，对吧？”彼得把这两颗珍贵、温热的蛋握在手里，“越南人喜欢吃那种胚胎几乎已经成型的蛋，是真的吃——有时候还生吃。所以我们这样也没关系的，好吗？”

他小心翼翼地把天鹅蛋打碎到杯子里，蛋黄看起来和鸡蛋有点不一样，里面搀着一点血丝状的东西。

“你吃得下去这东西吗？”彼得看着我。

“嗯……”我并不想吃它，但我也不想说一些让自己听起来假慈悲的话。

他从杯子里捞出已经成型的天鹅幼崽，把蛋丢进了油锅。我们吃了煎蛋和新鲜面包，感觉自己像野外城堡里尊贵的国王。

有一天，我正在火上烤面包，突然听到了久违的发动机声。嗡嗡嗡……一架蓝色的小型直升机从山的那边飞过来了。那是一幅令人感到惊异的景象，像是看到了外星人从天而降。我激动地朝驾驶员挥手，希望他能落到地面上来和我们聊两句。直升机盘旋着发出巨大的声响，在我们头顶形成了一个气流的漩涡。螺旋桨慢了下来，被卷到天上的树叶和枝条也落回地面，飞机安全着陆。一个男人从直升机上下来，两只手各牵着一条狗。他叫保罗，是这五周里我们见到的第一个人，住在新西兰西海岸，经常会开着他的私人直升机去很远的地方捕负鼠，一般都是夜晚行动。他靠出售时下流行的负鼠皮草谋生，看起来40多岁，有点小肚腩，人很友好，也有点害羞，但有时候说话非常直接。

“你是靠弓箭打猎的猎人？”他坐在火堆旁的一根木头上，不可思议地看着我。

“是吧，也不算是。嗯……我倒是有一把弓。”我盯着自己的赤脚和脏脏的趾甲，补充道，“还有一些箭。”事实本来就是如此。“鹿对我来说太大了，而且我从来没见过山羊。”我有点抱歉地对他讲。

“不，这附近没有山羊。山顶可能有些岩羚羊，但大多数都是野鹿和负鼠。动物们都生活在特定的区域。”他向我解释，把帽子脱下来，挠了挠金黄色的短发。

“东玛塔基塔基营地也非常不错。”他说着，满是谢意地接过茶和一片烤面包，“下周我要去那儿捕负鼠，我能用飞机帮你们载一些食物过去，如果你们愿意的话。”

彼得的眼睛里闪着光。

“开直升机过去只要 10 分钟。”

这对我们来说太幸运了，尤其是在往鲍勃营地送必需品的路上经历了那么多困难之后。

我们喝着茶，我开心地望着天空中刚出来的几颗星星，心想我们以后再也不用为沉重的行李而争吵了。

保罗和我们聊了一整晚，早上起床后，三人又重新围坐在火堆旁喝茶。

保罗拍着身旁的小狗对我说：“你之前说过打野山羊的事，是吧？我知道一座世界上最美丽的山谷，至今还没有人去过那里。那里到处都是野山羊、鹿还有岩羚羊。但是那里没有路，也没有住的地方，而且要花三四天的时间才能走到。”

听到这话，我们都有点震惊。

“那地方叫什么？”彼得靠近一点，生怕错过什么重要的信息。

“保罗的天堂。”他大笑道，“在一个根本没人知道的地方，很高，冬春两季都很冷，如果今年夏天你们想去那里的话，我可以帮你们运一些东西过去。”

“我们去的路上需要蒙住眼睛吗？”我开玩笑地问他。

“你是说，那里没有住的地方？”彼得又问。

“我想在那儿建一座房子，这样我打猎的时候就有地方住了。”保罗看着我两眼冒光，笑道，“我对建房子很在行，我可以用直升机把房顶的铁板、火炉、墙壁等运进来，然后教你们怎样建房子。”

我抑制住自己想要上前将他结实的身体使劲抱住的冲动。实在太开心了，我内心充满感激，能有这么好的运气简直难以置信。我们遇到了这个国家最好的人。

那天剩下的时间里，我们都在幻想自己在林间盖起的小屋。我想起马克曾说过的话——人必须具备某项技能才能生存。我的心里似乎已经感受到了朝他大喊“我会造房子”时那种溢于言表的骄傲之情。

保罗离开之前，我把写给父母的信交给了他，中间还夹着需要父母转交给我姐姐汉娜和妹妹苏菲的信。我知道大家都在急切地盼望我的消息，我在信中写了这里的天气怎样限制着我们的生活，还有山上升起的满月怎样将清辉洒在山顶的积雪上。我知道我所描述的会与他们现在的生活形成巨大的反差，毕竟他们每日都被日程表、各种社交活动、账单、房贷、工作和压力填满，每年只靠年末的一个短短的休假来弥补。

我在信里写：“没有工作和其他干扰，我开始直面自己的恐惧和局限，这并不是一件轻松的事。比如说我发现自己很害怕孤独，于是尝试着努力克服，每一天都会比原来进步一点。我会独自在森林里坐一下午，感受自己的焦躁和不安，不断克服自己想要跑回彼得身边的冲动，然后将注意力集中到葱郁的树林和翠绿的苔藓上。慢慢地，我感觉自己放松下来。所有的恐惧会在那一刻烟消云散。”

我合住被塞得满满的信封，不知道家人看到信能不能想象出我生活的地方：数千年来不曾改变“节奏”的广袤土地，这里没有现代文明，不受任何事物的控制；在这里，森林是我们的守卫，火是我们的密友，风是生活的改变者，而太阳是我们的救赎。

一周之后，保罗回来了。我坐着他的直升机去唐尼小屋取了一个月的必需品，之后将它们运往东玛塔基塔基营地。直升机先是慢慢离开地面，接着迅速飞向空中，那感觉真是既惊险又刺激。我从直升机上俯视着下面的森林，笑得停不下来，以前我们都是一步一步慢慢走在这些树下面的。从天上看河流的感觉也跟在地上大不相同。群山仿佛遥不可及，充满原始的气息，没有一丝被人类染指的痕迹。

“超级棒的自由的感觉，对吧？”我看了一眼保罗。

他扬头，指了指直升机前方：“这就是我的自由。”

我们都开心大笑起来。

保罗将我载回鲍勃小屋。几天后，彼得和我步行去了东玛塔基塔基营地。东玛塔基塔基营地建在一片青翠的草坪上，抬头就能看到雄伟壮观的雪山。屋子一边是一条清澈见底的小溪，另一边是陡峭的岩壁，长满古老的山毛榉。这间小屋是60年前政府为职业猎鹿人建造的，之后环保部门又对其进行了修缮，加固了铁皮墙壁和屋顶。因为有老鼠从烟囱里钻进来，我坚持睡在帐篷里。小屋不远处的山毛榉树下有一块空地，正好够我们把帐篷搭在那里。大部分时候我们都住在室外，在帐篷周围点上篝火。

天气好的时候，我们会去四处走走看看。周围有一些通往山上的路口，但是没有路标。天空蔚蓝，空气清新，微风携着黄色野花的芳香拂过草地。有一天，我们在森林里沿着蜿蜒向前的河流行走，发现春天里四季常青的山毛榉树因为嫩芽的萌发有了一丝新的色彩，有一点好看的淡红色。我们一路往山上走，眼前出现了一块小草坪，彼得选了一块有阳光的地方坐下，脱去衬衫。

“你总是怕晒太阳！”他笑道，“你的白皮肤也该晒晒。”

我也把衬衫脱了下来：“好的！”

我扭动身体跳舞，逗得彼得直笑。然后我躺下依偎在他身旁，耳朵贴住他心脏的位置，抚摸着他胸膛上的金色毛发，吻着他平整黝黑的小腹。我闭上眼，微笑着。我太爱他身上这股自然的体香了。

“你的皮肤真好。”他说着，不停抚摸着我的背。

我们把自己想象成亚当和夏娃，在柔软的草地上合二为一。那种感觉既美妙又宁静。我们不用担心世界上的任何纷扰。蟋蟀在鸣叫，知更鸟唱着歌，扇尾鸽飞来飞去，天鹅在不远处栖息。我们自然和平地相处，整个山谷仿佛是一个仙境。我们也是这美丽大自然的一部分。

“快来看，米里亚姆！”彼得朝我大喊。我们外出捡柴火，彼得正准备带我过河。

“蓝鸭子。”我们缓缓穿过草丛，他激动地在我耳边轻声说，“听到它们发出的叫声了吗？”

彼得蓝色的大眼睛望着我。能看到这种稀有的禽类真是太难得了！它们的叫声很特别，听起来很像哨声，因此它们在毛利语中被叫作 whio。这种叫声能盖过巨大的水流声，比一般的鸭子叫听起来清楚得多。这些蓝灰色的鸭子时而浮在水上，时而扎进水里，湍急的河流在它们眼中仿佛一汪平静的池塘，完全没有注意到岸上还有两个观看它们表演的观众。

“你看到它嘴尖的那块皮肤了吗？”彼得小声说，“有了它，这些鸟就能在快速流经的杂物中挑出无脊椎动物把它们吃掉，它们把头扎进水里是为了啄取水底岩石上的昆虫。很多爱鸟者不惜各种代价，就是为了亲眼看到这一幕。”

接下来的几个月，我们一在路上遇到什么动物，彼得就会告诉我它们的名字。在他眼中，自然界就是一个巨大的奇迹。渐渐地，我也拥有了和他一样的好奇心与学识。

彼得在地图上看到离我们不远处的山峰脚下有座湖。于是在一个晴朗的早晨，我们出发去寻找那座湖。先翻过小屋后面的那座山，到达森林的尽头后，眼前出现了一个布满巨石的荒野。我出神地望着这无垠的荒野，仿佛月球表面一般的景象。彼得突然像一只山羊似的跳上第一颗石头，头发在风中起舞。

“你可以一直这样跳！”他说着，向下一颗石头跳去。

我跟在他后面跳着，他大喊：“小心那些会活动的石头！”

“什么意思？”

“有些大石头看起来很稳，但其实不然，站上去可能会突然翻倒！”

果然，跟在彼得后面的我一不小心就踩上了一块活动的石头。我除了受了点擦伤之外别无大碍，只是感觉有点晕，整个人沮丧极了。

“怎么了？”彼得走到我身边，伸手将我拉了起来。

“一块活动的石头。”我几乎快要哭出来。突然的摔倒吓了我一跳，我浑身颤抖着紧紧抱住彼得。

我们一起爬进了高山上的灌木丛里，看着一块块积雪中开出的美丽花朵。它们看起来无比娇弱，却开在地球上最不适宜生存的地方。我在石头上跌倒之后就立马被挫了锐气，而这些植物却要在岩屑堆里忍受极端恶劣的天气状况：数米深的积雪、猛烈的雷暴和似火的骄阳。所有的植物和动物都明白这里的生存法则——这是接下来的几年里我要向它们学习的品格。

终于来到被积雪覆盖的那片湖前，感觉就像是站在了世界之巅。一切都是那么纯净、原始。一片明亮的白刺得我张不开眼。正在欣赏眼前令人惊异的美景，我听到天空中传来一阵奇怪的叫声。抬眼望去，一只上黑下白的鸥鸟划过苍穹——它气宇轩昂，仿佛群山之王。它身姿矫健地飞过蔚蓝色的天空。不一会儿，又有几只加入进来，它们飞了一会儿，转身消失在远处的另一座山头。

“你难道不希望自己也会飞吗？”彼得望着山峰之上几乎已经变成几个黑点的鸥鸟，喃喃地对我说。

虽然几乎已经完全放弃了打猎这项事业，但我还是很希望能遇到一只鹿。一个安静的午后，我走在一条覆盖着青苔的小路上，两边是长着结节的古木。青苔看起来柔软极了，但是穿着鞋无法充分感受这种柔软，于是我将鞋子脱了下来。阳光看起来很好，但是衣服阻碍了皮肤充分吸收太阳的温暖，于是我把衣服也脱了下来。

我想，如果这时候有一只鹿经过，它会看到一只裸体的“猿猴”——我不过是和它同住在一座森林里的一只动物。

我慢慢地行走在倾倒的树干间，突然看到了一座小池塘。我上前喝了一口清冽的池水。一只雌鹿不久前也来过这里，它留在地上的脚印还清晰可见。我静静地站了很长时间，希望能与它不期而遇。之后我又绕到水池边上，观察着青苔上不断变幻的光影。什么都不做，一个人静静躺在那里的感觉宁静极了。穿着衣服、裤子、鞋子，人很容易忘记自己也不过是一种动物。

所有的食物都吃完之后，我们不得不再次进城。在山里走了 3 天 3 夜之后，我们看到了农田和布满尘土的公路。

很快，一辆车开过，在我们身边停了下来。司机一袭黑衣，用墨镜遮着眼。他的后座载着一位僧人，穿着一身亮橘色的僧袍。这位僧人刚刚在附近的村舍完成了 7 天的隐居修行。

“太棒了！我们也是从那座山里来的。”我惊呼，“我们在那儿住了 3 个月。”我指了指左边那座郁郁葱葱的山谷。我想向他请教清净无为（他可能将其称为冥想）的方法，但是这个一身黄袍的僧人对我的微笑不为所动，而且似乎对这个话题极其不感兴趣。回去的路上，他一直喋喋不休地抱怨他所在的美国加州的寺庙的各种事务太过繁杂。

“他看起来不像个佛家弟子！”下车后，我对彼得说。

“是的，他看起来还是压力很大。真遗憾。那地方其实非常适合修行。”

我们转过身，看着那座熟悉的雪山。几个黑点出现在湛蓝色的天空中，接着传来几声天鹅凄婉苍凉的鸣叫。20 多只天鹅排成 V 字形从天空中呼啸而过。它们从容而又富有韵律地从我们头顶飞过，一路飞向草原的方向。过了很长时间，我们都还能听到它们鸣叫的声音。

夏

“我敢打赌，你从山里出来的时候没想过自己会来这儿吧？”耗子咧嘴笑道。

汽船嗡嗡地发动着，掠过涌起层层微浪的水面。天很蓝，地平线的尽头飘着几朵洁白的云彩。我们一个小时前从皮克顿港口出发，正行驶在马尔堡峡湾平静的海岛间。耗子一手掌舵，另外一只手指着在黑色海礁上慵懒地晒着太阳的海豹让我们看。

突然他放慢船速，打开一只狗笼。一只黑瘦的狗一跃跳上甲板。

“看贝拉四处嗅来嗅去的样子。”耗子高兴地说，“如果风向正确的话，它能顺着味道找到矮灌木里野猪的踪迹。”

狗朝阿拉帕瓦岛的方向跑去。耗子打开另外一只狗笼，又有三条狗一跃而出，撞在我的腿上。接着它们跳进海里，很快游到附近的岸上，消失在多刺的荆豆丛里。耗子打开 GPS 定位系统，追踪这些“姑娘们”的所到之处。他就是这么叫这些狗的。

船缓慢地漂到岸边。头顶艳阳高照，海面上没有风，感觉更热了。狗找到野猪的踪迹可能需要一段时间，我坐在笼子上望着彼得。他正在欣赏周围的风景，一只手抓着船的扶手，另一只手插在口袋里。阳光下他的脸黝黑、粗糙、棱角分明，微风吹拂着他的长发。彼得并没有在刻意寻找着什么，只是好奇地望着周围。他总是对一切充满好奇。在我眼里，大海就是大海，高山就是高山，而彼得却能通过观察植被判断森林的年份，能通过树的形状辨认风向，还能通过树叶的颜色预测是否会下雨。对他来说，一颗石子、一只小鸟、一滴水，都能揭示出大自然的许多秘密。

他从口袋里掏出一盒火柴，拿出一根用指甲折断，然后用它小心地清理自己的牙齿。他慢慢转过头，与我的眼神相遇。他表情有点讶异地对我说："在玛塔基塔基的那段日子，远得好像上辈子，是不是？"

我微笑地点点头，然后把头枕在毛衣上，想要小睡一会儿。

"它们抓到野猪了！"来不及提醒我们坐好，耗子猛地将船加速，我差点掉进海里。马达轰鸣，船疾驰在海面上，一路加速开往岛屿的另一边。

"它们就在这儿！"耗子开心笑道。我们的船停在一座 3 米高的峭壁下，几只树根悬在头顶。

"好了，一个人跟我去抓野猪，一个人留下看船。"

"你去。"我和彼得同时指向对方。

"你是猎人。"彼得对我说。

我不情不愿地走下船，随着耗子走过湿滑的河岸，远处传来巨大的号叫声。走近一看，一只野猪被耗子狂吠的猎犬团团围住。我既惊恐又好奇地望着它，我以前从没见过活的野猪——尤其是一只被一群怒吠的猎犬咬住耳朵、生殖器还有后蹄的野猪。

我们躲在悬崖边上，一旦野猪挣脱猎犬的围剿，它会向我冲来，而我将会第一个掉进大海。

“你能抓住它的后蹄吗？”耗子一边问一边在包里翻找着什么。

“怎么抓？”我问。要做一件自己不擅长的事，我不太开心。

耗子走过去，以迅雷不及掩耳之势抓住了野猪的两个后蹄，交到了我手里。这还没完，他又掏出一架小摄像机开始录像。野猪叫得肝肠寸断，对着镜头的我完全笑不出来，只想这一切快点结束。半分钟后，耗子用一把刀正中野猪心脏，结束了它的挣扎。

我放开了野猪强壮的后腿，感觉自己的双手在颤抖。我瘫坐在树下，看耗子取出野猪的内脏。他不吃野猪肉，而是把野猪的身体部分送给别人，然后把它的一对长牙像家里其他 100 多个一样挂在墙上。我很难理解他的这个行为。

我们一起将野猪沉重的尸体拖上船。

“看起来很凶猛，是吧？”耗子手握两只獠牙对彼得说，“好大一只！”

我们一起在马尔堡峡湾的滨海小屋度过了一个愉快的周末。滨海小屋建在森林里的空地上，屋前还有一片耗子的私人海滩。我很喜欢那里温热的海风、充足的阳光和晴朗的天空。喜怒无常的大海、周围的岛屿、峡湾都与大山如此不同。我们捡海味、捕鱼，而且耗子又在这里抓到一只野猪，打算送人。

回程的路上，耗子让我来开船。他站起来，给我让出驾驶座，因为那天海上风平浪静，所以船并不难开。

不一会儿，耗子看到海面上漂浮着一个类似木头的东西，他走过来要求由自己来开船。我将身体挪向一边，让他坐在我腿上，并用一只手揽着他的腰。或许几个月的山野生活让我学会了要更加珍惜当下，不再犹豫不决。我们跟耗子共处的时间只有两天，接下来很长一段时间都无法碰面了。亲密一点又有什么关系呢？我微笑着望向彼得，看到他也笑着回望我。

耗子看着大海，他的身体为我挡住了扑面而来的海风。我看着脚下野猪的尸体，它粗糙的黑色鬃毛沾着血和沙。耗子怎么能下此狠心杀死一只动物呢？我暗自思忖。他觉得外来的物种是有害的，对新西兰的生态环境造成了威胁，因此认为毫无犹豫地杀死它们是合情合法的。

那么我呢？我鄙视他的杀戮，但我也曾是一个猎人；我厌恶他的行为，但自己与他又有什么区别呢？我不知道何者是对，何者是错。

彼得提起野猪的一只獠牙，对我说："没什么道理，人类可以决定动物的命运。"他好像用他精灵般的耳朵听到了我内心的想法。

“你在说什么？”彼得转过身。

“猪肉。我们今晚吃猪肉。”我把头埋在他散发着薰衣草味洗衣粉的毛衣里。

“还有 10 公里。”彼得眼睛盯着地图，研究着我们和第一个露营地之间的距离。我们又重新回到了山里。

“噢！”我极尽夸张地大喊一声，“几个小时就可以走到那儿了，现在的白天可是有 16 个小时！”

“但前面有 1000 多米的山路。”彼得泼了一盆冷水给我。

我们慢慢沿着布满石子的河岸走了一段，到了一片美丽的阳光地带，彼得建议我们坐下来喝杯茶。谢天谢地，终于能休息一会儿了！我准备好煮茶需要的器具，彼得用河边捡来的木头生火。我坐在一块被阳光炙烤得灼热的光滑的灰色大石上，出神地望着火堆，在炫目的阳光下，几乎看不见火苗。虽然接下来将步行 10 公里，穿过西海岸人迹罕至的丛林向山顶攀爬，但是现在我们依旧一边喝茶，一边开心地聊天大笑，好像把接下来的艰难行程抛到了九霄云外。喝完茶之后，我们决定顺便把午饭也吃了，趁着还没有打包。我们吃了奶酪饼干、西红柿、黄瓜还有马麦酱，之后又每个人吃了点橘子，这样就不用再把它们背在身上了。用餐完毕，我们意犹未尽地重新收拾行囊。

“你吃葡萄干吗？”我抓了一大把，把袋子递给彼得。

“这不是留着上山路上吃的吗？”

“嗯，我们现在已经在上山了，不是吗？”我嘴里塞得满满的。

“我觉得我们最好还是沿着小溪走。”彼得接过袋子，“省得迷路。”

我认为这个建议十分合理。

10 分钟之后，这段旅程最难走的一部分出现了。我们进入了一片被大树遮盖的光线昏暗的低矮灌木丛中，到处都是纠结的藤蔓，仿佛置身于热带雨林。眼前没有清澈透亮的小溪，而有一条浑浊污秽的水沟，水底积了将近半米的深黑棕色的腐败落叶，满是长满青苔的石头，还有粗壮的树枝和木头。水边的大树也起不到什么作用，因为地上长着厚厚一层潮湿漆黑的菌类植物，一个不留神就可能摔得人仰马翻。

保罗曾说过，这个地区每年会有 3 到 6 米的降水量。这是我第一次来南岛的西海岸山区，可眼前的一切让我沮丧极了，开始怀疑来这里度过夏天的选择是否正确，此处的天气根本不适宜搭建帐篷。但是既来之则安之吧，只能继续往前走了。

我们跨过齐膝高的植被，在坑洼不平的水渠里数次滑倒。好不容易越过了令人恼怒的重重阻碍，又被一片密密麻麻的树蔓挡住了去路。我们不得不趴下或者跳起来通过这些纠结盘错的枝枝蔓蔓，每次以为自己已经顺利通过的时候，却发现背包被卡在身后。最后，我们终于在日暮时分找到一片河边的草地搭起了帐篷。

第二天，我们继续向“保罗的天堂”进发。路上，我坐下来休息，彼得正在身后慢慢朝我走来。仿佛一个慢镜头似的，我看到他踩上一块陈腐的、布满青苔的木头，突然他的一条腿陷了进去，沉重的背包迫使他倒向一旁。彼得被卡在木头中间、睁着大眼挥舞手臂的样子滑稽极了，我忍不住笑了出来。站定后，他开始抱着膝盖痛苦地呻吟。当时的我们并没有意识到，这次膝盖受伤给彼得留下了严重的隐疾，在接下来的几年里让他痛苦不堪。那天，彼得忍着剧痛仍继续前行。

之后，我们进入了一片龙血树森林。龙血树树干细长，高约 10 米，树皮呈棕色，看起来很像牛皮纸。它们那与棕榈树很类似的绿色叶片正在风中摇曳。这些树很特别，出现的年代可以追溯到恐龙时期，看着它们会让你很容易联想到与现在完全不同的年代和气候。

最后，我们来到了山洼处的一片开阔地带，往西看是森林覆盖的起伏群山，往东看就是南阿尔卑斯山：这种体验令人终生难忘。终于走出一片漆黑的密林，我感到如释重负。

“我们要在这块地方搭帐篷吗？地势会不会太高了？”我问彼得。我的头发在山风中四处飘舞。

“是的，就在这儿搭吧。这附近有一条小溪，取水方便。我想保罗说的适合打猎的地方就在那儿。”他指了指山谷。

静静望着眼前一望无际的原始森林，我们终于踏上了这个人类几乎不曾涉足的土地。南部方向一共有七座山峰，都覆盖着茂密的森林，海拔稍高一些的山顶还留有积雪。山谷里弥漫着一团一团的雾气。这片难以被征服的荒野令人惊艳。

帐篷搭好没几天，保罗帮我们把必需品运了过来。“你们觉得这地方怎么样？”他一下直升机就问我们。

“太棒了！”彼得开心地说，“快过来看看我们搭的帐篷。”

我们一起从开阔的山洼地带向营地所在的山毛榉树林走去，帐篷就布置在这里。我们还在帐篷下面铺了用收集来的苔藓和杂草自制成的软床，在低矮的树木之间也绑上了防水油布和兰苫布，这些都是非常实用的东西。那些树木长着开裂树皮的树干深埋地下，稳定牢固；树枝修长卷曲，几乎垂到地下。它们生长在海拔 1000 米、自然条件极其恶劣的环境中，有些树的寿命甚至已经达到 300 年。

“我想把房子盖在这附近。”保罗说，“这样营地生起的火就不会把山谷里那些动物给熏跑了。你们觉得呢？”

“是的，这地方不错。”我兴高采烈地说，“我们要做些什么前期的准备工作？”

“先挖两个相距一米的大坑，我好让那大家伙进来。”保罗告诉了我他的计划，并递给我一把卷尺。

“什么大家伙？”我不知道“大家伙”是什么，也不知道它是什么做成的。

“我要把直升机开进来，木偶脑袋！”保罗笑道，“你是不是也和芭比娃娃一样长着一头金发？”说着他掀起我的帽子。

我也扑哧一声笑了。

“嘿！”保罗戳了戳我肩膀，指着下面的山谷说，“我刚过来的时候看到下面有一群山羊。那种东西，你捕得越多越好！否则环保部门也会向这片区域投放毒药。他们认为山羊对这里的生态造成了破坏。”他向我解释道，好像我们对外来物种引起的生态问题一无所知，“所以你是在给这个国家做贡献，知道吗？”

我点点头。

“祝你好运！”这是他临行前坐在机舱里挥着手对我说的最后一句话。之后的两个月，我们都没有碰面。

住在这里时间久了，我们愈发地能感受到这里究竟有多荒凉——几乎就是一个被人遗忘的地方。许多原始的动植物生长在这片高山森林和草原地带。有一天我还看到一只白鼬从一棵大树后面钻出来，嘴里叼着一只很大的老鼠。它从裸露在地表的树根上急急地跑过，跳到小溪中间的石头上，然后消失在河对岸。夜晚我能听到从高山的沼泽里传来青蛙的叫声，它们住在山洼地带飘满苔藓的小水潭里，叫起来的声音和哨声很像。有时候我还能听到负鼠在暗夜里的叫声。更多时候，是长尾布谷鸟奇怪又悠长的鸣叫声打破了深夜的寂静。清晨，五彩斑斓的鹦鹉轻快地飞过四季常青的树林。向天空中望去，一群猎鹰正在同鹞鹰激烈周旋，捍卫着自己的领空。在这里的时间一长，我们也认识了很多生物。

我经常想念我的妹妹苏菲，她是一个高挑美丽的女孩，我很爱她。童年时我们分享一切，是彼此成长过程中最好的朋友。当初我宣布要来新西兰的时候，她难过极了——当然我也一样。现在我们唯一的联系方式就是这些漂洋过海的书信。夏至那天，我又写了一封信给她。

亲爱的苏菲：

你能想象看着一片落叶随风旋转飘落在地时，内心的那种宁静、充实、仿佛时间静止了一般的感觉吗？或许晒着太阳垂垂老去也是一种有意义的生活？能置身于这样一片美景中，不用工作而衣食无虞，这绝对是上天对我的恩赐。

今天是一年中昼最长、夜最短的一天，感觉太阳好像永远都不会落下去了！因为我们没有表，所以我估计做晚饭的时间大概是晚上9点，我们现在的睡眠时间没有冬天那么长，但是每天还是感觉能量满满！

你问过我为什么选择去大自然中生活这个问题。你知道的，我曾在津巴布韦和印度见过那些出生于赤贫家庭的女性。为了摆脱那种贫穷的生活，获得物质上的安全感，她们不得不拼命赚钱，以期望能买或租一套房子（这其实是可以理解的）。与她们相比，你和我都是何其幸运的人。

对我们来讲，变得富有而幸福的愿望不再那么迫切。我知道有一份稳定的工作、有一个安身之所是什么感觉。我知道这是一个弱肉强食的世界，每个人都在努力奋斗去获得权力和地位，而感官的享乐已经成为生活全部的意义所在。但当时我不知道的是，所有人都是大自然的孩子，或许我早就该明白这一点。

我想，对一个长久浸淫在现代人类文明中的大脑来说，重新获得与大自然的联结是很困难的。在《吉尔伽美什史诗》中，乌鲁克城城墙的建立意味着我们失去了与伟大自然之间的联系。我觉得，现在的我们住在城镇里，同时也丧失了与大自然之间的联结。

你可能会问，我们为什么要重建与大自然之间的联系？我想答案是这样的：它会让我们的身体更健康，心灵更纯净，而地球也可以更长时间地承载人类。你说呢？

爱你的，米里亚姆

既然现在捕到山羊的机会很大，我打算出门碰碰运气。我慢悠悠地走过布满苔藓的平地，一路向山谷走去。走了大概 100 米之后，眼前又出现了那座茂密的森林，我爬过负鼠在密林里凿出的洞，突然觉得以这样的行进速度可能一整天也到不了山羊群居的地方，于是便有点不甘心地回了营地。第二天，我带着刀、锯子还有一把短柄小斧再次出发，一边走一边开辟出一条道路。就这样，花费几天做足准备之后，我带着弓箭正式上路了。

道路穿过茂密的灌木丛，通往一片高大又古老的山毛榉树林。金色的阳光星星点点地洒下来，好像在地上铺了一层彩色的地毯。我走过一片被太阳晒得暖烘烘的浓密松软的草地，进入一条清凉的、布满小石的河流，鱼儿从我的脚边轻快地游过。山谷中几乎没什么声响，只能听到潺潺的流水声，我沿着河水的流向一路往前走。毫无预兆地，眼前突然出现了一群野山羊。

我先是被吓了一跳，缓过神来赶忙去拿箭。但等我拉开弓，羊群已经跑上了半山腰，山上都是大树和黑色的大石头。我想追上去，但是羊群看起来虽然跑得很慢，可是不一会儿就跑出很远了。

好吧，我想，至少我知道它们在哪了。

我在原地等了一会儿，但是羊群没有再回来。于是，我只好转身回了营地。

在彼得养伤期间，我又出去了几次，但是每次都犯错。有时候什么都看不见，有时候即使看见了，它们也会在我试图匍匐靠近的时候逃之夭夭。射出去的箭经常会完美地错过目标，最后落在树上。

我常常空手而归，但是在一次次的经历中也学会了要更加耐心、细致和警觉。我很开心，因为自己对打猎的热情和坚持从未减退。

一天下午，我蹑手蹑脚地走进一片草坪，发现有七只山羊正在那里悠闲地吃草。我在大树后面躲了很长时间，然后悄悄地向它们靠近，然后我轻轻地站起来，拉弓，向一只山羊射去。眼前的景象令我难以置信：箭射中了山羊的肋骨，但它还是一溜烟跑掉了。

我在书上读过，猎人要先等 20 分钟，再根据血迹去找动物的尸体。如果立刻上前追逐，动物体内的肾上腺素飙升，我们会因此你追我赶好几个小时。于是我便坐下来等了一会儿，直至受伤的山羊从我的视野中消失。但是随着时间的推移，我变得越来越焦躁。时间差不多了，我尾随着它进入了一片灌木丛，看到叶片上留下的新鲜血迹才松了一口气。我沿着血迹进入森林深处，当我用双手双膝在地上匍匐着前进时，心里竟然有点骄傲——我终于像一个真正的丛林居民了！血迹之间的距离慢慢增加到 5 米长，我感觉越来越紧张。脑海中一直回荡着一只因肋骨中箭而无比痛苦的山羊的画面。

最后地上的血迹消失了。

前面没有路了。

于是我起身，爬上弯弯曲曲的陡坡，希望能在某棵大树下面，奇迹般地看到一具山羊的尸体。但是，什么都没有。

我不知道要多长时间它才会在痛苦中死去。我找了很长时间，咩咩地叫着，希望它能回应我，但还是什么都没有——只有令人悲伤的死寂。

最后，我只好转身原路返回，心里又羞又恼。我在干什么？我他妈到底在干什么？我失望极了，一拳重重砸在树上，眼泪涌上了我的眼眶。用弓箭打伤无辜的动物，让它们慢慢在绝望中死去，还以为自己是小罗宾汉？

这个世界因为我又多了一丝不幸与苦难。都怪我！我是一个负罪者。我心里无比内疚，想把弓箭扔到树干上摔个粉碎。让一切都结束吧。我咬住手指的关节，出现一排深深的牙印。

有时候我感觉这一切都毫无意义。

有时候我真的很想回到那个有片菜地的家里，重新做回素食主义者，忘掉这打猎采集的原始生活。这一切对我来说太难了。

回去之后，我平静地向彼得倾诉了困扰我千百次的难题：我们应该杀害动物用来充饥吗？就算做一个素食者，不也还是要杀死花园里的蔬菜？不也要杀死牛羊获取牛奶，杀死未破壳的小鸡拿到鸡蛋？我们应该把钱存进银行吗？难道这些钱不会进入动物农场，不会被用来制造战争中的杀人武器吗？还有我们身上的衣服，哪一件不是来自贻害无穷的棉纺织业？

每个问题都够我挣扎一番。我望了望正在冒烟的火堆，又去取了几根柴火填进去。

“快看，这块上面有一些活青苔！”彼得说着，从我手里拿过木头，剥去上面的青苔。

快到圣诞节的那几天又开始下雨，气温也毫无预兆地降了下来，我又不能经常出去打猎了。骤降的气温让我无比向往北半球欢乐热烈的节日气氛，我很想念母亲做的家常菜和特制蛋糕，还有家里圣诞树上盈盈闪烁的烛光。与此形成鲜明对比的是此刻的我们，在这里吃着意大利面、干豆子和鲭鱼罐头，感觉比冬天在南部营地时更冷、更悲伤。

我们裹着毯子坐在不停冒烟的火堆旁瑟瑟发抖，彼得出神地盯着地面。他慢慢地把蓝色瓷盘放在桶搭成的桌子上，用几乎一成不变的声调对我说：“我感觉不太好，好像疟疾又犯了。”

我已经将那些噩梦般的记忆小心翼翼地藏在心底了，但彼得的一句话又让它们开始翻江倒海：巴布亚新几内亚，有令人窒息的高温，潮湿茂密的丛林，不堪一击仿佛随时都会坍塌的房屋，哭泣的婴儿，还有那几乎夺去彼得生命的疾病——疟疾。

他摇摇晃晃地向帐篷走去，步伐缓慢又沉重。半路还停下来扶着树站了一会儿。我默默地洗完碗碟，钻进睡袋在他身边躺了下来。一个小时安静地过去，我听到他的呼吸突然开始变得急促，牙齿开始打战。我轻手轻脚地爬出来，把睡袋盖在他不停颤抖的身体上，不敢发出一点声响，怕他从梦中惊醒。不远处的长尾杜鹃发出怪异凄厉的惨叫。我望着眼前的一片漆黑，感到寒冷、绝望又孤独。想起在巴布亚新几内亚的一幕幕，我的眼眶不禁湿润了。那些事情清晰得好像昨天。

那年，我们从印度一路旅行到巴布亚新几内亚的北部地区，计划穿过赛皮克河进入北部高山地区，穿过海拔 4000 米的高原，再乘船一路顺流而下到达南部海岸地区。我们打算通过星期四岛，用两个月时间到达澳大利亚。

我们和几个当地人坐在一辆轻型货车的后部，一起进入了森林。汽车从茂密的树丛间飞驰而过，一路向赛皮克河方向进发，我们将在那里开启真正的探险之旅。突然，车停了下来——三个手执长矛、身材壮硕、表情凶恶的男人挡住了去路。

“猎野猪的。”邻座在我耳边小声说。

用长矛在热带雨林打猎！那种场景简直无法想象（那时候我还不知道日后自己也会成为他们中的一员）。

其中一个人紧握长矛，开始大喊。空气又湿又热，他脸上的汗珠在太阳下闪闪发光。一场冲突即将爆发，我紧张地盯着身旁的一位老妇人。她闭上眼睛，轻轻摇了摇头，意思是让我不必恐慌。没错，纷争很快平息了，车又继续开始往前开动。

不一会儿，我们就到了公路的尽头，离村子大概还有最后一公里的距离，所有人都下车步行。我们面前是一望无际的热带雨林。

“你们带刀了吗？”我们到的时候村子里的老师问我。他是这里唯一一个会讲英语的人。

“当然！”我自豪地拿出在印度尼西亚买的一套刀具。但在那一刻，它们显得单薄而脆弱。

“我要用刀干什么？”我一边问，一边想象自己拿刀收椰子的场景。

“有敌人。”他深邃的淡褐色眼睛看起来很忧郁。

“什么敌人？”

“强盗。”他沉默了一会儿，“强奸犯……也许还有食人族。”

我紧张地吞下一口口水，然后看向彼得。他一直保持着微笑。

“祝你们好运。”进入丛林前，他握着我们的手对我们说。

眼前是一条小径，彼得走在前面。

“你不害怕那些人吗？”我一边问一边四处打量着周围的植物，生怕有水蛭、毒蛇或蜘蛛出没。

“不怕。”他说，“我不相信那些事情会发生，如果怕的话，那我过去不知道会错过多少好地方。”

他的信心和勇气极大地鼓舞了我。来到这世界上一处神秘的角落，我的内心充满兴奋。

我们走了 3 天，在沿途的村子里过夜，遇到了很多赤裸上身的妇女和瘦骨嶙峋的孩子。那些孩子因严重的营养不良而腹部鼓起，皮肤干裂。他们有点害羞，但都十分友好。他们的家就在几根杆子架起的茅草屋里，门口立着一把梯子供爬进爬出。

一个宁静的早晨，我望向屋外，看到四个身着短裤的赤足男人朝这边走来。他们呈一列纵队走在村子里，不停下来，也不和任何人讲话。这些高山居民世世代代和丛林保持着同样的节奏，与我们走过的这片土地保持着亲密又强大的联系。我突然意识到，与他们相比，我一出生即被囚禁：在城里长大，在高大的建筑物里接受教育，被舒适感包围以至于越来越软弱。我感觉自己就像一只金丝笼里的鹦鹉，而他们才是搏击长空的雄鹰。

一天晚上，彼得发起了高烧。第二天早些时候他还能坐起来说话，之后越来越虚弱，只能躺着了。第三天，他跌跌撞撞地向村子外面的茅房走去的时候，跌倒在了地上。我找到他的时候，他已经躺在草丛中陷入了半昏迷状态。我朝他狂奔过去，昆虫和鸟儿聒噪的鸣叫声仿佛变得越来越远直至完全消失不见，黏腻、潮湿的空气似乎正在席卷他、覆盖他、吞噬他。

他微微睁开眼，嘴里含混不清地说：“水。”

我立刻飞奔去村子另一头的水缸里取水，回来的时候发现二十几个人围站在彼得身边。有一个牧师一边围着他转圈，一边口中念念有词："上帝啊，请你保佑他。他现在病得太严重了，你若不保佑他，他一定会死去。"

我大脑一片空白。最糟的事发生了。牧师说彼得会死。

我心中默想，要是没有来这儿就好了，要是我们没有打算穿过这片原始森林就好了。

因为彼得已经没有力气爬上梯子进到茅草屋里，那晚我们住在学校的校舍。我们把席子铺在教室的木椅和桌子中间。那晚下着雨，雨点噼噼啪啪地砸在铁皮屋顶上。每隔几秒钟就有一道蓝色的闪电划破夜空，雷声隆隆，震得大地仿佛都在颤抖。闪电划过，教室被照得有如白昼，我看到雨水从墙角下渗进来，地板上的水越积越多。

"你能帮我找个止疼片吗？"彼得问我。

什么止疼片？我在脑中疯狂地搜寻，然后突然想起几年前我独自在巴基斯坦旅行时遇到的几个法国人，他们送过我一个急救箱。我把里面的强效止疼片放在彼得那里。借着闪电的光，我把包翻找一空，然后拿着止疼片和水爬到彼得身边。

"止疼片能帮我……退烧。"彼得叹了口气。

我感觉无比绝望，忍不住痛哭起来。他病得很严重，发着高烧。但是丛林里没有医生，我们不知道该向谁求助。我们别无选择，最后只得放弃横穿巴布亚新几内亚的计划，想办法找到公路，返回城里。

第四天天一亮，彼得能站立起来了。我收拾好行李，扶着他沿着河岸一路返回。彼得走路还很不稳，动不动就跌倒，我们每隔几百米就要停下来休息一下。尽管我知道当时的处境有多危险，但是我什么都做不了，只能不停地催促他喝水，坚持向前。潮湿的空气里，我感觉自己简直无法呼吸。

就像这样，我们无比痛苦地走了 3 天，终于走到了公路边。在几乎难以忍耐的高温里，我们瘫倒在路边，等待过往的车辆，什么车都行。但是一辆车都没有。鸟儿的啁啾被吞没在链锯和推土机的巨大轰鸣声中，当地人正在砍伐雨林里的珍贵木材。那是许多鸟类和动物赖以生存的家园。听到树木一棵棵倒下的声音，我心里更加难过了。

几个小时后，一辆黄色的油罐车终于在我们身边停了下来。这辆油罐车已经很旧了，每小时的车速不到 20 公里，车里闷热难耐。汗从额头滴到大腿上，双腿几乎要黏在屁股下面的铁皮箱子上。彼得的头向前垂着。

下午我们到了北海岸的瓦尼莫，这里的气温比丛林里还要高，几艘中国船只停在港口等待装载木材。我们一路跌跌撞撞走进医院。

“现在没有医生。”护士对我们说。她帮不了我们。

我们只好离开，我又搀扶着彼得去找第一次到达瓦尼莫时认识的一个当地人。他人很好，说过如果我们有需要可以去他家借住。我很感激他能为我们提供这样的帮助。

在他家里住下以后，彼得的病情开始急剧恶化。他每天昏迷不醒地躺在床上，身上开始散发出难闻的气味。他看起来奄奄一息，死亡在向他走近，我能感觉到。

彼得慢慢睁开眼睛，绝望地看着我。

我把最后一粒止疼片和脏脏的矿泉水瓶递给他。

他已经没有力气拿起水瓶喝水了。他的额头上结着细细密密的汗珠，我躺在地板的垫子上，听着隔壁音响传来的嗡嗡声。我想放弃了，我才 23 岁，却要为我们两个人负责，被迫变得强大。可是强大到底是什么，我根本不清楚。

之后彼得告诉我，他当时感觉高烧越来越严重，意识已经开始模糊。一种奇怪的感觉向他袭来，他觉得自己的脚不见了。这种感觉逐渐蔓延到他的腿、臀部、腹部一直到胸腔和胳膊。正要到咽喉位置的时候，我给了他最后那片止疼片，抑制住了高烧的蔓延，把他从死亡线上拉了回来。

我重新办理了签证，准备返回印度尼西亚。当地的朋友帮忙把彼得抬上公交车。我把两个人的行李一前一后挂在身上。下车后，我们穿越国境线进入新几内亚西部，在那边搭乘另外一辆公交车。经历千难万险，我们终于到了一家医院。

“对不起对不起。”印尼的护士在给彼得扎针时不停地道歉。他的脉搏极其微弱，血检显示他感染了两种病菌：恶性疟原虫和间日疟原虫。

“他很幸运。”医生用蹩脚的英语说，“这儿有很多人死于感染恶性疟原虫。”

打了一段时间药物和维生素的点滴之后，彼得慢慢睁开眼望着我。他轻轻抓着我的手，想挤出一个笑容。我终于松了口气。

住院那段时间，彼得恢复得很快，两个星期后就出院了。但是差不多花了两年时间，他才完全痊愈，这中间几乎每年都要复发一次。多年来，我们行走在疟疾盛行的地区，但是从来没有被感染过。我们一直太大意了，或者说，是太过于自信了。当时，几乎见到的每个当地人都会向我们推荐一种治疗疟疾的药物，但是当我意识到彼得感染了疟疾的时候，给他服用了这种药，却一点作用都没有。在巴布亚新几内亚那几周的经历给我们好好上了一课，“安全”这个词现在对我来说有着完全不同的意义。在死亡面前，其实根本没有“安全”可言。生命可能在任何时候，因为任何原因而终止。

在“保罗的天堂”，疟疾复发的那些天里，彼得相对平静。他静静躺在帐篷里，一天天慢慢好了起来。万幸的是，这次没有严重到要服用甲氟喹，自打巴布亚新几内亚那次经历之后，他走到哪里都把这种药带在身上。它虽然药效奇快，但会给神经系统造成严重的副作用。虽然还处于康复阶段，但他相信不会有什么比之前的经历更糟了。与第一次病发时的情况相比，现在在这片宁静森林里的他看起来平静多了。

彼得差不多恢复好的时候，我已经把一切家务都打点好了。烤了面包，做了饭，煮好茶，还在小河里把碗碟清洗一新。我坐在柴火堆上面，头顶是一片搭起的油布，望着眼前这一望无际、雾气缭绕的宁静森林。树枝上生出一条条青苔。穿透森林的阳光笔直得就像一条线，除此之外森林里的一切都是圆润而卷曲的。眼前的景致美得令人窒息。

“彼得，你知道吗？”有一次我对他说，“在巴布亚新几内亚的时候，我第一次感觉自己像一个笼子里的鹦鹉。我们出生即被圈养，创造一切条件去寻求安全感，而不是寻找自由。事实上我们并不知道自由是什么，因为我们从未拥有过它。”

“是的，的确如此。”

“如果我们停止寻找心理上的安全感，那么我们就有可能找到真正的自由。”

“嗯,是的。”彼得若有所思,“人一旦感受到不安全会怎样呢？”

我想了想说：“恐惧！”这个答案令我自己都感到惊讶。“你会觉得恐惧。在安全感与自由之间是恐惧。”

“你也许是对的。”

“并不是说我们要做出身体行为上的改变。”我说，“那是蛮勇，与真正的勇敢是两回事。”

我看到青翠的地衣上凝结着一滴水珠，好像一颗小小的钻石。

“挺有意思。”彼得说，“那么下次感觉到恐惧的时候，我们就会知道这是在逼近安全感的边缘——我们应该把目光放长远，看接下来会发生什么。”

“是的，但是你知道这么做的困难之处在哪里吗？是去认识恐惧！”

“什么意思？每个人都知道恐惧是什么感觉。”

“但是恐惧有很多面，有时候它只是轻微的不适感，有时候是麻木感，或因紧张而颤抖，或者生气，或者哭泣……天哪，感觉太多了。”

彼得笑道：“说明通往自由的道路很多。”

那天下午，一只黑秧鸡突然从树丛后面窜出来。这是新西兰特有的一种不会飞的鸟类，长着一身橙棕相间的羽毛。它先是饶有兴致地观察了我一会儿，然后又仔细打量着帐篷里的彼得。所有没有被绑起来的东西都被它用嘴啄了一遍，它还打算叼着肥皂逃之夭夭，差点还顺走一瓶洗发水。我给它投去一片面包，它飞快吃了进去，但还是一副不够满足的样子。隔了一天它又前来继续它的旅程，走起路来神气极了，活像一个不需要地图和指南针的登山者。

黑秧鸡走了之后，我们突然感到一阵暖流从北方飘来。

彼得仔细观察着地平线那边的云：“几千米之外就能感觉到热浪，意味着将有一个巨大的低气压系统过境。”

顷刻间，大雨如注。这场滂沱大雨整整持续了 12 个小时。河水暴涨，到处都是积水。我越来越担心帐篷会被洪水淹没。雨刚一停，我们赶忙爬出去进行“紧急援救”。彼得去看他的宝贝柴火，我在帐篷前面挖了一条窄窄的水渠。把能做的准备工作都做了之后，我们返回帐篷。剩下的只能听天由命了。

凌晨的时候，雨慢慢小了，南边天空开始放晴，凉爽清新的风温柔地吹过山谷。第二天，我又满心乐观地下了山，我越来越想成为一名猎人。在路上我看到了动物的脚印，甚至在它们现身之前闻到了它们的味道。虽然学习过要用理论知识和经验进行分析判断，但是我通过直觉去感知动物存在的能力也越来越强了。

我坐在一片树荫下，俯瞰着远处被阳光照耀着的河岸。不远处有一片小草坪，我的弓就放在身边。山羊可能随时会出现，我得时刻做好准备。小溪潺潺流过，轻柔的暖风吹过山谷。一只巨大的猎鹰在我头顶盘旋，然后一路向西飞去。阳光照耀着灌木丛，给绿叶镀上了一层金黄。脚下是一簇一簇的白色小花，中间透着嫩黄。它们点缀在绿色的草坪上，看起来美丽极了，散发着一股沁人心脾的芳香。

我起身向岸边的林荫小道走去，然后找到一片灌木丛潜伏了下来，紧紧盯着眼前那片翠绿的草坪。突然，三只山羊出现了，我开始心跳加速：一只公羊、一只母羊还有它们的孩子正在山毛榉树下悠闲地啃着青草。我双手颤抖着把箭上好，慢慢地从树后移出来，对准小羊射了过去。这次很走运，一箭正中心脏，它蹒跚了几步之后就倒地不起了。母羊咩咩叫着，它绝望地走向孩子身边，公羊退后几步，不断发出鼻息声，好像在对母羊说：“好了，走吧。它已经死了。”

我的心狂跳不止。母羊又走近嗅了嗅它的孩子，然后随着公羊一道走了。不一会儿，它回过头，长久地注视着我，然后转身消失在森林里，看起来它不愿意同它的孩子分离。空气里弥漫着一种令人恐惧的伤感。我眼睛里噙着泪水，坐在死去的小山羊旁边，它的蓝眼睛空洞地望着前方，它长着一对小小的山羊角，皮毛上还留着余温。我不禁掩面哭泣，为这只美丽的生灵，为它远去的可怜父母。

我多么希望有一种方式能让我感谢祭献出生命的山羊；我多么希望此时此刻心中有一个信仰的神，当我祈祷时，他就能允许我杀生。如果我有信仰，事情就会完全不同，我觉得用这些方式杀生，我的心里可能会好受些。

最后，我拿出小刀划开它的身体，取出不需要的内脏放在草坪上的一块大石头上，这是给猎鹰的食物。不能有一丝浪费，这是我的责任。

我小心翼翼地把山羊扛在肩膀上，返回营地。我叹着气，心里难过极了。真是奇怪，我一边说着自己很爱它，一边却又亲手杀死了它，此时此刻它温热的尸体伏在我的肩膀上。走了一阵，我感觉内心逐渐平静了下来。

这就是人类曾经赖以生存的方式，我想。从古至今都是如此。我拿着弓箭，正在重走祖先们走过的路。

离营地大概还有一公里时，我心里才终于有一点兴奋。我终于用自己的弓箭捕到了一只山羊！经过无数次的尝试和失败，我终于有了一次飞跃式的进步！我满心骄傲，开心地笑着。从古至今的生命法则，我终于弄懂了它。

彼得在森林的尽头等我。他好像预感到了我回来的时间。“你捕到一只山羊！”他叫道，“你终于成功了，米里亚姆！”他跟我一样，开心极了。

“我成功了！”我像个胜利者一样举起了弓箭。

我锯下一只山羊角，在上面钻孔穿线，让彼得帮我戴在了脖子上。我把它制成项链，是为了纪念那只山羊。这是那些为生命的延续做出贡献的生灵的象征。这只山羊也成为了我生命的一部分。

彼得取出山羊的心脏、肝和腰子，用酥油在火上煎烤。它是我亲自寻找、捕猎、屠宰后背回来的，这顿大餐算是对我的回报。我们吃的是纯天然无污染的荒野小山羊肉，这是世界上最健康的肉。它给我们的不只是蛋白质和卡路里，还有无穷的内心能量。

我们用一种特制的布将山羊包裹起来，挂在小溪上方的树枝上风干。但是即使是在海拔这么高的高山地区，夏天的温度依然很高。

第二天晚上我取肉时，发现有些白色的东西在蠕动。

“有蛆！”我大叫，吓得瞪圆了眼睛。

彼得赶快跑了过来。

“噢！天！看看这成什么么了？”我绝望地说。

“我们可以想办法解决这个问题。”彼得神情坚定，“我们可以把蛆一个一个挑出来。”

我们花了好几个小时把蛆一个个挑了出来，与此同时还要和一大群绿头苍蝇“殊死搏斗”。最后虽然看起来差不多干净了，但我们其实心里都明白，可能还有很多蛆虫藏在我们看不见的地方。随后彼得将肉煮熟，我们都犹豫着不敢下嘴——突然间所有东西看起来好像都有蛆，包括米饭。

“‘蛆’这个词听起来的确让人反胃，但是真正地吃起来其实也没什么事。”彼得说，“蛆吃的是肉，全是蛋白质，没什么味道。”沉默了一会儿，他又补充道：“我看过一些关于战争的书，有些人为了活下去不得不吃尸蛆，更有甚者……”

“知道了。”我沮丧地说。我不想脑补他口中的“更有甚者”。

几周后，保罗把木桩和钢板捆在直升机下面运了过来。我们把木桩钉在之前挖好的坑里，用石头加固。这项工作十分枯燥，比我预想的更加耗时。晚上我们围坐在火堆旁，心满意足地吃着烤面包。

“如果你们不介意的话，我想问一下，你们不工作，靠什么养活自己呢？”保罗一边说一边添了一根柴火。

彼得回答说：“我们没有政府救济金之类的东西。我们靠自己的一些积蓄，还有利息。注意节省开支的话，不用工作也能养活自己。”

“但是如果我们想买房子或者租个住处的话，就得找工作了。否则我们的钱也不够。”我补充道。

保罗点点头，眼睛望着火堆。

“我们可能比那些所谓的‘穷人’过得还要朴素。”彼得顿了顿，“没有什么比贫穷更可怕了，但是能主动选择过朴素的生活还是很有趣的。”他微笑地看着我。

“我觉得自己很富有，真的！”我开心地笑着，“如果把时间比作金钱的话，我们就是百万富翁！”我又转而语气严肃地说：“食物是必需的，但我不挑食，睡哪里都行。我不想待在城市里，因为我感觉那里的建筑物不富一丝生气；也不想日复一日重复单调的工作，那会使我思维僵化并失去判断力。对我来说，那跟监狱没什么两样。”我对着奄奄一息的火堆吹了几口气，火又着了起来。

“嗯，我明白你的意思。”保罗说，“我这几年都在盖房子，每天工作，却挥霍无度，几乎没有存款。我想靠这架直升机养活自己，但是恐怕我还是得回去努力工作，偿还各种账单和房贷。”

之后彼得说：“我在攻读博士学位的几年里思考了很多事情，觉得很有意思。当时我是讲师，但对这份工作无比失望。每天都要处理学校里的人情世故和一些鸡毛蒜皮的小事。有一天，在一个无聊又冗长的教工会议后，我望向窗外，心想我真的不想继续待在这里了。就是那个时候，我决定离开新西兰前往印度。”

“你就那么离开了？”保罗的声音里有一丝惊讶。

“嗯，我花时间计划了一下，但是，是的，最后还是辞职了，卖了所有的财产去了印度。我没法跟你形容把房门钥匙丢进邮筒，背着一个小包去机场的感觉有多兴奋。”

“或许有一天我也会这样做。”保罗说着，喝了一小口茶。

保罗回去之后，我们徒步登上了陡峭、多石的山顶。因为没有背沉重的行李，彼得的膝盖痛得没有那么厉害。我们手脚并用地在几乎垂直于地面的岩壁上攀爬，岩石被太阳晒得暖烘烘的，清新的山风拂过我们的后背，带来丝丝凉意。

爬到山顶之后，我们找了一片被称为“蔬菜羊[①]”的植物上坐了下来，那是一种长得很像地垫的奶油色植物，它微卷的叶片紧紧生长在一起，看起来很像羊毛。我们正在欣赏四周险峻、威严的群山，突然看到一群岩羚羊跑过一片棕色的山岩——它们看起来很像山羊，但实际上是羚羊属。它们大大小小几十只，从一块岩石跳向另一块岩石，一副对身旁的大裂谷熟视无睹的样子。我们钦佩地看着这些勇敢的动物。

“你还记得我们在喜马拉雅山区遇到的那些加迪的牧羊人吗？”彼得问我。

“当然。”我回答道。岩羚羊已经消失在远处。

“他们和岩羚羊一样几乎无所畏惧，他们天生不畏高。我问过一些人站在高处是否会眩晕，但他们根本不明白我在说什么。我曾见过他们毫无惧色地走在几乎垂直于地面的岩壁上。真的令人惊讶！”

一天晚上，我们正围坐在火炉边，彼得突然站起来，光着脚在厚厚的泥炭藓上悠闲地踱起了步。他迈着坚定的脚步好像在寻找什么，我好奇地加入了他的队伍。他缓缓迈过掉在地上的树枝，走过

① 新西兰藓菊属植物，特征是叶片呈白色羊毛簇状。——编者注

草坪，到了山洼地带的一处空地前。太阳刚刚落到蓝灰色山脊的那一边。大树、草地和苔藓被笼罩在一片微红的柔光中。

我赤足站在柔软的青苔上，望着下面的山谷，略带香气的轻柔微风吹过，我感受到一种寂静和永恒，一种未知的东西清晰存在于我的周围——我仿佛置身于另外一个时空。那未知的存在感如此强烈，我被迫停止思考，只能用心倾听。在一片彻底的宁静中屏息聆听，身心无比放松。

有那么一瞬间，一切都变得完整、纯洁又神圣。

第二天一早，天空万里无云，东边吹来一阵轻风。这种天气很适合晒东西，我带着一块肥皂打算去河里把外套洗了。突然，鸟叫声消失了，很快传来一阵微弱的引擎声。我把外套挂在树枝上，向那片空地走去。保罗正在缓缓降落他的直升机。

“是的。”保罗说，“这就是我的计划。”他抿着嘴唇，不断强调他手里拿的那张纸的重要性，并向我们展示了整个房屋的结构草图。

“让我看看。”彼得说。

我们站在地基的位置。这里钉着12个木桩，而且这次保罗又带了一些建筑材料来。

“你能帮我一下吗，彼得？”保罗正在挪着一块胶合板，“米里亚姆，帮我去工具箱里取一下锤头和老虎钳可以吗？”

我赶忙跑去找工具箱。打开后我才意识到，大部分工具的英文名我都不知道，于是赶忙拿了一把锤头跑了回去。

“老虎钳呢？”保罗听起来有点生气。

“不知道……”我吞吞吐吐地说。

“笨死了！”他很生气。

他三步并作两步走到工具箱旁边，好像我们很赶时间。我跟在他后面，像一条焦虑的小狗。“这就是老虎钳。”他把老虎钳拿在手上，对我笑了笑。

我也笑了，假装很开心的样子。返回的路上我突然有点生气，因为我不太喜欢他那样的反应。我感觉自己像一只可怜而幽怨的小狗，正在等待主人的拍打和抚慰。与保罗的暴躁和不合时宜的玩笑相比，我更讨厌自己心里的这种感觉。

不知怎么的，我有时不太理解保罗。他对我很好——会花好几个小时帮我磨箭，还从城里给我们带苹果——但他好像从没意识到我不喜欢他拿我的荷兰口音开玩笑。“来说两句荷兰英语！”他常常窃笑着说。我努力一笑而过，但最后总是一次比一次生气。

但是我很享受和保罗在一起盖房子的过程。尽管他有时脾气暴躁，但不一会儿又变得兴高采烈。他教会我怎样细致地做计划，怎样准确地测量、打桩，确保一切都精确无误。

彼得在给四面墙上钉木板的时候，我正坐在房顶上钉钢板。看到一座小屋在森林里慢慢成形的感觉真是太棒了！我认真地记住了建造小屋的每一个步骤，为以后建一座属于自己的森林小屋做准备！

壁炉装好之后，房子算是整体完工了。保罗问我们大概多久会来这里一次。

“这得看情况了。可能永远都不会再来了。”彼得随口答道。

我看了看保罗的脸色，赶忙解释这里永远是我们的大后方。

“做什么的大后方？”保罗问。

“任何事情——比如说爆发了致死的传染病。那你肯定想躲得越远越好。”彼得说。

“我总想象自己处于将死的边缘。”我说，“快咽气的时候我会这么想，要是当初做些什么，我现在就不会死。”

保罗扬起眉毛：“是的，假如我作为一场瘟疫中的幸存者，冒着寒冬的鹅毛大雪一路挣扎爬上山，好不容易来到这座小屋，却发现所有火柴都是湿的，然后第一晚就被冻死了！”

“是啊！”彼得大笑，“你多希望自己带了防水火柴啊，是吧？”

“你多希望自己学过燧石打火或者钻木取火啊！”我说。

我们想象了很多未来可能发生的灾难，几乎把所有可能的场景都想了一遍，接着满意地望着眼前这座小屋。

“这座小屋可能会在危急时刻挽救我们的生命。”保罗说，“到时候我们肯定高兴死了。”

我微笑道：“我敢说有件事我们都没有想到——”

“就是那件一定会发生的事！”彼得笑着接茬。

遗憾的是，我们并没有在那里待很长时间，因为房子盖好后不久，给养就用光了，我们不得不再次进城。听了我们进山的艰难过程，保罗惊呼说他在直升机上看到一条很好走的路线。他在地图上给我们指明了方位，告诉我们先爬上山脊，再沿着河流一路向西。

我们收拾好行李，沿着我打猎的路线进入山谷。那天早上天很热，走过森林的时候，几只鸽子在我们头顶发出嘶哑的咕咕声。之后我们进入了一片温热泥泞的沼泽，两只鸭子叫着，看我们走进来，又目送我们离开。我们沿着小溪一路走到一处阴冷的峡谷地带，水面突然变宽，两岸灰色岩壁高耸，最后终于来到一片开阔且碧绿的草场，四周长满高大的树木，景致迷人仿似仙境。附近有一棵紫红色的树，树干倾斜，快要倒在地上。它的枝干粗糙，乍看像一张被揉皱的牛皮纸。树上长满了美味的紫色坚果。我们卸下行李，就地生了一团火，开始做晚饭。

在我们所有驻扎过的营地中，这座山谷是景色最美的地方之一。薄暮时分，我带彼得去了一个地方，几周前我曾在那里看到过一只雌鹿和它的孩子。我们去的时候，那两只鹿再次出现在那里，它们正在安静地吃草，身后是土壤肥沃长满丰茂孔雀草的丘陵。我们坐在一棵倒下的树后面，下巴搭在木头上望着那两只鹿。它们也望着我们。

第二天，我们爬上了山脊。

“谁说这条路好走的！”彼得生气地说。他想把低矮的灌木推向一边，但是树枝太硬，腾出的空间根本不够他的身体和身后的背包通过。他气恼地咒骂着，想踩着灌木走过，但还是失败了，他一气之下把背包丢在地上，野蛮地把它拖在身后。树上开的花看起来美丽又温柔，但是常年的风吹雨打使得这些植物极度强壮，犹如铁般坚硬。它们形成了一道难以逾越的屏障——但是选择另一条路沿着陡峭的山脊下山也很危险。

“我们现在在哪儿？”彼得走到一块空地处，周围的树木挡住了视野。他抚摸着自己受伤的膝盖。

“看看地图啊！”我朝他大喊，像一只螃蟹一样在灌木丛里匍匐前进着。

“正在看！”他也大喊道，“我们应该在某几个点改变方向的，但是我看不到它们在哪儿。”

彼得研究着地图，我听着天上云雀的叫声。我听到它们千回百转仿佛哨声一样的歌声清晰明快，尽管它们飞得很高，几乎看不见一点身影。我想，它们在天上那么高的地方，应该可以将地上的山脉一览无余吧。

我不担心，因为我知道我们不会迷路的。我们现在要做的就是顺着这条约 500 米高的山谷一直向下走，路上不会突然出现悬崖或者裂隙是最好的。我把重重的背包放在地上，然后爬上一棵大树，但是能看到的极其有限——跟在地面上看到的差不多。

最后，彼得凭直觉带我走下一段山坡，进入了大峡谷。每往下走 100 米，气温就上升一点，树木也越来越苍翠繁茂，我们还看到了一群白蛉。经过 3 天在丛林里披荆斩棘的行走，我们终于到达了开阔的河谷地带。在这里，我们还看到了圣诞后那场暴雨留下的痕迹：草木被连根拔起，冲倒在这片山谷里。河岸两旁都是“一条条”灰色的泥巴。

接着，我们在沙地上看到一串脚印。我们难以置信地盯着看了几秒。

“有人来过这儿。”彼得语气肯定。

我感觉好像登陆到了月球，发现有人在我们之前来过这里。这是第一次在如此偏僻的野外看到另外一个人类的足迹。因为几个脚印喜出望外，这种感觉太奇怪了。我们认真研究了那串脚印，猜测着是什么样的人留下来的。

顺着河流走了几个小时之后，我们看到一个橘黄色的路标，指示着公路的方向。脚下那条本来很好走的路已经被洪水冲得不成样子。我们顺着路标走到了一条泥泞、坑洼不平的田间小道上。一开始我觉得走在这样的路上，不用担心有什么危险是一件令人开心的事，过了一会儿我才意识到，虽然我们选择了一条好走的路，但是我们错过了其他的东西！我们放弃了森林，现在它已经离我们十万八千里了，几乎遥不可及！我们和荒野之间的距离越来越远，不知道这样的选择让我们错过了多少风景！

不一会儿，一个女人朝我们这边走来，身边跟着一条猎犬。这是 3 个月以来我们第一次在路上碰到女性。她走过来之后，我们朝她问了声好。她温柔的笑容和恬淡的表情令我心生触动。我第一次感到女性身上那种特有的魅力竟是如此吸引人。这种魅力是她们与生俱来便具有的，其中蕴藏着巨大的能量。身处现代社会，可能和很多人一样，她并没有意识到自己这种特质，但是我看到了她内心的温柔、包容和坚韧——其实每个女性都是如此，包括我自己。

我笑了。感觉到心里有什么东西正在萌芽、生长。

一辆红色的卡车开了过来，两边各跟着一条狗。我正在想好像在哪里见过这两条狗，就看到保罗摇下车窗，说：“我就猜能在这附近找到你们。”

秋

我们赤脚站在一大片泥炭藓沼泽前面，手里拿着草叉。空气里没有一丝风，炽热的太阳挂在头顶，闷热难当。一只大夜莺卧在灯心草里，它长着一条长长的尾巴，除了头部微微发红以外，身体其它部分都是灰绿色。它对着我叫了一声："啾啾。"

我也对着它叫："啾啾。"

它拍拍翅膀，飞去了另外一片芦苇丛。

"这边有好大一片！"彼得大喊。

我们正把青苔铲进羊毛袋子里，保罗会开直升机出去把这些青苔卖给别人，那个人会再装船将它们运往海外。我们帮保罗工作是为了回报他一直用直升机帮我们运必需品进山。我们的目标是装满100 袋，大概需要一周时间。每天工作完，我们都筋疲力尽，没有力气再去捡柴火、做饭、打水还有烤面包了。我终于明白了为什么那些干体力活的人一逮着机会就要去休息一下。

“秋天马上就到了，你们打算去哪儿？”保罗问道。这时我们已经回到保罗家里，我弓着腰坐在电脑前，沉浸在虚拟世界里。

“我们想去韦斯特兰南部的阿拉瓦河流域。”彼得说着，随手翻阅着桌上的一份报纸。

“哦，如果我是你，我不会去那儿。”保罗说，“每逢打猎的季节，所有人都会带着他们的猎犬出入那座山谷，这群人总是不按着既定路线走，你会很容易被猎鹿人的箭射伤的。”

我把视线从电脑邮件上移开，看到彼得担心的眼神。

“你们为什么不去莫基努伊（Mōkihinui[①]）山谷呢？”沉默了一会儿之后，保罗建议道，“比阿拉瓦河安静多了。”

“莫基努伊在哪？”我问。

“就在这儿的北边，靠近西海岸的地方，那儿非常安静，有很多山羊，还有个营地叫山羊溪小屋。”他看着我笑，满脸兴奋，“离这儿也不远，走直线就能到。你们愿意的话，我还能帮你们运必需品。”

我笑着对彼得说：“山羊溪小屋听起来是个不错的地方。”

我们兵分两路，保罗开直升机把必需品运往山羊溪小屋，我和彼得从莱伊尔小镇出发。莱伊尔过去有很多金矿，在它处于极盛时期的 19 世纪，当地共有超过两千的人口，还配备了警局、法院、银行和酒店等社会公共设施。现在看来这一切简直难以置信——因

① Mōkihinui，位于新西兰南岛的西海岸，是一个人口稀少的地区。——编者注

为这里现在已经成了一片茂密的森林。除了一些生锈的铁块和机器零件，几乎看不到过去小镇留下的任何痕迹。在不到70年的时间里，一片森林将过去完全抹尽，真是令人不可思议。

那天我们一直沿着小路往山上走，在山上的一处隘口旁驻扎下来。接下来的路途将更加艰难。站在那绝佳的位置上，我们第一次看到了葱郁的大峡谷全貌：极具野性和诱惑的美。我们能看到层层叠叠的山脉，还有山坡上覆盖着的茂密森林。每棵树都呈现出自己独一无二的色彩。

第二天一早，我们接着上路，走下那条极其陡峭的山坡再到河边，花了好几个小时。我每走几步就抓住树停一会儿，生怕自己滚下去。走到河边的时候，连路标也没有了。

我们一路遇到了很多条河流，但是因为它们的水位不高、水温适中，所以并没有经历什么太大的波折。天快黑的时候，我们在峡谷前一处风景优美的地方搭起帐篷。我接着生起火，坐在火堆旁喝茶。看着在山涧里流淌的那条河，我想起了老子。

“水是世界上最柔软的东西。”我说，“但是它却能击穿坚硬的石头，以弱胜强，以软制硬。”

“冲击形成峡谷的不只有水。”彼得说，“还有时间。如果你一下子把几百万升的水倒进山里，也不会出现峡谷。但是让水一滴一滴地滴100万年，那它就能够击穿石头。真正厉害的是忍耐与坚持。最强大的力量也是最微小的——因为你几乎看不见它。比如说，没有人看见我给这儿周围撒了种子，但是我死后这里会长出很多大树。”

“你真撒了？还是只是打个比方？”

“两者都有。”他起身从口袋里掏出了几粒四翅槐树的种子。这种树是新西兰当地一种开黄色花朵的树。

“这是一粒种子。你也是一粒种子。”他笑着吻了吻我。他把种子撒在一处有阳光的地方，希望它们能在那里生根发芽。

天空慢慢变成了粉橘色，我和彼得默默地坐着，思绪逐渐放缓，跟大自然的节奏一样，很慢很慢。我感觉身体很放松，随之而来的是一种愉悦。没有压力，没有担忧。山川河流仿佛把所有的焦虑都吸走了，只剩下眼前的这一切。我们的生活再一次变得快乐而简单。

在山里的最后一晚，我们看到山坡上有两只山羊，它们卧在河对岸的一棵大树下，静静地望着我们。一只羊通体呈棕色，另一只黑白相间。看到这两只美丽的野山羊，我心里开心极了，它们的脸上写满了信任与平静。我不想将它们当作猎物，理由很简单也很奇怪，因为弓箭不在手里。拿着弓箭出发打猎的时候，我是一个猎人，没有带弓箭，静静地看着这些自然的生灵也足以让我快乐。

经过漫长一夜的休整，第二天我们迎来了近乎完美的一天：温暖的空气里弥漫着清甜柔软的夏天的味道。我开心地整理着行囊，彼得在一旁研究地图。

“你想穿过这边这条峡谷吗？”他指着地图上一片层层叠叠的

山峦，“还是一路向上绕过那里？”

我看了看山上茂密的丛林，随口说了一句：“河流那边看起来好走些。”

于是我们走进了峡谷。峡谷两边高耸着 60 米高的悬崖峭壁，令人叹为观止。河流水位不深，但是有些地方也能达到大腿的位置，因此我们不得不把背包举过头顶。被水打湿的短裤很快就被晒干了。在冒险精神的指引下克服重重困难，我太享受这个过程了。

我们来到一座水池前，池水很深，几乎无法通过。我跟着彼得走出峡谷，进入一片密林中，那里有一座十分陡峭的山坡，灌木丛下覆盖着一层落叶。我们在湿滑的森林中行进了一个小时，接着眼前出现了一片布满刺的藤蔓。

“不是这边！”他大喊一声。

我重新找到路返回河边，爬上一棵高大的腐木，有几只黄蜂在我们身边飞来飞去，但我并未在意——突然彼得在我身后大喊：“有蜂巢！”

我不顾一切地冲下山坡，跑到岸边，速度快得让我自己都觉得有点尴尬。可怜的彼得在向山下冲的过程中受到了黄蜂们愤怒的围追堵截。他跑到我身边时，我忍不住哈哈大笑，心里也松了一口气，因为我知道他不怕蜂蛰。如果遭到黄蜂攻击的人是我，我会疼得爬都爬不起来。

“我被叮得浑身是包！”

“真的吗？你还好吧？”我从包里取出水壶，去河里盛满。

“还好，但是有只黄蜂老是咬我脖子。”彼得坐在一块大石头上，“这样很危险——一旦喉咙肿起来，我就没法呼吸了。我哥哥小的时候就发生过一次这样的事。”

“然后呢？”我停下手头的活计，有点警觉起来。

“那你就得给我做个切开气管的手术了。”

“什么手术？”我从来没听说过这个词。

“你得在我气管上切个口子。”彼得叹口气。

我皱紧了眉头。

“是的，切个口子。”他听起来有些虚弱，“这样即使喉咙肿起来堵住气管，空气还可以进入肺部。”

我看了一眼周围的密林和急流，突然意识到我们离最近的公路还有两天的路程。“我要用刀切，还是针，还是什么别的东西？”我吞吞吐吐地问。我想连贯表达出最重要的信息，但是我的腿已经开始有点抖了。

“用我们最小最利的那把刀。”彼得说。

为什么户外急救课上没有学过这些东西呢？我想。

“我感觉有点晕，头疼……”他双手紧紧抱着头，声音越来越弱，“我躺下，你在我脖子下面垫件毛衣。你一切开，血会立刻流进气管，你要在我喉咙里插一根管子，做通气管。”

“管子？”

“对，吸管之类的东西。”

天哪！吸管？谁会把吸管带到森林里来？我从没在急救箱里见过吸管。“没有吸管。”我低声说，我也感觉有点晕。

“那你就得找一个类似吸管的东西。”

我大脑飞快地运转：用树枝、灯心草还是芦苇做通气管吗？或者包里有什么东西可以利用一下？但是我们没带塑料管，连类似的替代品都没有。我想最坏的情况可能会发生：他会死去，警察会找到我们（或许吧），他躺在这里，气管被切开，而我是唯一的嫌疑犯，因为到时候已经没有迹象证明他曾中过蜂毒。我要亲自给彼得手术。想到这里，心里一阵恶心，我差点吐了出来。

我们在石头上坐着。我心里难过极了，在荒郊野外极端危险的情境下，彼得的命就握在我手里了。我焦虑地看着他，他伸手去拿水，我赶忙把水放到他手里。喝完之后我接过水壶，正准备放到嘴边喝两口，他把脖子扭过来，轻轻地摸着自己的脖子，声音突然变得正常：“我觉得我好像好了。”

“什么？”我笑了。

“没什么过敏反应。”他说着，看着自己胳膊和腿上鼓起的那些包。

我如释重负，但还是忍不住担心，如果彼得命悬一线，我可能真的没办法救他。“天哪！”我大叫，“我真的不确定自己敢不敢切开你的气管，亲爱的。”

“当然，你必须这么做。紧急情况下，你得做一些突破自己的事。”彼得很有信心，但我心里根本没底。

彼得痊愈之后，我们去山谷里散步，时不时停在风景秀丽的地方休息一会儿。我们不敢穿着短裤在户外坐太久，因为周围白蛉很多。这些四处飞舞的小虫会叮上任何一块裸露的皮肤，尤其喜欢脚踝的位置。彼得管它们叫“荒野的守卫”——如果没有它们，会有更多人来到野外。第一次被白蛉咬时我很抓狂，被咬过的地方一连痒了好几天。但后来慢慢适应了，觉得痒时我会忍住不去挠。它们没法隔着衣服或在人快速行进时进行叮咬，所以不走路的时候，我们都会把自己裹得严严实实。

下午，我们正在急流和悬壁之间的一块细窄岩石上走着，突然拐角处惊现一只长鼻鸬鹚。小家伙刚从水里逮到一只鳟鱼，一看到我们，吓得把嘴里叼着的鳟鱼又掉进了水里，眼睁睁地看着鱼向下游漂去。

“快！”彼得跳进河里，一把抓住了那条鱼。

我高兴地拍了拍手。太幸运了！我们卸下背包，捡了些柴火，把鱼插在木棍上，在河边烤起了鱼。

“真不敢相信我们能这么幸运！”我不停念叨着，每说一次，彼得都笑。

“什么东西都给咱们准备好了。”我又说。

“大自然给人类提供了一切在这个世界上生存下去的必需品。”彼得说，“空气、水、重力、光、大地、土壤、食物——所有一切。甚至幸福也是大自然给我们的。”

“如果你把我赤身裸体地丢在这里，我一定会很快死去。人类是最软弱的，也是最需要借助外界条件才能生存下去的动物，就像没有这口锅，我们就没法生存。”我把铁锅举起来说。

“是的，但是我们有大脑，可以想办法解决很多问题。”彼得回答说，“这是我们能活下来的关键。”他又朝着火星吹了几口气，想让火着起来，“大自然为人类提供一切，却从不要求回报，真是令人赞叹！”

“我们死后……”我说，“我们的身体会归于大地，它们会降解，再次变成土壤，从某个角度上讲，死亡是我们对大自然的回馈。”

走了 3 天，终于来到山羊溪小屋，我们的必需品就被保罗贮存在那附近。那是一座有点破旧的白色小屋，有一扇红色的大门。小屋坐落在山羊溪附近，离大河流约有几百米的距离。我们一直在附近的大树下面搭帐篷，从不在屋里过夜。有一天我们正在生火烤面包，等着面团膨起来的空当，彼得从口袋里掏出一个类似信封的东西。

“猜这是什么。”他笑着，好像有什么阴谋似的。

我大笑：“快给我！”

“不不，你得先猜是什么！”他把双手背在背后，笑得一脸灿烂。我跳起来去够他身后的信封，但是他两只胳膊紧紧抱住我的头，让我动弹不得。

“是信吗？”我试探着问。

“不是。”他用胳膊紧紧勒住我的脖子，我被逗得哈哈大笑。

最后我还是屈服了：“不知道！猜不出来！”

他晃了晃信封，里面发出唰唰的响声。“是种子！”我惊呼。终于猜对了，我开心极了。

彼得松开手，声音里满是温柔地取笑我道：“没必要大喊大叫的。”但他却得意洋洋地笑着，夸耀着自己能想出这样一个点子。彼得走到小溪边上说：“如果我现在把种子种上，下个月我们就能吃到新鲜的萝卜、白菜、菠菜、甜菜根还有银甜菜了。”

我们找了一块平整的土地开垦出菜地，菜地周围都是大圆石和托叶草，它们近 3 米高的大叶片温柔地在风中摆动。

“上游那些肥沃的土壤随着溪水被冲到了这里。”彼得抓起一捧淤泥看它们顺着指缝流下，“这是最好的土壤。这片土地就像是微缩版的荷兰，非常适合种植。希望堤坝够高，河水不会冲坏菜园。”

我去河边打了一桶水，彼得把水小心翼翼地撒在菜园里，希望种子能早日发芽。几天后，第一棵绿色的小嫩芽神奇地破土而出。我们每天都开心地打理着菜园，过了几周，终于吃到了想念已久的蔬菜沙拉。

天气好得不得了。我们在干燥舒爽的秋天心情大好，很快把过去几个月湿冷的凄风苦雨抛到了脑后。秋天是丰收的季节！彼得每天带着我出去采浆果，并将可以吃的和有毒的果实分别指给我看。我们采到了五颜六色的浆果，有白色的、蓝色的，还有紫色的，每一种都美味无比。大片的黑莓地是我们最爱去的地方，每次我们都在里面吃啊吃，吃到舌头被染成深紫色。采黑莓要花很长时间，但对我们来说这并不是一个困扰。时间的脚步越来越慢，两周就像两个月那么漫长。与一年前的自己相比，现在的我已经完全变成了另外一副样子。

暖风吹过山谷。我常常顺着河流出去打猎，脚也终于适应了这些粗糙坚硬的石头，走在上面稳当多了。河床是山谷中唯一的开阔地带，与两边无法穿过的密林相比，它简直是一条畅通无阻的高速公路！

时不时地，我们会看到大树的树根间有一大片青草。就像抚慰着孩子的母亲，它们保护着附近的植物不被河水冲走。每次看到一棵大树伫立在远方，我都会慢慢走近它，像饱餐一顿之后的山羊，静静地享受坐在树下的那些时光。

一次，我看到一条溪水的支流流向远方。我顺着溪流往前走了几百米，河岸越来越陡，直到走进了一道窄窄的峡谷。河水在灰色的泥石间开辟出一条光滑的河道。我沿着这条天然形成的斜坡进入了一座深水池，蓝绿色湖水清澈见底，透着暖意，于是我脱下衣服，一手拿着弓箭，一手拿着一堆衣服游到湖对面，爬上了一块光滑的灰色岩石，脚踩在上面暖暖的。河水冲刷出的石头形状好看极了。我接着沿着峡谷一路向前，来到一片数米高的小瀑布前，瀑布翻腾着落入另外一片池塘中，激起一片水雾。一幅美丽的图景真实而奇妙地出现在我的面前。我感觉自己像是几百年前的探险家，正在探索一个空旷而未知的世界。

回到营地后我写了一封信给苏菲，希望有一天能遇到什么人让他帮我把这封信寄出去。

亲爱的苏菲：

你还记得以前我们经常讨论要一起生孩子，让他们一起长大吗？但是现在我不太确定自己是否真的想要孩子。过去我一直觉得在山野里将他们养大是可能的，但是过去10个月的经历让我变得越来越现实，意识到带着孩子住在大山的帐篷里，过着四处迁徙的生活（更别提没有伙伴了）是一件多么困难的事。

我还想到另外一件事，不知道你是否能够理解：我感觉生命像一架奔跑在固定轨道上的火车，列车的终点是死亡，但我现在还看不见它（希望是吧）。随着我的生命列车向前飞驰，我看到窗外闪过一道道指示牌：5岁入学，18岁考大学，23岁找工作，27岁结婚。现在的我年近30岁，该生个孩子了。

很少有人会鼓励我们去主动思考自己该在什么年纪做什么事，因为社会已经制定了“完美的模板”，并希望我们每个人都按照这种模板生活。意识到这些指示牌的存在，我突然开始怀疑某些东西。我的意思不是说我们不应该结婚或生小孩——或许我们应该想办法跳下这辆火车，去走一条自己选择的路？

你能明白我在说什么吗？

爱你的，米里亚姆

一天，一只巨大的黑秧鸡前来造访。我们看不出它是公是母，彼得索性叫它威尔玛。体型壮硕的威尔玛多半是拿破仑转世吧。它锋利的嘴巴好像一把手提电钻，能钻开一切坚硬的物体。它的双腿强劲有力，跑起来我根本追不上。它不像是来乞求我们给它食物的，而是在发号施令。

接着又来了一家子黑秧鸡，真正的好戏上演了。我们把剩下的米饭和燕麦分给了这些“新客人”，这下可犯下了大错。这个无心的举动惹得威尔玛“龙颜大怒”。它可能觉得以后都要和这些同类分享食物了，非常生气。威尔玛大打出手，仿佛以后的生活就靠这拼命一搏了。把这家黑秧鸡赶走之后，它开始不分白天黑夜地在自己的领地上巡逻——好像永远不知疲倦。每隔两小时，它就会出去检查是否有“闯入者”侵犯它的领地，一路高声尖叫。森林里的夜通常都十分寂静，任何一点小小的声响都显得格外清晰，但是威尔玛巡逻时的尖叫声使得整个森林聒噪不已。彼得常常会先叹口气，然后喊道：“威尔玛！”再顿两秒钟，“闭嘴！”

威尔玛可不会闭嘴。它喜欢吃负鼠肉炒米饭，每次都要因为分食物的事情和它的同类打一架。慢慢地，我们和威尔玛成了朋友。它那红宝石一般的眼睛透着机灵，时时刻刻盯着我们看。它好像黑秧鸡里的人类学家，在研究我们的声音、习惯和动作。

山谷中一直是秋高气爽。来到这里大约两个月后，下起了第一场秋雨。一整晚，大雨如注。第二天一早雨停后，我钻出帐篷。“快来看啊！”我大声惊呼，我从没见过眼前这样的场景，“快点！彼得！”我焦躁地摇着帐篷想要把他叫醒。

浑浊的灰色河水正在不断向帐篷这边冲刷着，所幸被一处堤坝挡了下来。前一晚我从莫基努伊河过来的时候，它才齐膝深，现在河面将近百米宽，翻滚着的激流卷起巨浪向中游流去。可怕的洪水将两边的树木连根拔起，卷着它们汇入大海。我们能听到巨石在激流中翻滚的声音。洪水冲刷着大树，又咆哮着从我们的菜地上流过。

在确定自己很安全后，我们像两个孩子一样激动地上蹿下跳，开心地大叫，惊叹大自然的神奇力量。

10 天后洪水才退去。那 10 天里我们只能待在帐篷里读书，我还写了很多日记。

克里希那穆提[①]的一句话一直徘徊在我的脑海中："你对外物的依赖和依恋为悲伤孕育了土壤。"认真地观察自己，我发现我在心理上对彼得极度依赖。前几天他说感觉我太粘人了，因为我害怕孤独。我想他可能是对的。

虽然我可以一个人开心地走一天，甚至一个星期，但还是很害怕那种彻底的孤独。事实上，过去几年我一直都在作茧自缚——我将这个包裹着我们两人的茧叫作"爱"，只有在这里面我才感觉安全。没有工作、没有住所，"爱"就是我安全感的来源。我想找到另外一种方式去爱，不畏惧孤独或失去彼得。我们经常讨论，但这些问题都很复杂。不去想，然后把它们埋进土壤里，让洪水将一切都连根拔起之后全部带走……这样反而容易些吧……

① 印度灵性导师。——译者注

河水慢慢下降到起初的水位，很快河床的沉积泥沙上又长出了新的植物。

“大自然能够承受任何灾难，也随时准备迎接一切机会。这真是令人赞叹！”我们在一个晴朗温暖的早晨出发去捡柴火的时候，彼得对我说，“几千颗种子等待机会破土而出，这样生命才得以生生不息。”

“是啊。”我说，“无论发生什么，生命都会以一切方式存活下来。”

“它们真是适应力极强且无所不能啊！”彼得笑道，“即使地球爆炸，变成一片蛮荒之地，几百万年后，生命还是会重新从海里出现。”

他的话令我振奋：“是的，生命永远都不会消逝！”

彼得捡了几根从上游冲下来的树枝，把它们放成一堆。他张开双臂，我把柴火抱起来递给他。接着我又捡了一些柴，用绳子将它们整整齐齐捆在一起，然后将它们背回了营地。回去之后我们生了火、烤了面包。两杯茶下肚，我起身去取弓箭。

“天黑之前我就回来。”我一边说，一边将佩刀的皮带捆在腰上。过去几周我出去打猎碰到了很多动物，但是因为种种原因都没有打猎成功。

下午很热，我穿着运动内衣和短裤出发了。我在腰上缠了一圈绳子，手里拿着弓箭。如果有人看到我这副装扮，一定会大呼惊讶。

但是好在方圆几里也没有什么人。我快步疾行以免遭到白蛉叮咬，同时认真地捕捉着空气里任何一丝异常的气味。几个小时后，我闻到了山羊的味道。很多人会讨厌这股味道，但是我很喜欢，因为对我来说这意味着我们又有吃的了。

我拉开弓箭，准备找一只侧面站立的山羊，但是这 12 只羊齐刷刷地正面朝着我——对“直觉型猎手”来说，这种位置是最糟糕的。我潜伏在一片小树林后面，希望能有一只羊侧过身来，不幸的是，所有羊都是正面朝我走来。我不得不完全躺在地上。它们走近后看到了躺在树丛后的我，我无计可施只好选择装死，假装自己是被洪水淹死之后冲到这片草丛里来的。让我吃惊的是，我的表演很成功，它们又开始继续低头吃草。一只小羊走到我身边，我没有忍住，睁开眼睛偷看了一眼。它本来在我几米开外处走着，看到我眼睛睁开，它知道自己被骗了，接着一转身惊慌失措地逃跑了，转眼间其他羊也一溜烟全跑了。

我气愤地咒骂自己，开始重新四处搜寻它们的身影，终于看到不远处侧站着一只山羊。说时迟那时快，我将六支箭连续射出。有两支射中了——一支刺穿肺部，一支打在脚上，但是它还是一眨眼逃之夭夭了。

我去找我的箭，但是草丛又高又密，什么都看不见。我失神地站了几分钟，不知道没有箭我接下来还能做什么，但是别无选择了，唯一的办法就是找到那只受伤的山羊，用刀子杀死它。我不能丢了所有箭还两手空空回到营地。于是我把弓放在一块大石头上，沿着血迹去寻找那只受伤的山羊。顺着小路，我进入一座茂密的森林，匍匐着钻过一大片蜘蛛网，突然意识到山羊是不会来这里的。

这只受伤的山羊能去哪里呢？它不可能在如此茂密的森林里穿行，那它只有可能去了小溪边！沿着布满碎石的小溪走了几百米，我终于找到了那只受伤的雄山羊，松了一口气！它在一块被河水冲刷过的木桩边休息。我又悄悄潜回灌木丛，绕到它身后。

我告诉自己，用左手抓住羊角，然后右手拿刀猛刺它的喉咙。我小心翼翼地将手伸向它的角，心脏狂跳不止……我的手伸到它头顶上方的那一刻，它闻到了我身上的气味，跳起来飞也似的跑了。我对自己说，下次一定要果断一点——如果有下次的话。

它跑到河床边上的大灰石上时，嘴里突然泛起了白沫。它的肺部被刺穿，看起来已经非常虚弱，我决定跑到它前面去。我手里拿着刀，跳过一块块石头，大约跑了 50 米后，感觉有点累，于是慢下来走了几步。山羊停下脚步，看我走近又开始朝前跑。我们在山谷里你追我赶了很长时间。

我心想，它现在对我来说是最重要的，我对它来说也是最重要的。这只山羊和我以某种奇怪的方式，被完全联结在了一起。

一转眼，它突然消失在视野中。

我绕过峭壁的边缘，发现它在一座小山洞里。我们面面相觑地站了一会儿。接着我慢慢逼近，以防它再次逃跑。当它试图从我身边跑过时，我掏出匕首刺向它的肋骨，它的身体一沉，倒在我脚下。我向后退了几步，坐在石头上，大脑一片空白。它死了。我的双腿颤抖，因为奔跑而不停地喘着粗气。惊心动魄的追逐终于平息了。

接下来怎么办？我想。死去的山羊躺在地上，看起来体型巨大。

我拖着沉重的山羊遗体，越过几块大石，来到最近的一棵大树下。我使尽全身的力气将它抬起来，然后用绳子吊在树枝上。接着将内脏取出，放在空地上，等着猎鹰来啄食。

我把长着一对角的山羊头放在了树桩上。

“安息吧，山羊！”我默默对它说。

日落前，鸟儿的歌声再次响起。我焦虑地望着天空，夕阳的余晖慢慢撒上了山顶，气温开始下降。回营地还有很长一段路。我按照耗子曾教给我的办法，匆忙将山羊的前后腿捆在一起背在身上。山羊还有体温，它的皮毛扎得我后背刺痛。

回去的路上，山羊不停在我背后左右晃动。回程漫长又艰难，我借着最后一丝余晖趟过了湍急的河流。在很远的地方我就闻到了营火的味道，又起风了。到营地的时候，彼得正坐在一个小火堆旁边。彼得帮我从后背上解下山羊，我筋疲力尽地蹲在地上。坐在火堆旁，我平静地向他描述了此行的全部细节。此时，一轮银月挂在山头。

我跳进河水里，想把身上还有头发里的血水洗掉。望着晴朗夜空里的那轮明月，我脑海里回放着白天的那场追逐和最后的杀戮。整个过程十分野蛮。我突然意识到自己变成了年轻时最讨厌的那种人——当年我站在道德的高地上，是一个严格的素食主义者。那么可以这么说，现在我从道德的高地上下来，过上了最接地气的生活。

一年前，我在离开学校的那一天告诉弗吉妮娅，我多想过上一种与大自然之间毫无障碍的生活。我想现在的我已经过上了这种生活，真是令人惊奇。我在这里，已与大自然融为一体。

接下来的几天里，我们都在吃山羊肉。山羊肉很老，要炖很长时间。煮好之后，我们会蹲在火堆旁大快朵颐，最后再手捧羊大骨啃上面留下的肉。啃干净之后，我会用石头将骨头砸开，吸食里面的骨髓：这是动物身上最美味的部分。我们吃得满脸油腻，一边啃骨头，一边笑话对方。要不是一副现代人的装扮，我们真的和石器时代的人没有什么两样。过着这种朴素实在的生活，我们的内心充满了无与伦比的幸福和满足。

要和我们一同分享山羊肉的动物——除了威尔玛，还有一大群黄蜂。山谷里黄蜂的数量多得惊人。但只要我们不打扰它们，它们大都很温和，不会主动攻击我们。然而每次吃肉的时候总有五六只黄蜂趴在我们的盘子上，有时它们也会落在我们的腿上，把我们脚踝上的白蛉吃掉。白天逐渐变短，夜晚气温越来越低，黄蜂们越来越饥饿，想尽一切办法想要生存下去，它们开始同类间相互残杀。我们曾好奇地观察过黄蜂间同类相食的场景：两只黄蜂选中一只相对柔弱的同类，将它咬成两半然后全部吃光。

暖和的傍晚时分，我们吃完饭后会去河边的大石头上下棋。彼得研究棋局的时候，我会认真看着他的脸和蓝色眼睛上浓密的眉毛——我们第一次在南印度相遇的时候，我也是这样看着他。

我们是在当地的一家餐馆相遇的，周围是茂密的绿色稻田。那是一个安静温暖的傍晚，蟋蟀在远处鸣叫着。当时我背着棋盘在印度走了 5 个月，彼得是我遇到的第一个严肃的棋手。我们在一个小圆木桌上展开对弈，之后喝了几杯印度奶茶，说着在喜马拉雅山的徒步旅行，直到餐厅打烊。

他送我回了旅馆。旅馆就在村子外面，路上我们遇到了一群野狗，但彼得一点也没有表现出胆怯的样子。我们拥抱，向彼此道别。

“我打算从稻田里穿过去。”他说，“只有几公里路。”

我看着他的背影消失在一片黑暗里。他的卷发在月亮下发着光。他走起路来像一只永远无法驯服的狼。那一刻我就决定要跟随他去天涯海角。

黎明时分，我收拾好行囊去参观他照管的自然保护区。蛇、蜥蜴、松鼠和猴子们在石头间找到了自己的栖息地，那些石头的年岁可能和地球诞生的年代一样久远。一只害羞的鳄鱼住在彼得住处附近的池塘里。处在繁忙的村落间，这里显得安静又祥和。

“尼尼去年一整年都睡在外面那些石头上。”彼得说。尼尼是彼得的朋友，也住在保护区里。

“我也要睡在外面的石头上。”我说。

彼得点点头，表示同意。

那天晚上，我平静地躺在一块巨大而平整的石头上，上面还留有白天太阳炙烤的余温。望着天上的繁星，我感觉自己自由而强大。

第二天一早，彼得对我说："我上周听到了猴子的尖叫声，那种声音很可怕，让我都有点心生寒意，持续了大概有十几分钟。后来牧羊人告诉我，那是猴子被美洲豹撕咬的声音……但是别担心，那是上周的事了，现在美洲豹已经走了。"

我有点害怕，但是既然昨晚没什么事，那就说明继续睡在外面是可以的。我还是坚持睡在屋外，但是我从石头上挪到了彼得门外的游廊里。我告诉自己，一旦有美洲豹出现，我就立马站起来，然后打开门进去。我躺在床垫上，盯着漆黑一片的夜。白天感受到的一点点恐惧都会在夜晚加倍袭来。我很害怕，不敢入睡，怕在睡梦中听不到美洲豹的脚步声。美洲豹多久捕食一次呢？我不停思考。它可以轻而易举地将睡袋里的我擒获。

我想让彼得带我一起去喜马拉雅，但我知道那样做需要巨大的勇气。我想证明给他看，我足够勇敢。整个晚上我几乎没有睡着，脑海里充满了各种恐怖的念头。但是美洲豹并没有出现。

第二天一早，我害羞地问彼得我能不能进屋去睡。

"当然！"彼得给了我一个大大的微笑。

"你还记得当时我住在屋外因为害怕美洲豹哭了一整晚吗？"有一次下棋的时候，我问他。

"记得。"

"你不担心我被美洲豹抓走吗？"

"不担心，我知道它早走了。但我想不出其他办法让你搬进屋里住。”他咧嘴一笑，“该你走了。”

我们在山羊溪小屋附近平静地生活了两个多月，几乎忘记了外面世界的存在。我们唯一的客人就是各种动物。偶尔还有北部的暖锋和南部的寒流过境。我们内心平静，不再计算日子过去了几天、几周或是几个月。唯一计算时间的方式是观察月亮的阴晴圆缺。

一天早晨，在经历了长久的沉寂之后，山谷里回荡起了直升机的声音。我们飞奔出小屋，看到一架直升机平稳地降落在了草地上。飞行员下飞机后朝我们走来，机上另外两个人忙着把一些箱子和袋子从飞机上卸下来。

“你们好吗？”他朝我们大喊，飞机引擎发出巨大的轰鸣声。“我叫韦恩！”他上前握了握我们的手，“你们是来这钓鱼的吗？”

“不是，我们就住在这里！”我大声回答。

“住在这儿？住了多久啦？”

彼得竖起三根手指：“3 个月了。”

韦恩很惊讶。“难以置信！”说完他做了一个抱歉的手势，表示要赶快回到飞机上去，因为引擎还在转动，非常耗油。我微笑着表示理解，彼得向他挥手告别。韦恩跳上驾驶舱，直升机起飞，往郁郁葱葱的山林飞去。

我们朝另外两人走去，他们大约 30 岁的样子，正在将最后一件货物往屋子里搬。其中一个人身材细长，留着一头及肩的金色卷发，瘦削英俊的脸上嵌着一双蓝色的眼睛。他告诉我们他的名字叫丹尼尔。丹尼尔穿着牛仔裤、黑色剪毛 T 恤和高筒靴，脖子上挂着两条手工项链：一条上面挂着玉石吊坠，另一条是由鹿牙穿制而成。一把来复枪随意地挂在肩膀上。他以捕负鼠为生，还用负鼠皮做了一张毯子。

另外一个人叫卡尔，也长得瘦长而结实。他一天中的大部分时间都在沿海岛屿上拯救信天翁和其他濒危的野生动物。那天早上他好像没有刮胡须，头发也稍微有点长。他穿着布满破洞的棕色羊毛衫和牛仔裤。他的肩膀宽阔有力，有一种与众不同的英俊帅气。他见到我们后，先掏出烟草卷了一根烟，给人的感觉轻松又自信。

两人都来自新西兰南岛西海岸，那里自然环境恶劣，人们都不大注重外表，生活态度达观而自足。他们身上有一种有趣而迷人的气质。

彼得问他们此行的目的。卡尔告诉我们："政府和能源公司看中了莫基努伊河这个地方，准备建个大坝。为了减轻对环境的破坏，他们计划对山谷上游地区的鸟类和其他动物进行保护，这个计划需要一些针对鸟类的调查数据，于是我们被雇佣来这里完成这项工作。"

"那你们需要做些什么工作呢？"我问。

"我们坐在森林中指定的地方，将所有发出叫声的鸟类的名称记下来。"丹尼尔说着拿出弯刀，一下子从灌木上砍下一块树皮。

"你觉得在这里建大坝的想法靠谱吗？"彼得问道。

"他们觉得这样可以给住在西海岸的人们创造一些就业机会。"

丹尼尔说，“但这是新西兰仅剩的一条从头到尾没有任何污染的河流。”说着他将那块树皮当作发带捆在自己的长卷发上，“所以我们要保护它。”

“要我说的话，建这座大坝没有任何意义。”卡尔说，“大河一直冲刷着这些石头。”说着他随手敲了敲身边的石头，“不超过 100 年，大坝里肯定堆满碎石和砂砾。”

“真正的问题是我们不需要那么多电。”丹尼尔说，“坝里的水肯定会漫过山谷，到时候鸟类、昆虫类和腹足类动物都会被淹死。这样做唯一的意义就是有了更多的能源供人类去浪费。”

过了一会儿，我们去火堆旁围坐着，彼得提起了“保罗的天堂”里的那座小屋。

“以防有什么灾难爆发，是吗？”丹尼尔打趣道，他的嘴角总是带着微笑。那种表情带着惊讶，又有点愉快。

“你有什么特殊的本领吗？”我兴致勃勃地问。

他告诉我们，他会打猎、制革、缝衣服、盖房子、造船、园艺、电焊、织渔网、捉鳗鱼、捕负鼠还有制作火药。他甚至还会自己做匕首和枪。

丹尼尔列完这一串长长的清单后，我感觉他简直就是一个神人。谈到过去的经历时他很谦逊，好像什么事情都很容易并且都是他无意中学会的。他跟我们讲述了他在亚马孙雨林中探险的经历，还说在他 25 岁的时候，就想娶一个玻利维亚丛林里的姑娘。虽然姑娘没有找到，但他在雨林的边缘地带获得了一块属于自己的土地。我以为丹尼尔独身一人住在海边，一个人从一个地方游历到另外一个地方，崇尚精神的自由，对婚姻不感兴趣，但是我错了——他已经结婚，并育有两女。他们的确住在海边的一座木头房子里，但是正在考虑往城里搬。

第二天我想了想，决定尽可能多地向丹尼尔学习一些本领。他详细地向我描述了将负鼠皮制成鞣革的过程，还有各种各样的缝纫技巧，我把它们都记在了日记里。

我语气轻松地向他描述上次被黄蜂袭击的经历，正讲到要把彼得喉咙切开的部分，他随口说了句："哦，古老的气管切开术。"

"嗯，是的。古老的气管切开术。"我又重复了一遍，不知道自己是不是唯一一个没有听说过这种手术的人。然后我接着说："当时我们在峡谷中，彼得让我做一根导管，你能想象这要求有多荒唐吗？一根导管！我正在想是用芦苇还是——"

"你手里不就拿着一个吗？"丹尼尔打断我，他微笑着说，"你的笔！"

我有气无力地笑了笑。在这个掌握了各种生存技能的大英雄身旁，我看起来愚蠢极了。

愉快地共处了4天之后，丹尼尔和卡尔要离开了。我们说好要继续保持联络，丹尼尔在纸上工工整整地写下了自己的名字、电话和住址。然后在纸的另外一面画了一幅地图，告诉我们怎样找到他在海边的小屋。我把写给苏菲的信交给他们，并分别拥抱了他俩。随后他们登上韦恩的飞机。飞机发出巨大的轰鸣声，很快消失在天际。

他们离开后的几周，白天明显变得越来越短，夜晚又冷又漫长。这是一个漫长、温暖、干燥的秋天，但是第一场霜降还是如约而至了。随着霜降，雄鹿们开始在森林里嘶鸣。这些鹿行踪诡秘，过去我们只在森林里看到过它们的脚印，这些叫声终于将它们暴露了。雄鹿的鸣叫一方面是为了守卫自己的地盘，另一方面也是为了吸引雌鹿的注意。重达 200 公斤的雄鹿在安静的森林里鸣叫的声音听起来非常神奇。这叫声好像来自地表之下的某个秘密的山谷，回荡在整座山中。

在安静的山谷中生活了 3 个月之后，我们的食物再次告罄，又要重新打点行囊回城了。我们并没有按进山时的路返回，而是沿着河流走下山谷。河水水面逐渐变宽，有时候我们能找到水浅的地方过河，但是大多数时候水速都又快又急。我们还在一处深水池里看到长长的鳗鱼在水下褐色的木头里游来游去。

“看啊，鳗鱼。”我望着这些亲切的小鱼，像在观察一群无害的金鱼。

彼得又慢慢退到岸上。“那些鳗鱼正在等待食物。”他说着，爬上一块几乎要塌陷的河岸，“如果你被上个月那场洪水冲到这里，困在那根木头下面……”

我笑了一声。

“你会被下面这些小东西活活吃掉，它们会先从最柔软的腹部开始——一点一点将你吞食，吃到只剩下一副骨架。”他站在岸边说，“还有，它们长了一口背向牙齿，一旦咬住很难松口，即使它们想松开也不一定做得到。”

我走了几步，眼睛紧紧盯着这些小生物，它们现在看起来就像潜伏水底的鳄鱼。我踩上一根湿滑的木头，脑海里全是自己失足跌倒、双腿被它们围攻的景象。接下来的一整天，我都不敢接近任何水池。我们穿过一片齐肩高的马尾草丛，半个小时后终于爬上了山，到达了福克斯小屋。

“如果大坝建好，那么这块地方整个就会变成一座湖。”彼得望着河流的南部支流和北部支流，那是一片很大的区域。我希望政府不要在这里建大坝。

我们在福克斯小屋休整了几天，烤了一些面包准备带在路上。正准备背上背包、拿起拐杖，完成我们最后的一段旅程时，天空中出现了一架直升机。我很快就看到了驾驶舱里坐着韦恩。

“你们还在这里啊！”在一片引擎的嘈杂声中，他朝我们大喊。两个猎人从直升机里下来。

“是啊，但是我们打算出去！”我大声回应。

韦恩指着河流的方向。我点了点头。

“为什么不跟我一块出去呢？”韦恩微笑着对我们大喊。

我们毫不犹豫地答应了他的提议，上了直升机。直升机载着我们缓缓升上山谷上空，下方就是我们度过了一整个秋天的家。我们飞过河流，河水里都是亮晶晶的石头，那是我每晚做饭的地方。我们又飞过火堆，活着的最后几只大黄蜂还在互相残杀。慢慢地，小屋和小屋门前的道路逐渐消失在视野里。威尔玛可能还在它的地盘上巡逻，我的羊头应该还挂在那座树桩上，在那座人迹罕至的山谷里。我们飞过随风摇曳的森林，飞过整座大山。入冬了，温柔的太阳给森林投下一片深色的暗影。

飞过最后一座山时，远处蔚蓝色的天空连接着浩瀚的大海，形成了一道笔直的地平线。白色的积状云挂在天空上，像一层层翻滚的巨浪。眼前的景致由森林逐渐变成了牧场和公路，接着出现了第一片居民区，星星点点地散落在农田周围。喧闹奔腾的河流和古老沉默的森林形成了鲜明的对比，让人不禁心生惘然之感。

“去喝杯咖啡吧！”我们刚在卡拉米亚城外降落，韦恩就热情地邀请我们。环境的突然变换让我一时有点错愕。几小时前我们还在大山里，面对着还要步行两天才能回城的艰难旅程，而现在我们已经到达了这段旅程的终点，坐在一间叫作“最后的圣地”的咖啡厅里。

韦恩在点咖啡的时候，我进去找洗手间。一位年轻的女士站在吧台后面，正用茶巾擦拭玻璃酒杯。

“你好！”我向她问好，开心地挥着手。

那位女士尴尬地笑了笑，我突然意识到自己打招呼的方式过于热情了，但我实在是太开心和激动了。

走过一面长长的镜子，我在里面看到了自己。我的脸晒得很黑，头发很长，被太阳晒得发白。绿色的 T 恤看起来破旧走样，短裤早已褪色，还有我每天穿的那双凉鞋满是泥点，看起来脏兮兮的。

出来的时候，我看到彼得和韦恩正在轻声聊天。

“你们每周在食物上的花费，也就够我的咖啡钱。”韦恩的言语间透着不可思议。他们开心地笑着，我注意到彼得的体态和气质都很悠然，这是在荒野中顽强生存了一年后练就出来的，他一手随意地搭在旁边的椅子上，另外一只手的两根手指像夹香烟那样夹着一个糖包，看起来强壮而自信。

我端起杯子喝了一小口咖啡，抬起一只脚准备搭到椅子上去，突然意识到这样做很不礼貌。我又要一点点改变自己，突然想起很多社会行为规范——怎样说话、怎样注视、怎样笑、怎样走。人类存在的每一个角落都有规则，过去的我严格地遵守着这些规则，如今突然感觉很陌生。

喝完咖啡后，韦恩邀请我们晚上去他家过夜。到了他家之后，他问我：“你要不要看一下邮件，告诉你妈妈你还活着？”

我登录邮箱，给父母写了一封邮件，突然看到发送于两个月之前的一封信：

亲爱的米里亚姆和彼得：

我们十分荣幸地邀请二位来我们位于亚伯·塔斯曼国家公园的家里小住一段时间。这里有金色的沙滩，背靠大山，走路去海边只需20分钟。这间屋子已经闲置了很久，恐怕会有老鼠出没。不介意的话，那里就是你们的家。

向你们问好！

特里和瑞秋

晚饭后，韦恩问我们："在野外住一年究竟是什么感觉？"

跟我们同坐的还有他的妻子朱莉和他12岁的女儿。我们手里端着茶杯，一盆柑橘摆在桌上。

我对他说："对那些专注且大脑高速运转的人来说，在那儿生活真是太无聊了，因为几乎无事可做。但是如果你放慢脚步，享受生活，那里就是一个无与伦比的美妙世界。生活在古老的树林里，生起一堆火，听着流水潺潺，看着四季变幻……"

"我也想过那样的生活。"朱莉说。

韦恩看了一眼妻子："在那里生活很艰难的，你知道吗？"接着他问我们，"你知道我觉得最好的事情是什么吗？"

"不知道。是什么？"我微笑着说。

"就是尽管没有喝酒助兴，我们却拥有了一个如此美妙的夜晚。"

我都没有想过喝酒这件事。我们兴致勃勃地聊到了第二天早上。我和彼得一点也没有感觉到疲惫，有缘遇到这样一个知己，可以彻夜长谈，我们觉得很高兴。

大家都睡了之后，我一个人走出屋外。天很凉，冬天就要来了。

我望着黑夜，不知道未来又会发生些什么。微风拂过白桦树的树叶，不一会儿整棵树都开始沙沙作响。一切复归平静后，一轮弯月挂上了东山头。

我想，在这个世界上，大家能练就的最好本领就是：无论在哪里，都能感觉那里是家。

亚伯 · 塔斯曼国家公园

我们在塔卡卡的一座小镇的市场里找到了瑞秋。游客们正坐在长椅上用纸杯喝着有机咖啡，梳着小辫的背包客们三三两两地坐在草地上编亚麻筐。一位乐手在台阶上演奏着印度锡塔尔琴。我环顾四周，小摊上摆着山羊奶酪、腌菜、土鸡蛋，甚至还有一些油画。这些有机食物看起来很健康、很好看，但是都太贵了。

“嗨！彼得！米里亚姆！”我大老远听到了瑞秋欢快的声音，她挥舞着右臂，左手抱着一只浑身白毛的贵宾犬。瑞秋身材高挑，容貌姣好，长着一双棕色的眼睛，头发修剪得整齐有型，衣服也是时装店里的最新款式，浑身散发着香水的芬芳。她是彼得的表妹，丈夫特里是邮件里提到的那座亚伯·塔斯曼国家公园里小屋的主人。

“嗨，伙计们！”她的丈夫特里也在那里。特里长得结实健壮，笑容迷人。他是一名建筑师，海边的小屋就是他亲自建的。完成了拥抱等一系列礼节后，彼得问他们怎样才能在著名的国家公园里获得一块属于自己的土地。

“我在合适的地方认识了合适的人。”特里说，“那时候地价也很便宜，现在那块地可是能卖很大一笔钱了。”

“你们经常去那儿住吗？”我问瑞秋，拍了拍她毛茸茸的小狗。

“我吗？不怎么去。”她笑容明亮，“我倒是想去那看看，风景不错。但是我怕晚上睡着不舒服。坦白讲，屋里到处都是老鼠。”她笑得更开心了。

我很喜欢她，尽管我们完全就是两个世界的人。

“你们打算在那儿待多久？”她把小狗放在地上。

“可能一年吧。”我说，“我想学习一下怎样在每个季节种应季的蔬菜。”

“夏天的时候……”特里顿了顿，在包里翻找着小屋的钥匙，“夏天的时候公路尽头会有一些露营车，到了冬天那儿可能会有些安静，你们只剩下唯一的邻居——一个叫伊丽莎白的老太太，她住在离你们几公里之外的一幢老房子里。”

我们离开了塔卡卡——在商店里备足了3个月的口粮后，开车出发了。这车之前一直交给耗子代为保管。我们在两座山间的柏油公路上开了将近一个小时，路过了荒无人烟的金色沙滩和景色极优美的海湾。进入亚伯·塔斯曼国家公园后，只有一条布满灰尘的土路伸向远方。

“快听那些鸟叫声！”我摇下车窗，伸出胳膊，感受着窗外凉爽潮湿的空气，手几乎能够到大树上垂下的粗壮藤木。低海拔的树木与高山地区的植被完全不同，我们仿佛进入了另外一个国度。马路两旁的尼考棕榈树跟椰子树长得很像，让我有一种进入了热带雨林的错觉。

“看那些树蕨，是不是超棒？”彼得指着一片绿色的蕨类植物，它们至少有 12 米高，近 3 米宽的叶片舒展在空中。彼得笑着，看起来跟我一样激动。来到一个新的地方，我们好像都被重新赋予了能量。

驶过一道急弯，眼前突然出现一条水沟。彼得开车驶过的时候，我紧张极了，因为我们的车只适合城市里那种平整的路面，而且底盘很低，过河时汽车底部与石头刮擦发出尖锐的摩擦声，我还以为什么东西坏了——在这荒郊野外，根本不可能找到人来帮我们修车——好在我们最后顺利过了河。

开了很长时间，终于在经过一座没有围栏的窄桥之后，我们进入了特里和瑞秋的地盘。车行驶在桥上的时候，彼得只能靠直觉猜测木板的大概位置，我对他的镇静印象深刻。桥对面的道路两旁长满了高大的罗汉松，几百米之外是被山脉包围的巨大草场。我们在一处拐角看到了那座木屋，就建在山谷的阳面。

彼得熄灭发动机后，我们下了车。周围令人意外地没有一丝声响，真是个安静的地方啊。

“我们的新家，米里亚姆！”彼得开心地宣布并激动地拥抱了我，“我们先把行李打开，坐在凳子上休息一会儿。没有人会来打扰我们。”然后他踏上宽敞的游廊，“这是个旧的商店门！”木门上装着一扇玻璃窗，上面刻着“商店”两个字。

“这都是上世纪70年代的风格，嬉皮士们喜欢去这种风格的地方。”

走进屋里，左手边是一个厨房。我打开水槽上的玻璃门看了看蓝绿色的橱柜。屋子中央是供我们做饭的火炉，角落里有一张大床。睡觉的地方与房间其他区域用蜡布隔开了，看起来很舒适。

对我们来说，这个房间已经足够奢侈了。它是一座私宅，并且还有自来水——虽然只有冷水，但是已经很方便了。水是用一根长管子从山上的一条小溪里引过来的，森林的尽头有一座茅房，茅房里有一个很深的坑——应该不大可能有什么东西再溅上来了。小屋的附近流淌着一条小溪。我还找到一座很深的水池，可以用来洗衣服和洗澡。

“嘿，快来看啊！好多蚯蚓！”他听起来很兴奋。

“这些虫子能干吗？”我问。对一切有关菜园的事我都很感兴趣。

“它们是我们的小帮手，米里亚姆！”他笑得很有感染力，“它们可以帮我们把不适宜种植的坚硬土壤翻成松软的腐殖质土。小心点，别伤到它们。”

这是彼得最拿手的工作，他以前料理过很多很大的菜园子。看到他心满意足的样子，我也很开心。

“看到你在挖的这些东西了吗？”他说。

“你是说，这些土吗？”

“是的，你看看里面的沙子。海水曾蔓延到这里，这里曾是一片海滩。”

我环顾四周，想象着海水拍打沙滩的景象。山谷谷底很平坦，周围的山却十分陡峭。

打点完菜园之后，我们回到小屋。多数时候我们都在游廊里活动，那里有一张桌子和四把椅子。屋顶正好可以挡雨，天冷的时候只要再加件毛衣就好了。天黑之后我们才会进屋。适应了每天在室外的生活，如今的我们都非常不愿意住在室内。

有一天，我们正在游廊上下棋，看到一位将近七旬的老妇人朝我们这边走来。

“下午好！”我开心地朝他打了声招呼。

“哦，你好！非常抱歉打扰你们了。”她结结巴巴地说，接着摘下她棕色的宽边软帽，露出了银色的短发。

她看起来有点害怕，于是我语气温和地向她介绍了我自己和彼得。

“我们是邻居。”她说着，指了指她家的方向，“我住在那边。”她顿了一秒钟，“不对，应该是那边。”她又朝我们屋后指了指。她的口音很像英国人，跟我在收音机里听到的那些老年人的声音差不多。

“过来坐吧。”彼得说话总是很温柔，“要喝茶吗？”

“事实上……”她紧张地笑了笑，“我想问问你们有火柴吗？”

她摸了摸口袋，“我给你们钱。”她递给我们一张 20 美元的纸币。我哑然失笑，12 盒火柴也不过几美元。

她颤颤巍巍地走上楼梯，看起来身子有点虚弱。走上游廊之后，她定定地站在原地，不知道该坐在哪儿。我赶忙将一把椅子拉到她身边。茶沏好后，她端起搪瓷杯喝了一小口，看起来水还有点烫。

“你一直住在这里吗？”彼得问她。

“是的，从我的祖父起，我们家就定居在这里，我的父亲一辈子都在这片土地上耕作，我就是在这里长大的。”她慢慢地把茶杯放回木桌，我们的桌面长期暴晒，已经有点变形了。她的手又小又瘦——这双手更适合织毛衣而不是放羊吧，我想。她的声音很小，我要很努力才听得清。她告诉我们，过去这片地方的船运很发达，他的祖父和兄弟们用凿子和铁铲修了这条路。我问她吃的东西怎么办，她说她有个朋友每隔两周会给她送一些必需品过来，还说让我们有时间时去她家做客，接着站立起来，欲言又止。

“你多久没有用火柴了？”我说着递给她几盒火柴。

“3 天了。”她有点尴尬地说。

“这么长时间你就待在那么冷的屋子里吗？”我知道她住的地方没有电。这个脆弱又顽强的老人不禁令我刮目相看。

“我让火一直燃着，但是今天早上起来的时候发现火灭了，突然想起听特里的一个朋友说过你们在这里。我真是太幸运了。”

她重新戴好帽子，挥手向我们告别。

温暖的秋日慢慢接近了尾声，白昼渐短，夜晚变得又冷又漫长。

我们的日子过得安静而简单。白天打理菜园，下午去海边散步，晚饭之后就进屋休息。我会坐在桌子旁边，弹着吉他轻声哼唱，一根蜡烛照着我胡乱写在几张纸上的歌词和乐谱。我的歌词都是写野外和这个世界的，主题大多与自由有关。但是我最喜欢为彼得唱情歌，我唱的时候他就躺在我旁边静静地听。

“我爱上一个住在荒野中的男人，他和我住在一起，愿意跟我一起过没有安全感的生活……”一天晚上，我对他唱。

“太好听了，亲爱的。”唱完之后，他对我说。我吹熄蜡烛，穿着两层毛衣钻进毛毯，躺到他身边。我抬起他的手臂把头埋进他的胸膛。听着他心脏跳动的声音。躺在他的臂弯里，我觉得身心无比放松。我想永远就这么躺在他身边，就在这座安静的森林里，在这座荒凉的海湾上，在这辽阔太平洋的一个角落里……

我们安静地躺在温暖的床上，突然有“吱吱吱”的声音传来。

“什么声音？”

“老鼠！”彼得轻声说，好像有死神正在敲我们的门。我们能听到一只老鼠从房顶跑过的声音，还有一只跑到了墙壁里。第一只老鼠——也有可能是这两者之外的第三只——发出了啃木头的巨大声响。我们感觉它们马上就能把房顶凿穿并爬到我们床上来。

“我们现在怎么办？”我小声说。

“你好像有点害怕。”彼得说，“为什么啊？你小时候没有养过老鼠吗？”

“那是宠物鼠，白白的小小的那种。不是这种大得能把人手指啃掉的野老鼠！”

我一整晚都没睡好，天不亮就醒了。一只老鼠飞快地从厨房跑过，我冲过去拿起一袋老鼠药，无情地将这些小圆片放在梁椽上。

老鼠中毒后在房梁上慢慢死去，形状凄惨，留下满屋子的恶臭。我们和老鼠之间的搏斗持续了一整个冬天。

“我想尽快把它们都消灭光。”我大声宣布，“我非常讨厌这些家伙。”

“啊哈！”彼得大笑，“你现在明白新西兰人是怎么看待负鼠、白鼬、山羊以及其他那些对环境有害的动物了吧！”

一天下午，我们正在菜园里给豆子支攀爬架，传来一阵巨大的发动机声。彼得放下手中的锤子，先看了看我，又看了看马路。一辆白色的小货车出现在视野里。

“耗子！”我把支架扔到地上，赤脚朝公路跑去。

看到我朝他跑去，耗子鸣笛致意，接着跳下车一把将我抱起来。然后他又开心地拥抱了彼得。他深绿色的套头外衣与绿色的瞳仁相映成趣，短裤下面两条小细腿配上长筒胶靴看起来很滑稽。39 岁的他还长着一张娃娃脸。彼得打开狗笼，四条狗鱼贯而出，奔向刚刚松好土的菜园。

耗子给我们带来了食物、报纸还有故事书。我们一杯接着一杯地喝着茶，并将上次分别之后发生的所有事情告诉了他。

“安静！”他小声对狗笼里焦躁不安的小狗们说。这些小家伙感觉到我们要出门打猎，想让我们带着它们一起去，但我们并没有这样做。耗子用手电筒照着树林，仔细地上下左右扫视每一棵大树。耗子在寻找负鼠的眼睛，因为它们可以像镜子一样反射光线。我们慢慢地行进在林间小道上，不远处的树上传来猫头鹰的叫声。手电筒的光线像是给黑夜撕开了一道口子。接着相反方向传来另外一只猫头鹰的叫声，两只猫头鹰遥相应答。

“天哪，我的手要冻僵了。”耗子那只举着手电筒的手已经在冷风中暴露了很久了。

“给我吧！”我小声说。

我接过手电筒，顺便抓起他的手，放在手里搓了搓，呵了几口热气。他的手掌和我一样，宽大粗糙，结满老茧。接着我下意识地吻了他的手背，闻到一股淡淡的香味。空气突然安静下来，我们放慢脚步站定。我关掉手电筒微笑着。寂静的黑夜像蝙蝠的翅膀一样包围着我们。

“真的要这样吗？”他轻轻笑着。

我又吻了吻他的手，他向我靠近了一点。我向前倾慢慢将嘴唇放上了他的脸庞。嘴唇扫过他冰冷的鼻头和灼热的面颊。夜静极了，我听得到他呼吸的声音。接着我找到了他的嘴唇，亲了上去，感觉到了他柔软、湿润的口腔。他也亲了上来——有点迟疑，有点紧张。

我拉了拉他的外套，他又向前靠近了一点。我让他慢慢地吻我，那感觉就像全世界只剩他的嘴唇，其他一切都消失在了黑夜里。他用手指轻抚过我的脸，又吻了上来。我闭上眼睛感受着他的抚摸：

这是最亲密的交流。他轻轻地吻着我，时间好像也慢了下来。

不远处的罗汉松上响起了窸窸窣窣的声音，我打开手电筒，看到一只负鼠爬上了树枝。它看着手电筒的光，呆呆地定在那里。耗子从我手里拿过手电筒，把枪递给了我。

“你来！”他小声说，“看着瞄准镜，十字对准它的头，扣动扳机。”

我迟疑着接过了抢。瞄准镜里的十字左右晃动，我扣动扳机。子弹射中了负鼠的脑袋，它从树上掉了下来。巨大的枪响声打破了几分钟之前的热烈情愫，我们恍若大梦初醒。

“好枪法！它都不知道是什么打中了它。”耗子说道，他的声音在一片寂静中听起来格外响亮。

“这比射箭容易 100 倍！”我把来复枪还给耗子，他随后就把枪膛卸了下来，“这跟我小时候玩的那种摁一下按钮就能把怪兽杀死的游戏一样容易。”

“是啊。”他笑着，提起负鼠的尾巴，“这就是为什么越来越多的人不愿意用弓箭打猎了。”

快到小屋的时候，耗子关掉了手电筒。彼得正在幽暗的烛光下读书。耗子提着负鼠悄悄跑过游廊，用负鼠爪子挠了几下门。消停了一会儿，他轻轻将门打开一条缝，用两只手摆弄着负鼠，小家伙像复活了似的大摇大摆地走进屋里。彼得愣了一两秒，接着很快大笑起来："晚上好啊！负鼠先生！"

那是一个荒谬的夜晚：我在一片漆黑中吻了我的朋友，接着捕了一只负鼠回家当晚餐。但是至少它们是真实的，这一切都不是幻想，是实实在在发生过的事。

生命苦短，没时间做梦。我又回到温暖的小屋里，脸上洋溢着微笑。

"夫妻之间很少有不互相猜忌的。"晚饭后，耗子突然开口说。

我们围坐在火炉旁，火炉的风门开着，我们看着里面盈盈跳动的火焰。

"嗯，我觉得猜忌对亲密关系的影响是破坏性的。"彼得说，"很多人都以为他们拥有彼此。"

"对，没有谁拥有谁这一说，真的。"说完之后，耗子沉默了一会儿，"这些道理我都明白，但是一想到万一黛比和其他男人亲近，我心里就难受。真要那样的话我会疯的！"

"但是如果出轨的人是你，就没关系是吗？"我说着，拍了拍他的脚，他穿着一双羊毛袜子，把脚搭在我腿上。

"当然不！"他哈哈大笑，扭了扭脚趾头。

"为什么呢？"彼得问。

"可能是因为我很怕她爱其他人超过爱我。"

我点点头："你得相信她不会跟别人跑的。"

彼得若有所思。"如果米里亚姆爱上你，想跟你结婚生子——

当然这是不可能的，但我也不能阻止她，对吧？”他大笑，“米里亚姆年轻漂亮，她有很多选择，我不能控制她，即使我想这么做。”

“我再也不会结婚了！”耗子说。

“但是，你已经结婚了！”我回答。

“我知道。”他叹口气，“但她总是生气。这些年她变了好多……她讨厌工作，总是一身疲惫地回来，晚上就看电视。我们已经很久没有一起做过任何事情了。”

他承认和黛比在一起不开心。4 天后他准备离开，我们祝他一切顺利，他也答应一放假就来看我们。

我很好奇伊丽莎白住在哪里，耗子走后的一个早晨我出发去了她家。我走过森林，踏上一条布满尘土的小路。清凉的风迎面而来。我看到远处的小山包上伫立着一座老房子，马路和房子之间的空地本是一片牧羊场。草地有些泛白，好像已经为霜冻的降临做好了准备。湿地上长着芦苇。远山的山脊和沟壑间飘荡着一缕缕烟雾。风拂过山顶，带着长条形的云彩飘向北方。

走过一片荆豆丛时，我突然听到一阵急促地拍打翅膀的声音，着实把我吓了一跳。

“芝—加—哥！芝—加—哥！”两只肥鹌鹑用力地叫着。它们往前飞了两米，接着跑着消失在芦苇荡里。小路弯弯曲曲，伸向一片沼泽，沼泽里的水有我小腿那么深。我突然觉得很震惊，伊丽莎白每次出门居然都要经过这里！或许这就是她哪儿都不去的原因。

我沿着小路大概走了两公里，前方出现了两棵橡树，表示这里是有人居住的。树下的草地上落满了橡树子和棕色落叶。一座摇摇欲坠的谷仓立在大门跟前，几块松垮的铁皮在风中嘎吱作响——那声音听来很诡异，仿佛身处可怕的幽灵传说中。老旧的大门上爬满厚厚的青苔，合页已很不结实，门倾斜着贴在地上，很难推开。木屋子的烟囱里飘出几缕青烟。如果不是看到刚刚修剪过的草坪，四处剥落的白漆会让人误以为这地方已经很久没人住了。

“你好！有人吗？”我大喊。

伊丽莎白走出门。“你好！我正在烤松饼。”我走上游廊，她十分开心地对我说。她的脸上有了一丝血色，在自己家里感觉比上次在我们那里自在了些。

房间里满是刚出炉的松饼的香味。她的家就像一座博物馆，陈列着很多过去的老物件。阳光穿过玻璃照亮了整间屋子。这房子看起来和我们那边差不多大——过去伊丽莎白和她的父母、兄弟姐妹一起住在这里。墙上椭圆形的相框里装着她祖父母的照片，下面摆着一个落满灰尘的沙发。很明显，她大部分时间都在厨房内活动，完成了一半的刺绣，就搁在厨房的桌子上，旁边摆着一个过时的饼干盒，上面印着英国女王年轻时的头像。椅子后面是一排炉子——我以前从没见过这东西。有一扇大门里是烤箱，另外一扇门里燃着煤火，上面烧着热水。

外面阳光正好，我们在游廊里拉了两把木椅，端着小瓷杯喝茶。

游廊饱经风雨侵蚀，剥落斑驳。

“你在这儿会感觉到孤独吗？”我问她。

听到这个问题她有点惊讶，好像不太习惯回答这样的问题。

“不不。不过我想每个人都会时常感觉到孤独吧。”

她低头微笑着，将叉子放在盘子上。她才吃了几口松饼，而我10分钟之前就已经就餐完毕了。我看着前方的那片草地，更远处就是大海了。

“在这儿有很多事情可做。看！我还得把这些衣服和文件整理一下。”她的手指向草坪上散落着的五堆垃圾。她将所有东西都分类整理好，好像城里的垃圾车不久就要来将它们拖走似的。

“再说我还有小午夜。”

“小午夜？”

“它是一只住在我家门廊里的负鼠，每天傍晚时分我都会给它备好晚饭。我还很喜欢山林里的这些鸟，因为家里以前种了麝香葡萄，父亲怕鸟来吃，总是把它们赶走，但我觉得根本没必要，因为葡萄是够吃的。你听到它们的叫声了吗？好像在发出什么警告。”她看着我，眼睛里写满好奇，“有可能是白鼬经过了鸟群，你觉得呢？”

我从没在意过鸟儿和它们的叫声。我发誓从那一刻起，我要认真倾听它们叫声里传达出来的信息。

“几年前我父亲的狗死了之后，我就再没养过其他狗。”伊丽莎白继续说道，“我喜欢这些野生的动物，它们更容易养，因为它们对人没什么依赖性。”

她告诉我，她的母亲年纪很轻就去世了，父亲活了 90 岁，一直由她照顾。她还跟我讲了他们兄弟姐妹之间的事和农场上的事。屋里的钟敲了 12 下，我准备走了。我答应伊丽莎白还会来看她。

我穿过铺满橡树子的林荫小道，孩童时代的伊丽莎白曾在这里奔跑嬉闹。橡树下放着一把生了锈的铁犁，几乎快要被青草覆盖，这是当年驮着干草和铁犁的马儿们必经的地方。牧羊犬曾在这里狂吠着追逐羊群。与日新月异的莫基努伊不同，这里的一切都被凝固在了过去。对伊丽莎白来说，这一切都稀松平常，而我却对它们充满好奇。

烟雾缭绕的厨房、煤炉、报时的钟，这一切都深深吸引着我。突然想到有一天我也会变成一个老人，也希望有人陪伴。

于是，因为伊丽莎白的出现，我的生活变得充实起来。她是我的忘年交，她孱弱却美丽。我一直渴望能够交到一个女性朋友，现在我的心愿终于实现了。我对自己说，要尽我所能好好照顾她，让她开心。

“咚咚咚……”

“谁呀？”彼得微笑地看着我，天已经亮了。

“来了来了！”我喊道，从床上跳下来，去游廊的木板上放了一把燕麦。

威廉是一只非常聪明的黑秧鸡，每天早上准时来敲我们的门。它总是神出鬼没，并且无所畏惧，最近还找了一个“女朋友”——旺达。我经常看到它跑过结着白霜的草地，噌地跳上游廊跟威廉抢燕麦吃。

我点火暖了暖屋子，然后我们就坐到屋外喝茶去了。两个人都穿了很多层羊毛外套，欣赏着这新的一天。

“快看树上那些白霜。”彼得指着草地背阴面的一棵四翅槐树说，天气很冷，我都能看到他说话时嘴里呵出的热气。我们住在一块洼地里，冷空气沿山而下，在山谷里聚集。房檐下一夜之间结满了冰柱，早晨太阳一照，冰柱纷纷解冻，水滴得到处都是。一大滴水掉进杯子，茶水四溅。太阳慢慢升起来，照耀着整座山谷，冰层解冻，草木焕发出绿色的生机。没有一丝风，万物都在静静地享受阳光。

食物和取暖永远是我们最关心的问题。自从上次拿着手电筒和耗子出去过一次之后，我就知道这地方负鼠非常多，晚上经常能听到它们在森林里此起彼伏的叫声。我打算去设一些捕鼠器。通过观察它们的行为模式，我了解了这些负鼠的喜好。它们喜欢在低矮的植被里穿梭，还爱爬树。我害怕旺达和威廉踩到捕鼠器，因此把大部分捕鼠器设在森林深处。我通常会把捕到的负鼠剥皮，肉让彼得拿去煮，然后把皮钉在一块木框上。

在莫基努伊山谷时，丹尼尔曾教过我怎样鞣制皮革。首先要抹厚厚一层盐，第二天再将其擦去，如此反复操作几次。接着再抹一层发酵粉和煤油的混合物，放一晚，第二天再擦掉。有时候因为涂擦太过用力，皮毛变脆、分离，有时候残留的盐分会吸潮，使得皮毛腐烂。最终好不容易有几张皮鞣制成功，我用它们缝了毯子和帽子，整个过程令我十分享受。我妈妈家族里的女性都十分擅长缝纫，妹妹苏菲的专业就是时装设计，所以我自己学一些缝纫的技巧也是手到擒来。

伊丽莎白曾跟我说过她的哥哥们去海边的岩石里捡贻贝的事情。因此有一天我和彼得决定出发去捡一些美味的海贝。要在落潮时走一个多小时穿过河口湾和一条小河，才能到达海边。一路上，我们看到很多鸟儿在沙滩上栖息。砺鹬“咕咕”地叫着，它们长着长长的红嘴，黑背白腹。我们还从一群燕鸥身边走过。

河口处全是金灿灿的沙子，个别地方覆盖着一层淤泥。大浪卷过时我们得赶快躲上一旁的小沙丘，再绕回河口。到海边后，我们沿着空荡荡的沙滩走上一块礁石，看着海浪冲刷石头，岩石间的贝冢时隐时现。我不敢往水里走，因为我害怕被卷进大海。彼得告诉我怎样掌握海浪的节奏，我们一起数着，每五到七下就会卷来一个巨浪。

对我来说，大海充满危险和新鲜感。我知道怎样预测山里的天气，能手持弓箭行走在河流、岩石和树林里。但我对大海一无所知。一开始我看到一块很高的岩石上有一些贻贝，就想使劲把它们拉出来，但是这些小东西紧紧粘在一起，根本拉不动。接着，我看到海里的石头上有些更大的贻贝，于是鼓足勇气跳进海里向那块棕色的石头游去。大浪像不断甩动的跳绳，一次次上卷再吞没岩石。我一边观察着向我卷来的碎浪，一边猛地将那一大块绿色的贻贝拔了下来。我一只手拿着塑料袋的同时紧紧攀附着岩石，另一只手赶忙将贻贝装了进来。

有几次浪迎面朝我打来，但是海水并不冷，我开心地笑着，迎着风浪向岸边游去。恐惧逐渐消失，我开始欣赏起这狂野不羁的大海。我们能煮一大锅贻贝，做海鲜烧烤，再把吃剩的壳全部烧掉，灰烬洒在菜园里可以肥土。

冬去春来，白昼渐长，天气渐暖。我们的菜园一天比一天茂盛。彼得为我讲解季候性、酸碱值和土壤的微量元素等知识，我尽量把一切都记下来，不仅在笔记本上做了图表，还在其背面专门列了术语表，感觉自己就像个正式的学徒。我还有两本关于中草药的书，每天都勤奋地研读它们。那些中草药知识都非常有用，但是我没有机会检验所学，因为我俩都很健康。

我下决心要学好与种菜有关的知识，但一如既往地保持热情很困难。我发现做一个虚心好学的人非常不容易。有时候我会忘记一些细节，反反复复地询问彼得，彼得老是叹口气说：“这是我最后一次告诉你。”他这样说让我总是很受伤，感觉自己非常愚蠢。那时候我只想把铁锹扔在地上，转身离开，从此不再和菜园有半点关系。

但是这种难过不会维持太久。美丽的大自然有一种神奇的能力，能消解掉人所有的负面情绪和想法。看着从树林的罅隙撒下的阳光，聆听着鸟儿们无忧无虑的歌唱，都能让我再次振作起来。有自然的美景相伴，我的心灵也得到了成长。

我喜欢看彼得在菜地里劳动时的样子。他一般会把鞋脱了，小心翼翼地走在田垄间，一脸专注地观察着地里的植物，仿佛其他东西都从他的世界里消失了。他跨过豆苗，然后蹲下来拾起几片烂叶，或锄掉几根杂草。每当我快要踩到南瓜蔓时，他会轻轻地拍着我的肩膀说："小心点，它们很脆弱的。"

不知道从什么时候起，我也变得认真而小心。彼得没有告诉过我植物也有声音，但是过去的几个月他不断教会我要用心感受。我发现西红柿不喜欢被人碰，有些植物的叶子不喜水，还有些植物根部周围不能长杂草。它们这些微小的喜好都是无法从书里获知的。与这些植物朝夕相处，我开始慢慢感觉到它们身上也有一些与人类共通的特性。

种的蔬菜太多，我们自己吃不完，于是我送了一部分给伊丽莎白。随着春天的到来，她家的草坪上已经星星点点地开起了黄色的水仙花。她也种了几棵蔬菜，但是在成熟之前已经被小午夜偷吃精光。每次我去，都会帮她修一修日渐倾斜的房屋。我拿着铁锤和钉子叮叮咣咣地敲着，伊丽莎白则在一旁织毛衣或是缝制羊毛被套。我是借帮她修房子的借口来看望她。我们像是在表演 20 世纪 30 年代的情景剧：她是女房东，而我是她请来的勤杂工。在这几乎被人遗忘的世界尽头，我们从心所欲不逾矩。每当工作做完，她会用精美的茶托端来茶，我们一起坐在游廊里喝着。

尽管这里没有电，煤炉做饭时烟熏火燎，但是伊丽莎白依然很喜欢她这座老屋。她对一切报以热爱，但我感觉她还是很怀念过去。她不是那种固执、蛮狠、古怪的老妇人，相反，她温柔极了，就像高山上的一朵花，渺小又脆弱，人稍不注意就会踩上去伤害到它。她真诚而朴素，我很爱她。

菜园长势喜人。我们每天的食物都很丰盛：负鼠肉、新鲜海味，还有我们自己种的蔬菜。有一天下起了大雨，雨点砸得房顶噼啪作响，我们几乎听不清彼此的讲话声。雨一连下了 3 天，到了第四天晚上，雨势突然变急，雷电交加。

第五天一早，雨势慢了下来，我们走出屋外。小溪变得浑浊汹涌，携带着数十吨泥沙向山那边流。河水漫上河床，往路边涌去。草地早已变成一片汪洋，水底积了大概一米厚的沙子。山谷上方的大树被连根拔起冲到了这里，散落在四处。地面上的泥浆一踩上去很快变成流沙，大雨对这里造成了不可估量的损失。

菜园变成了一汪泥滩。但这不仅仅是一个菜园——我们的生活都仰仗着它。过去几个月我们辛勤地劳作、施肥、松土。这半亩小园为我们提供了日常所需的全部蔬菜，现在变得一片狼藉，我心里难过极了。

彼得绝望地望着山谷："我敢说公路已经被完全冲毁了，咱们的车开不出去了。怎么去买食物呢？"

"我们能不能换个地方再重新种些菜？"

"那要花好长时间！"他蹲在一块沾满烂泥的木桩上。

"我们可以背上背包步行去塔卡卡买东西。"我对他说。

他抬头看了看我，一脸焦虑："我们的食物还够吃多久？"

"两周吧，也或许三周。"我耸了耸肩，"我要步行出去，我觉得没什么问题。"

幸好住的地方建在地势较高的地方，没有在这次大洪水中受到什么损害。屋子虽然完好无损，但是我们的供水管被大雨冲走了。我们又要拿桶去小溪里接水。

后来我们才得知，那次的大雨带来的降水量在两天内达到了一米，造成了"五百年一遇"的洪灾，民防官员对多处道路实施了封锁。数十亩农田被淹，如今满是泥沙和树枝，多间房屋被巨大的泥石流掩埋，甚至还有人员伤亡。亚伯·塔斯曼国家公园暂停接待游客。沿海那条著名的徒步路线也被关闭，所有桥梁均被冲毁，巨大的山洪使得道路根本无法通行。

伊丽莎白家的老屋也在这次洪灾中躲过一劫。折断的树枝和灌木，巨大的石头，还有成吨的泥沙堆在屋后。我们去看她时，她说从没见过这种阵势，山谷中方圆数公里都是沙子。仿佛听到了大地的怒吼，当时她害怕极了。

我和彼得沿着泥泞的小路检查了一下周围受损的情况。山体滑坡已将道路掩埋，巨大的山石和树枝四处散落着。一条数百米深的深沟突然出现在我们面前，溪水十分浑浊。我们踩着一棵大树过了河，这棵树显然是从上游的森林里冲下来的。继续行进几个小时后，道路再次中断，眼前出现一个堆满黄沙的大峡谷。

我们准备了几天，又选了地势较高的地方重新开辟了一块菜园。夏天蔬菜长得很快，没过多久，我们就吃到了第一批成熟的蔬菜，但是那些生长周期很长的蔬菜就吃不到了——包括土豆。由于车辆无法进出，我们陷入了完全与世隔绝的境地。但是道路受阻却带来了一个令人意想不到的效果：我们突然享受到了美妙的安静，仿佛真的来到了最最原始的荒野中。我们与外界的一切联系都中断了，就像伊丽莎白还是孩子时一样，进出这里的唯一方式就是通过海路。当然直升机也行。

夏蝉也逐渐多了起来——有几百只吧，或者几千只。森林里回荡着聒噪的蝉鸣。站在树林中间，那声音仿佛可以刺穿人的鼓膜。蝉的幼虫会在地下蛰伏数年之后慢慢破土而出再飞向大树。成熟的蝉会从棕色的外壳中脱出，大树上随处可见被它们褪去的空壳。偶尔有一只飞落到我手臂上，那背上绿色的纹路好像艺术家的杰作。它们长着红色的眼睛和弯曲的爪子，如果体型再大一点的话会非常吓人。

某一天，天气很热，我们顺着河流朝山上走去。从山谷出发到任何一条上山的路都是一段不短的距离，我们欣赏着沿途鲜少有人问津的美景。很快，我们被一块光滑的大石头吸引住了。我们攀附着岩石上小小的凸起爬了上去，一条瀑布出现在眼前。河水有节奏地奔腾而下，我们仿佛听到了瀑布的心跳声，那感觉真是令人不可思议。

吃完午饭我们爬上山脊，看到四周长满了古老的芮木泪柏。一棵粗壮铁心木大得几乎要包裹住另外一颗新西兰针叶树。藤蔓上开满了美丽的红色花朵，地上落了厚厚一层花瓣。

“被铁心木缠住，这棵树怕是活不了多久了吧。”我摸着铁心木的藤蔓问彼得，它们已经长得跟我大腿差不多粗了。

“生态学家认为铁心木在生存能力上更胜一筹，它们会紧紧缠住泪柏直到泪柏窒息枯死。”彼得说道，“提倡竞争和适者生存的达尔文主义逐渐进入文化领域。事实上，我认为，在我们目之所不及的地方，有很多共生的例子。只有成熟的铁心木才会生出藤蔓，泪柏也不会对铁心木的缠绕做出任何反抗。枯死的树腐烂分解后会给新长出的泪柏提供养分，这就是生命的循环。”

我跟着彼得沿藤蔓而上，整个过程就像爬梯子一样轻松。走了大概 10 米就已经离地非常高了，我很怕会掉下去，但是彼得还在往上走。我只好在后面小心翼翼地跟着他。爬上那棵高大的泪柏，我们居然可以俯视整座森林。我一条腿紧紧勾住铁心木的藤蔓，放眼望去，只见一片树木的海洋。身边两只铃鸟看到我们跟它们一样站在树上，被吓了一跳。绿色的树海随着微风轻轻荡漾，其间点缀着几朵红色的花。我们还能看到下面的树蕨，它们的叶片好像一把撑着的雨伞。风越来越大，泪柏的树枝左右摆动，蝉鸣四起。我有一种奇怪的感觉，身体里好像有什么东西在对蝉鸣做着回应。站在高处俯视整座森林的感觉很棒。

过了一会儿，我们走下来，临近傍晚才开始往回赶。快走上公路时，我们看到一个人弯着腰，牵着几条狗朝我们这边走来。

彼得抓住我的胳膊："等等，那个人看起来鬼鬼祟祟的，肯定是来偷东西的。最好不要让他看见我们走过去。"

于是我们躲在了一棵大树后面，看着他走远。

到家之后，我们正在游廊里喝茶，突然看到一个人朝我们这边走来。我惊讶极了，这就是我们刚刚看到的那个人，居然是耗子！他驼着背，看起来迷茫又颓败。

我跑过去朝他大喊："耗子！"他瘫倒在我怀里，好像一丝力气也没有了。

"黛比走了。"他说。

耗子整个人仿佛一具空壳，失魂落魄。他双眼下陷，噙满泪水，过去那坚毅快乐的面庞和无穷的能量早已不见，变化如此之大让我不禁有点为他担心。

我们坐下来，耗子向我们讲述了发生的一切。他说他和黛比为了越来越多的小事争吵，开始对彼此感到失望，分歧也越来越多。上周黛比向他提出了离婚。他愤怒地朝她大喊，并将结婚照和戒指扔到了墙上。耗子说着说着，哭了起来。他呜咽着说只要黛比肯回心转意，他做什么都行。

他们最终的分开在我的意料之内。让我感到惊讶甚至恐惧的是，这件事居然对耗子造成了这么大的打击。

第二天，我们步行去了耗子停船的地方。他在新闻上得知道路被毁的消息，于是开着船为我们送来了一些必需品。过了几天，他慢慢平静了一些。我们在外面烤面包的时候，他会默默地看着树林或者菜园。我们看到了他身上从未有过的安静。

“住在美景中的时间越长，你就会发现更多的美。”有一次他突然说。

慢慢地，他接受了所发生的一切。他在一个暴力和贫穷的家庭中长大，穷尽毕生所追求的不过是安稳的中产阶级的生活。离婚后，另一半离他而去，他的财产也将被如数变卖。没有土地和牛羊，他赖以维系的稳定也随之而去。

一周后，耗子的精神好了些，笑容也更多了。一天，天气不错，我们把特里的橡皮船拖进河，划到了海边。我们沿着海岸线一直往前，找到了一片没有人来过的金色沙滩，那里的风景美极了。我们捡了些浮木生起火，煮了一壶茶。耗子看到了岩石里的贻贝，卷起衬衫袖子下水去捞。我们把耗子捞上来的贻贝放在铁锅里煮了，解决了午饭问题。吃饭时，我们看着蔚蓝色的大海，两只灰腹的海鸥划过天际。它们长着红色的爪子，灰白色的羽毛，好像穿着时髦马甲的商务人士。其中一只海鸥为了感谢我们分享给它的海味，还为我们表演了一个节目，它踮起脚尖，好让自己看起来又高又壮，接着朝同伴高声大喊，但是同伴畏畏缩缩地拍着翅膀，看起来很滑稽。贻贝吃完之后，它们立马对我们丧失兴趣，拍着翅膀飞走了。

有些时候，我们会去远足或料理菜园，还常常坐在太阳下聊天。我会盘腿坐在草地里，耗子一边帮我编头发，一边跟彼得聊天。耗子言语间充满幽默，常常让我感觉出乎意料。他比过去温柔敦厚了许多。

我们三个人都很开心。真不敢相信，人和人之间因为和谐的相处竟能产生如此真挚的快乐。没有猜忌、攀比和纠纷，我们就这样在一起，徜徉在自然的怀抱中，漫步在最原始的森林中。彼此之间没有窥探、评价。我们的友谊自由而纯洁。

一天晚上，我们坐在一起帮耗子展望未来。

“你知道吗？”彼得说，“当初我卖掉房产的时候跟你现在是一样的处境。那种感觉很棒，有种终于获得自由的感觉。”

“是的，但那是你主动选择放弃一切。而我是被迫的。”耗子苦笑。想了一会儿，他又说：“虽然你们现在一无所有，但至少你们还拥有彼此。没有财产并不可怕，可怕的是失去爱的人。”他看着我说，“如果彼得出了什么事，你一定会崩溃的！”

我不禁愕然。“是的。”我承认。我知道他说的没错。顿了顿，我接着说：“跟彼得在一起我感觉很安全，只要有他在身边，无论去哪儿都行。他是我的靠山和坚强的后盾。”我看着火堆，“但是，同样的，与安全感同在的还有对失去彼得的恐惧。我害怕失去他，所以把他牢牢地捆在身边。”说着我自己也笑了。

“这是你最不应该做的。”彼得笑着揶揄道。

“嘿！”耗子突然插嘴，“你说你为什么要找一个比你大 30 岁的老头？他行将就木的时候你的人生可能才刚刚开始。”

“我爱他。”我对着彼得粲然一笑，“但是如果必须要面对失去他之后的生活，我想我能足够坚强。”我说得很自信，虽然我清楚自己心里也没底。

“谁说我会先死的？”彼得说，“你可能会因为意外或者疾病死去，到时候就是我要面对一个人的生活了。”

“如果剩你一个人，你会怎么做？”耗子问。

“那对我来说将会非常困难，这种生活方式只适合两个人，所以我可能需要完全换一种生活方式。”彼得身体朝前倾，拽了拽袜子，“但我过去也是一个人生活，这对我来说不是什么太大的问题。”

两周后，耗子准备回家了。没想到突然变天，刮起一阵大风。我们把他送到水湾，远处海上已经掀起了巨大的白色浪花。上船前，耗子承诺会在浪不大的时候再次来看我们。我和彼得帮他把船推到深水区。“别迷路了！”彼得朝他大喊，但他好像并没有听见，因为耳边的风声太嘈杂。我们笑着互相挥手道别。

“别迷路了！”彼得再次大喊，这次耗子听见了，朝我们竖了竖大拇指，接着调转船头驶离了河口湾。地平线那边积起一大片乌云。我们坐着，目送他慢慢消失在茫茫大海里。

“他会掉头回来吗？”彼得问。我们看到船前涌来一片大浪。

“不会的。”我说，“他会继续往前的。”

一个晴朗的夏日，我动身准备去小屋正前方的山里远足。彼得的膝伤还没有完全恢复，不能背着大件行李攀爬陡坡。因此我备足了6天的口粮，跟他道别后独自出发了。一路上，橄榄岩鹦鹉还有红山鹦鹉都啼叫着欢迎我的到来。越往上走，我就离天越近。我喜欢小屋中的生活，但是大山总有一种神奇的力量在召唤着我。走在崎岖不平的山脊上，无论是面对暴风还是骤雨都能在这里来去自如，一切都不重要了，我感到一种前所未有的自由。我全心全意地沉浸在当下，感觉自己的身心正在得到升华，那些在大自然中感到毫无意义的事情也被一并卷走。

在同一个地方住一年有很多好处，我看着四季轮替、草木枯荣，和伊丽莎白结下了深厚的友谊。但是一到夏天，我就有一种强烈的冲动，想要出发去山里探险。

我白天沿着山脊一直往前走，晚上搭起帐篷休息，森林的夜很静。我想到耗子说的彼得有什么事我一定会崩溃。一想到彼得可能会离开这个世界，泪水就涌上眼眶。只是想一想这件事就已经让我很伤心了。有时候望着漆黑的夜，我突然意识到更加让我恐惧的是我内心的想法——我很害怕彼得以后会出什么事，而不是关注当下正在发生什么。

我感觉自己像一个因为墙上出现了大灰狼的影子而恐惧的孩子，其实那只是我的手的倒影。我突然明白很多的恐惧都是内心的意念造成的。

我很喜欢白天走在大山中的感觉，山路很好走，两旁是各种各样的树木，远处海湾上的风景美得令人窒息。一天晚上，我在一棵山毛榉下的软草上支起帐篷，然后生火、吃晚饭。夜幕逐渐降临，天的东边是灰蓝色，西边透着粉色。大树的轮廓在薄暮中逐渐变得清晰而锐利，我漫无目的地向森林中走去，周围的世界好像在一点点扩大。一切都是那么美丽。我突然意识到生命的意义在于放下所执，轻装上阵。当你放下执念，世界就会为你打开一个新的维度。

我突然想起了我的家乡，那儿有一条安静的小路，路的两旁长满垂柳。我经常骑着一辆黄色的自行车从那条路上经过，到一个小的自然保护区，爬上柳树眺望环礁湖里的水鸟。在孩子的世界里，一切都是新奇和美好的，但随着年龄的增长，这种感觉逐渐消失了。如今再次沉醉在美丽的大自然里，儿时那个新奇的世界再次展现在我面前。

安静的夏日，我和彼得会一起去海边散步。每次去河口湾，那里都呈现出不同的景象。河口湾中间有一个风景秀丽的小岛，四周的海水清澈见底。过去几年里，它已经逐渐发展成了一个国际知名的旅游胜地。沿海的公路吸引了一大批国内外的徒步爱好者，但是除了这条路之外，其他地方很少看到游客。海水冲刷浅滩，留下一道道波状纹路，藏在泥沙里的海蟹和贝类被退潮的海水卷到地表。大大小小的浅水滩里都是黄水貂。

一天落潮时分，我和彼得沿着海滨捡了一大袋牡蛎。回来的路上，我们看到一座池塘，池水是温的。彼得把脚伸进水里，悠闲地荡来荡去，我躺在他腿上。我们一起畅想着将来的某一天要买一大块地，在里面种满水果树和各种坚果类植物，自己亲自设计修建一座小屋，还要养几只羊挤奶、做奶酪。

“唯一的问题是……”彼得说，“我不想再背负贷款了，那时候应该在果园里分出一块地盖房子。每个月都要偿还贷款，压力太大。”

我想起以前看过的几张老照片，那时的彼得 30 岁，他站在长满整齐橘子树和牛油果树的果园里，脸上挂着苦笑，怀里抱着一只黑猫。

“贷款的数量就是你与死亡之间的距离。”他微笑着，用一颗小石子敲击岩石。

“我们要找到一块不用贷款就买得起的地。”我说。

“土质肥沃的地方适宜开辟花园，价格一般都会高一些。”彼得说着把那块温热小石子轻轻放在我的前额上。

日头西垂，我们周围呈现出一片片柔和的橙色光圈。古老的山毛榉树在石缝中顽强地生存着，它们巨大而壮硕的根茎挣脱出地面，经受着暴风雨经年累月的侵蚀和洗礼。空气里弥漫着一股清甜的麦卢卡花香，混合着咸咸的海风味道。大浪涌过，海水顷刻间覆盖住了整座沙滩。

走在返回小屋的土路上，我们遇到了一个长着卷发的年轻女人，她热情地向我们打了招呼，说话时带着一口浓重的法国口音，瓜子脸上嵌着一双棕色的眼睛，发色很深。她穿着宽松的短裤、紧身上衣和粉色运动鞋，身材看起来好极了。背后双肩包的侧兜里伸出一根导管，每隔几分钟她就要从里面喝几口液体。她说自己是出来跑步的，已经跑了 30 公里，还给我们看了手机里记录的里程数，还说她只需再跑过河口湾就能到达他们在那边租住的农舍。

“那段路很难走，你可能得游过去。”彼得笑着对她说。

“我父母在那边等我呢。”她指着对面的海湾，“他们来这里度假，顺便来看我。不赶快回去，我妈妈会等着急的，我还是绕着海湾的边缘跑回去吧。”

我告诉她，河口湾要比表面上看起来大得多，而且沿岸峭壁岩石崎岖不平，跑到对面十分不易。但是她一副心意已决的样子，已经准备脱鞋出发了。我很清楚，绕着海湾一圈要花去好几个小时，于是建议她划我们的皮艇过去。

“怎么样把船还给你们呢？”她慢慢站起身问我。

“你可以把它藏在你们那边，明天退潮的时候我会过去取。”

她听从了我的意见，随我和彼得沿着长长的沙滩步行回去取船。她的名字叫赛琳，是一家公立医院的外科大夫，主治癌症，比我大4岁，有着与我完全不同的生活轨迹。大部分的时候她都在医院里，用最先进的科学手段拯救人们的生命。她为人聪明耿直，说话时总是活力满满的样子，好像身上插着充电器，一直源源不断地为她输送着能量。在她看来，生活虽然有很多困难和阻碍，但是只要内心强大，就没有什么过不去的坎。

“作为一名医生，你对未来存在什么关切点和担忧吗？”彼得总是抓住一切机会探索他不了解的领域。

“流行病的爆发。”她脱口而出，“这不是假设，它必然发生。通过装有空调的飞机，致命的病毒和细菌几天内就会在世界范围内蔓延，而且越来越多的疾病开始对抗生素产生耐药性。人类的寿命增长被认为是一种进步，但是实际上人类的免疫系统已经十分脆弱。”

我告诉她我们为大灾难所做的准备，还有后备小屋的事，她饶有兴趣地听着。“如果流行病真的爆发了你会怎么办？”我问她。

“我？我会随大家一起坐上救生船。”她回答说，“我常年生活在城市里，没有受过什么生存技巧方面的训练。”

“你应该来找我们！”我笑着对她说，“你的医术可以挽救我们的生命，同时我们也能帮你活下来。”

接着我们带她去参观菜地，威廉和旺达带着它们的四只鸡宝宝走了过来。

“这是我们养的黑秧鸡，它们发现我们这里有好多吃的，于是经常来这里。旺达生了这四只鸡宝宝：威斯特、威姆皮、威基和威利。”我笑着对她说，语气里充满骄傲。

“它们都是野生的吗？”赛琳问。

“是的。”彼得说，“它们住在森林里，但是很多当地的鸟类都很温顺，因为这里没有地面捕食者。黑秧鸡不怕人，但是看到飞机它们会变得很紧张，因为经常受到一些鸟类的攻击。”

吃过烤面包和炖肉之后，我和赛琳各抬着皮艇的一边朝河边走去。

“作为一名法国的外科医生，在新西兰工作是什么感觉？”我问她。

她没有立刻回答我的问题，我还以为她没有听到。顿了几秒之后，她说：“我在几家不同的医院工作过，我发现自己的心情与单位的气氛有很直接的关系。当周围的同事互相支持且认真负责的时候，一切就会非常顺利。一旦出现矛盾和摩擦，我的生活就会失去平衡，压力倍增。”

我们接着向前走，两个人都没什么话。

“你不想念热水澡、新衣服、美味的餐厅或是现代一点的生活吗？”她问我。

“不会。”我转过头望着她的眼睛，微笑着，“在这里生活的交换条件就是放弃舒适和娱乐。”我指着远处的山峰以及小路一旁摇曳的香蒲，香蒲的茎接近两米高，头上结出的果实跟雪茄很像。

“大自然的美丽是用任何金钱都买不到的。”

过桥时，我把皮艇放进河里，河水清澈见底，水底的石头与岸边的鹅卵石都亮晶晶的。

“你有收信地址吗？”她问我，“我有一本关于野外生存的书，自己不怎么看。”顿了顿之后她又说：“我可能需要吧，但是没什么时间看。我把它寄给你吧。”

我把特里和瑞秋家的地址告诉她，她留在了手机里，还在上船前将自己的地址潦草地写在一张旧发票的背面。在船里坐稳之后，她笑着对我说：“我真的很羡慕你们这种自由自在的生活！”

我笑着对她说：“别忘了常去自然中走走，很有治愈功效。”

她慢慢消失在海面上，我翻过那张发票，看到她买的是一片有机奶酪和一瓶酒，一共 87 美元。我们的确是生活在两个世界里的人。

夏末的一个午后，我又去了伊丽莎白家。我迈过倒下的大树，走过即将过季的草莓地，慢慢朝她家走去。推开长满青苔的大门，房间里有一种异样的安静。一只野兔在草地上蹦来蹦去，电线杆吱吱作响。烟筒里没有烟，游廊的椅子上也看不见她的身影。

“你在吗？”我想推开那扇木门，但是门被锁上了。透过窗户，我看到她的刺绣在桌子上，上次来帮她补房顶上的窟窿时用过的木柄锤和钉子还放在原处。当时伊丽莎白给我找来一块铁皮，我用锤子叮叮咣咣地敲着屋顶，她祖父做的那把木梯都快散架了，她坚持要在下面帮我扶着。我们都笑得很开心。

很明显家里没人。两天后我再次过来，房间依然是空的。伊丽莎白突然结束了自己在荒野里的生活，不知道发生了什么，她都没有来得及告诉我就匆忙离开了。废纸、毯子、衣物还散乱地堆放在草坪上。她还没有来得及将家里的这些物品归置整齐，入秋的暴风雨一旦来临，这些东西可能都会被吹走。我把它们塞进了一个布满蛀孔的大木箱，抬进屋里，放在长柄镰刀旁边。然后返回游廊，静静坐在阳光里，这应该是我最后一次这样做了吧。游廊上的木板被反反复复踩过，留下一道光滑的凹痕。我用钉子把窗户钉紧，以防小偷或者狡猾的负鼠钻进屋里。

伊丽莎白的离开令我十分难过，我们一直都是彼此的陪伴，我十分钦佩这个年纪的她还有勇气以如此原始的方式在这里生活。我望了望枯萎的草坪，又看了看远处的大海。北边已经聚起了一大片乌云，马上要下雨了。

我起身朝门口走去，一片金黄色的橡树叶随风飘落，缓缓落进草丛里，草长得很高，里面有很多橡树子。树上的叶片有些是黄色的，有些是绿色的，煞是好看。它们最终都会归于尘土，来年春天再发出新芽，如此往复和轮回。我关上大门离开。逝者如斯夫，我得整理心情，面对新的开始。

我们花了好几周时间，搬来木头和石块，把车道上的河水分流到了别处，然后开车到公路尽头，一些海滨小屋的房主准备了一艘大驳船来这里接被困的车辆，我们驶过空荡荡的海湾，沿途的风景美得令人窒息，山顶上积满云彩，茂密的原始森林覆盖着群山。

驳船到岸后，我们开车去看特里和瑞秋。

瑞秋在为我们准备晚餐，做了沙拉和三文鱼，彼得在外面帮特里干活。我在电话簿上找到了伊丽莎白哥哥的电话。他告诉我，家人和医生觉得她不适合继续住在那座偏僻破旧的小屋里，因为那里不通公路，没法继续给她运输必需品和药品，所以他们派了一架直升机将她接回了城里。他说她在城里一切都好。

我想伊丽莎白当时肯定毫不犹豫地就上了直升机，只是不知道自己不会再回来。或许她再也不会有勇气告诉医生，曾经从游廊里看到的壮观的大海，用煤炉烤的松饼，养过的小鸟还有小午夜，这一切都令她如此快乐。

瑞秋突然过来打断我："对了！差点忘了，米里亚姆，我收到一份寄给你的包裹。"我接过她手中的包裹，里面是一本橙色封面的书还有一张便条：

这就是我答应给你的那本生存指南书。希望你喜欢，也希望它

能帮到你。很期待与你们的重逢。无论你在哪，请告诉我你的具体位置，我会来看你。

赛琳

我打开邮箱，看到丹尼尔发来的一封邮件。他要和家人一起搬到城里去住，西海岸那间木屋将闲置一整年。他说如果我们愿意的话，可以去那里免费居住。

“你有很多邮件吗？”瑞秋一边问我，一边随手翻看着报纸的周末版。

“我们可能要搬到西海岸去住了。”我说。

她很惊讶：“西海岸哪里？”

“我也不太清楚，但我有一张地图。”我兴奋极了，因为我们即将再次出发，去探索一个新的世界，就像伊丽莎白那样，把亚伯·塔斯曼国家公园的小屋重新还给大自然。

瑞秋一脸困惑：“这简直难以置信，你俩的这段旅行真是太顺利了。”

“是啊，也许吧。”我笑着对她说，“幸运之门总是不断为我们打开。”

西海岸

生锈的铁皮标示上写着“注意儿童，小心慢行”，还有一幅小孩拿着匕首的配图。我们从沿海公路上下来，进入林间公路。公路两旁是茂密的麦卢卡树。开到停着汽车的车棚前，还是看不到哪里有房子，我们只好沿着一条小径进入灌木丛。几百米之后，突然一片开阔，眼前就是壮观的大海。我们就站在海边的高地上，仿佛能看到世界尽头。

我们面前伫立着一座用回收的旧木头建的小木屋，有游廊和深红色的窗台。

丹尼尔听说我们到了，出来看我们。“嘿，你们到了！最近怎么样？”他一下子从游廊上跳下来，冲着我们大喊。他还穿着在莫基努伊山谷时穿的那件黑色短袖，蓄起的小胡子比棕色卷发的颜色深得多。修建房屋用的每一块木头和铁皮都是他用独轮小推车一车车拉来的。小屋呈八边形，开了很多扇窗户，屋里阳光充足。角落里放着一张蓝色沙发，还有一张丹尼尔用从大树上锯下的厚木板做成的咖啡桌。屋内的陈设很简单，水槽上是一个精美的木制橱柜，木地板擦得很干净。那种感觉很温馨，像回到了家里。

屋后有一个很大的水缸，我们可以用火炉将下雨时蓄在水缸里的水加热洗热水澡。彼得被水缸旁边一棵长着深色叶片的植物吸引，过去摸了摸厚厚的叶子说："这是典型的查塔姆群岛的勿忘我，米里亚姆。"他的语气听起来有点沉重。

我望着他，等他继续往下说。

"意思是永远不要忘记下雨。"

我们望了望大海，一大片乌云正从西面飞快地朝这边飘来。

菜地里长满了毛茛，我们需要重新开荒种地。十二只母鸡还有一只公鸡叽叽咯咯地叫着跑出来，热情地欢迎我们。一只长着油棕色羽毛的老母鸡扑向彼得，彼得小心翼翼地把它揪起来，那两条健壮的大腿被彼得紧紧握在手里。它转过头用橙黄色的眼睛盯着彼得。

"车棚里有自来水。"我们沿着小路往山下走时丹尼尔对我们说，"车棚的屋顶可以收集雨水，然后用一根管子通向厨房。"

"有没水的时候吗？"彼得问。

"不会的。"丹尼尔笑道，"这地方雨水很丰沛。"

我们走到屋子 50 米开外的一个小棚子前。

"这里就是厕所。对你们来说恐怕有点简陋。"

这个小棚子没有门，一旦下雨里面的人肯定会被淋湿。棚子里有一张木椅，下面放着一个黑色的大桶。

“你们最好时不时把桶清洗干净。”

“我们去哪儿倒呢？”我想象自己摇摇晃晃地提着粪桶走在坑洼不平的路面上的情景。

“倒在能再次创造出价值的地方。”丹尼尔耸耸肩，“比如说树底下。”回去的路上，他还给我们指了好几个可以倾倒粪便的地方。

“嗯，基本上把该交代的都交代完了。我该走了。”他说着，天上开始落雨。

“什么时候雨季才会过去？”我问。

“冬天的时候很少下雨。”他笑着说，“真正的雨季 9 月开始，11 月结束。但也不是绝对如此。”他说话时嘴角上扬，感觉一直在微笑。

我们送他上车，彼得问：“丹尼尔，你为什么愿意让我们住在这里？你完全可以把它租出去，对吧？”

丹尼尔停下脚步，说：“我没法一个人住在这儿，以前我以为能和孩子们一起住在野外，结果我发现这比我想象的困难多了。孩子们上学来回要用两个小时，平时她们也很想念学校的小伙伴，很多事情都很棘手。现在我身上担负着责任，必须出去赚钱养家。”他看着我们接着说，“如果你们住在这儿，或许我也能时不时过来住一段时间。”

丹尼尔离开之后，我们用手推车将行李拉进屋里，然后坐在游廊的长椅上休息了一会儿。丹尼尔家门前不远处是一座自然森林保护区，但那里既没有围栏，也没有任何标示。陡坡纵深几百米，一直伸向海里。放眼望去，大海一片波澜壮阔，感觉我们是这世界上仅剩的两个人。壮丽的落日令人惊叹，暮光从深色的云层间透过，折射出一道道橙黄色的光线，之后太阳完全消失在地平线之下，天空中透出深红、粉红甚至一丝丝淡绿，还有一条条鲜亮的靛蓝映照在海面上。蓝绿色的海面随之逐渐变亮，又慢慢暗淡。一天结束了。

我们从丹尼尔的小木屋里眺望大海的时候，感觉自己好像神的孩子。上天赐给我们雨水、阳光、雷电和风。我们身处不断变幻的天气和随之更替的美景里，还有落日带给我们的狂喜和惊奇，而身后是高耸入云、崎岖不平的帕帕罗阿山脉。这里雨水丰沛，苔藓、蕨类、棕榈欣欣向荣，有各种各样的山洞和奇景。西海岸地区集中了新西兰最具代表性的原始景观。

一周后，丹尼尔回来取剩下的一些东西。我们一起去了他在小屋 50 米开外的河岸边建的一个靶场，靶场里堆满各种各样的空酒瓶，看起来就像一个木偶剧场。他拿起手枪，我赶忙用手捂住耳朵。“你能打中那些瓶子吗？”我问他。

“大部分时候都可以。”他举起手枪扣动扳机。玻璃瓶被击碎后倒落入垃圾箱的声音让人有一种奇怪的满足感。“循环利用。”说着，他将射出的子弹重新装入枪膛。他穿着蓝色牛仔裤扎着皮带对准空瓶射击的样子像极了一个美国西部牛仔。“来给你看看我收藏的兵器。”他笑着带我来到小屋后面的一个大水泥箱前，打开铁门，我看到里面有各式各样的古式短枪、猎枪、左轮手枪和来复枪。

“当然了，弓箭可以说是年代非常久远的打猎工具。”他说，“但是机械原理比较简单的手枪在几个世纪以前就出现了。”他好像察觉到了我对原始狩猎方式的钟爱以及对手枪的抗拒。“这些古式手枪都有其各自的特点，有些被用来打仗，有些适宜用于狩猎。它们见证过各种各样的场景，做过了不起的贡献。你拿一把试着感觉一下。”

他递给我一把侧面雕刻着花朵和各种纹饰的手枪，拿在手里沉甸甸的，但我感受不到它身上蕴含的历史感。

“天哪，好了还你吧。”我又把枪还给了丹尼尔。

“现在你在这儿可以用这把来复枪。”他指着那把雕刻着精美花纹、看起来很轻便的枪对我说，“这把枪已经有 100 年历史了，诞生于英国温彻斯特。它辗转于世界各地，几经转手。这把枪是入门级别的，没有瞄准镜，不会出什么太大的差错，用起来就跟弓箭一样简单。”

我迟疑地接了过来。

“用弓箭捕猎，你可能只会把动物打伤。”丹尼尔继续说道，“但是用枪的话基本上可以一枪致命，这样动物承受的痛苦会小得多。再说你也不用花那么多钱买箭了。”

他给我一盒子弹，教我怎样射击空瓶。尽管我两年前就拿到了持枪许可证，但实战经验真的少之又少。而且说实话，我看到枪就紧张。我不喜欢枪声，听说了那么多事故，我对持枪打猎一直抱有怀疑态度。小时候我经常和村子里的男孩们一起踢球，但是我从来不参与他们的手枪游戏。跟大人们一样，我觉得手枪是罪恶的象征。

每次丹尼尔来看我们，都会顺便教我一些手枪方面的知识。盛情难却，我也只好收下了他送给我的来复枪。我很感激自己能有这样一个老师，没有他的话我不可能学会用手枪打猎。他教会我怎样瞄准目标物，怎样在扣动扳机之前放松呼吸和身体，告诉我清洗枪管和枪膛的不同方法。他说磨猎刀的技巧是轻轻抓住刀柄，辨别猎刀与石头摩擦时发出的沙沙声，如果声音发生变化，那就说明刀子有点钝了。在丹尼尔眼中一切都是艺术，我也慢慢开始欣赏他看待世界的方式。

我开始试着在山脚下的树林里打猎。我沿河而上，进入支流地区，那里的泥岩被河水冲出一条条水道。我漫步在这片原始森林里，看到了许多十分隐蔽的石灰岩山洞和风景壮美的峭壁，峭壁的石缝里长满了青苔和小灌木。在这里最危险的莫过于灰岩洞——就是地上的一些石灰岩受溶蚀后形成的坑洞，深 10 ～ 30 米，表面覆盖着树枝或其他植被，人一旦不小心跌入，最后必然殒命。我听说过很多动物，甚至也有猎人遭此不测。

一天，我沿着高大的石灰岩悬壁进入到森林深处，爬上一块高约 30 米的岩架，那块岩架很大，站在上面可以俯瞰整座郁郁葱葱的山谷，我拖了几块大石头到山谷里当作桌椅，坐在那里听周围的声响。我身后的白色岩壁就像一只巨大的耳朵：在这里能清晰地听到远处山羊的叫声，我学着模仿它们，有时候几只雄山羊会被我的叫声吸引到山洞这边来。

在这里住得久了，我开始慢慢了解周围的路线，哪里有小溪、山谷、峭壁还有灰岩洞，我都了如指掌。用来复枪打猎的感觉与之前相比完全不同。只要把枪拿在手里，我就能感到一种奇怪的力量感，这种感觉能瓦解所有恐惧。我不害怕掉入灰岩洞，不怕迷路，不怕森林的阴冷潮湿，更不怕遇到坏人。它给了我一种虚假的安全感，而且我发现人会对这种力量产生痴迷。我终于理解了为什么在枪支自由的国家，那里的人民总有一种莫名的自信。

用来复枪猎杀动物的感觉也与以往大不相同。我和动物之间被这把枪隔开了，感觉我只是一个旁观者，而真正实施杀戮的是这把枪。子弹的威力不可小觑，一颗子弹就能让山羊当场毙命，效率很高。我几乎每次出去打猎都会有收获。

为了保持肉质的新鲜，我用细铁丝扎了一个框，把它们挂在屋后阴凉处的横梁上。铁丝网的周围裹了一层旧窗帘防止蚊蝇，而且窗帘布也比较透风，这些肉就被很好地保存下来了。

我们过着自给自足的生活，除了羊肉，还能吃到自家产的土鸡蛋和亲手种的各种蔬菜。生活几乎不需要什么开销。但是有一天，我突然决定出门去赚点钱。

我绝望地站在安静的海边公路上。没有表，不知道现在几点，但时间一定还早，因为路上没什么车经过。海的那边飘来一团乌云，没过一会儿淅淅沥沥的小雨就下下来了。我浑身都被淋透，无比绝望。谁想让一个浑身湿漉漉的人搭他的车呢？过了很久，我听到远处传来汽车发动机的声音，几分钟后，一辆露营车从山那边开了过来。车停在我身边，一个金色头发的男人打开车门问："你也是荷兰人？"

我突然大笑。他能一眼认出我是他的老乡真是太神奇了。他和妻子正在环新西兰旅行，他们很乐意把我捎到镇子里。用母语交流的感觉真好。他们问我为什么要移民到新西兰并且选择住在荒野里。我说我觉得大自然的美景中蕴含着一股力量，它让我觉得自己比以前更有生命力。我们开心地聊了很久，到超市门口后，他们把我放了下来。

我迟疑着走进超市，买了一个烤饼。收款台的女孩给我递发票的时候，我问："你好，我能见一下你们经理吗？"

她好像被我的话吓了一跳——眼睛睁得圆圆的，半晌没说话，我也觉得自己有点唐突，不知道接下来该说些什么。旁边的女孩把烤饼装进袋子里，嗔怪地看了一眼她的同事，对我说："好的，经理在楼上。"

"谢谢，我想问问他我能不能在这儿卖艺！"我举起吉他给她看了看。

超市经理很友好，同意我在超市入口处唱歌。我打开乐谱，把手鼓和调音器放在脚边。我们家的人都很擅长音乐和戏剧，姐姐汉娜是专业的歌手，以前她弹钢琴的时候经常让我帮她伴唱。在公共场合表演对我来说不是头一遭，但我还是感觉有点紧张。开口第一句音调起得很高，声音颤抖，但是似乎并没有人注意到我。他们视若无睹地在我眼前来回穿梭。

我又鼓足勇气重新开口，不断鼓励自己这没什么，不用害怕。跟跌落悬崖、溺水、在大雪天被冻死相比，这种恐惧根本不算什么。我很安全，只需要把歌唱好，周围没什么危险。

唱到第三首歌时，我的状态慢慢好了起来，我敢抬头看乐谱了。这座西海岸小镇看起来一直很闭塞。我认真盯着每一位路人的眼睛，他们也对我报以微笑。一小时后，人们越来越友好，我收到了各种各样的赞美，还有几个人说我很像琼·贝兹和朱蒂·考林斯。几个人围在我周围听我唱歌，一位女士还问我愿不愿意在婚礼上唱歌。一位慈祥的老人推着自行车从对面的停车场走到这边，指着吉他上“自由无价”几个字问我：“这是什么意思？”

我开心地对他说：“自由是上天免费赐给我们的礼物！人们努力工作赚钱，希望以后能做些什么，但是等他们攒够了钱，又没有了勇气。所以说，以后是一个虚无的借口，那时候做什么都晚了。不是只有百万富翁才有选择生活方式的权利。我是这么想的。”

老人笑着点点头：“我工作了一辈子，退休的时候我才明白要是能早一点不工作就好了。”他看了一会儿远处的山，“但是我别无选择，我有四个孩子要养，支付各种账单，还要还贷款。很多事情要做。”

我点点头，不禁对他心生同情："你做什么工作？"

"教书，就在这里的男子学院。"他用手指了指西边，接着从口袋里掏出五美元，小心翼翼地把它压在吉他箱里的硬币下面，"亲爱的，你很适合唱歌。你的嗓音很清澈很好听。我在那边的停车场就听到了。"他向我挥手道别，推着自行车离开了。

有了这些人的鼓励，我开始享受这个过程。我发现卖唱赚的钱刚好够买一些日用品。我每天大概唱六七个小时，晚上买一些东西再搭车返回小屋。

"今天赚了多少钱？"看我笑着回来，彼得问我。

"一大笔钱！足够我们下个月的开支了。"我晃了晃手里一大袋硬币。

"我知道你是怎么赚钱的。"他从袋子里拿出 20 元纸币，"他们用这些钱买了 10 秒钟的快乐。"

"嗯，我也算是为社会做了一份很大的贡献，你觉得呢？"我笑着说。

丹尼尔送了我一件深绿色的羊毛外套。外套很厚，即便是非常尖锐的外物也不一定能刺穿它，而且还很保暖，穿着它在森林里过夜完全没有问题。但是这件外套很重，它是新西兰野外标志性的衣着。还有一点不好就是衣服上好几处都有虫蛀，我花了一周才把这些洞补好。我还在衣服上缝了带拉链的口袋，用来装子弹、细绳和急救包。

丹尼尔还留了几本书给我。这些书讲的都是猎鹿人带着铁皮罐、盐，挎着枪在原野中四处流浪的故事。他们经常和衣而睡，以猎物为食，这种活动被叫作“回归土地”。我对此很感兴趣，所以在某个阳光晴好的一天，我骄傲地宣布：我也要“回归土地”。

我告诉前来看望我们的丹尼尔，说准备一个人出去进行为期一周的“猎鹿之行”。

“真的吗？”他笑着问我，脸上那种钦佩的表情让我感到很开心。“那我得给你一把好枪。”他取出自己的收藏，给了我一把很大的猎枪，“给你，这是我最喜欢的一把枪。”

第二天的天气清新而凛冽。我雄赳赳气昂昂地出发了，穿着自己的新羊毛外套，手里拿着枪，皮带上别着匕首，还带了帐篷、睡袋、调味料和铁皮罐。我觉得自己和书里描述的那些人没什么区别（当然除了我不是男性这一点之外）。我只带了够第一天吃的面包，以后我就打算吃鹿肉了，如果实在打不到鹿肉，就吃山羊肉。鹿是一种警觉、敏感和聪明的动物，一般很难找到它们，而且我对它们没什么了解。但是我以一贯的乐观心态告诉自己，这些都可以学。

我走过一条壮美的峡谷。清澈的流水两岸是高耸入云的白色石灰岩，有几处的悬崖上长着蕨类和青苔，但大部分悬壁因为太陡峭几乎寸草不生。山顶淌下的涓涓细流给石灰岩上留下了一道道或黑或灰的线条。过河时，我小心地试探了一下水位，因为我知道下过雨后水位会上涨，自己可能会在上游被困。

几小时后，我来到几座大山前。一条被动物踩出的小径伸进幽深的树林里，沿路而上，尽头是两棵大树，树下是一块长满青草的平地，地上有粪便，很明显这是鹿群小憩的地方。这也是一个露营的绝佳地点。我在那儿支起帐篷，但是没有生火，因为鹿能在几公里之外就闻到烟味。晚上我趴在树下，下巴垫着枪。鸟儿在树上鸣叫，我望着山下河谷那片巨大的草场。天色一点点暗下来，周围一片寂静，过了一会儿传来几声猫头鹰的叫声。大约到了五六点的时候，天完全黑了，我突然感觉很冷，于是钻进帐篷里的睡袋中，静静看着这黑夜。过了一会儿，我拉上帐篷，准备开始睡觉。

我迷迷糊糊地睡着，脑海里有各种念头闪过，突然有一只动物撞上了帐篷一侧的拉绳。我被吓了一大跳，心差点跳到嗓子眼。我觉得一定是只鹿。听着它逐渐朝森林走去的声音，我安慰自己不必如此害怕。毕竟我是猎人，我的帐篷门口放着枪。

第二天黎明时分我就醒了，爬出帐篷，外面依旧很冷。我穿着好几层保暖衣去树下坐着。山下，河岸边上的草结着霜，清冷的早晨回荡着鸟儿欢快婉转的歌声。不远处的树枝上有一只铃鸟，不断地在树枝上跳来跳去，收缩身体卖力地叫着。我听到它们沙哑而绵长的歌声中不时夹杂着几个清脆的短声。我不禁觉得，鸟儿们才是世界上第一批音乐家。它们的歌声或高亢、或婉转，高音就像向上跃起的喷泉，接着慢慢走低，变成水滴撞击石头的敲击声。破晓时分，鸟儿们的歌声慢慢听不见了，取而代之的是越来越洪亮的水流声。

我默默地躺着，太阳出来了，草又恢复了原本的绿色。我起身捡了一些柴准备生火，还在麦卢卡树上折了几根小嫩枝，把叶片摘了下来。据说麦卢卡树叶煮的茶富含维生素 C。山谷中升起袅袅炊烟，我知道不会再有鹿接近这里了。我甚至因为自己没有看见鹿而感到一丝欣慰：它们是如此美丽的生灵，将它们杀死何其荒谬。我宁愿捕羊。山羊也是一种很美好的动物，但是它们在这个地区数量丰富，随处可见，而且捕猎、运输和保存都容易一些。

吃完最后一片面包后，我拿起猎枪进入森林。森林里没有任何路标，我像没头苍蝇一样在树林里穿梭，沿途经过了草地、峡谷和古老的大树。我在山洼处静静坐了好几个小时，眺望着山下的河岸，认真听着周围是否有山羊的叫声。那个晴朗的冬日，一切都很平静。一个人待在森林里的感觉惬意极了。我想起了去年冬天刚到野外生活时我一个人在森林中行走的那种艰难。我觉得自己已经克服了对独处的恐惧。想要摆脱恐惧的那种意愿已经强过了恐惧本身。

中午休息时，我给苏菲写了一封信。

亲爱的苏菲：

这里正值寒冬，但是森林里都是长青木，气温也跟荷兰的夏天差不多。只有结霜的漫长寒夜才让我觉得这是冬天。

现在我一个人住在山谷里，最近才发现自己并非真的如此孤单，无论去哪儿，我都带着一个快乐的小伙伴：思想。我的大脑里会层出不穷地冒出各种想法，有时候，尤其是睡觉的时候，我不想回忆过去，只想享受片刻的宁静，但是大脑里好像装了一台喋喋不休的收音机。大部分回忆都是美好的，但是也不乏过去说过的错话和做过的错事。有时候一个小人会跳出来让另外一个小人闭嘴，然后脑子里就乱成了一锅粥。只有我有这样一个聒噪的小伙伴吗？不知道你有没有遇到过类似的情况？

爱你的，米里亚姆

傍晚时分，我看到一只山羊，立马拿起枪开了火。这只可以用来打鹿的枪火力很猛，我的耳膜被震得刺痛，一直嗡嗡响个不停。有那么一瞬间，我感觉自己眼睛有点看不清。我听不见山羊朝哪个方向跑去了，走近一看才发现，这只雄山羊就躺在地上，已经死了。我将它拖到帐篷附近，突然想起了彼得。每次看到我带着猎物回去，他都开心得像个孩子。没有他在身边，我感觉少了一丝成就感。

我把羊肝拿在手里，思考着要怎么样把它切开。彼得经常把砧板带在身边，但是我没有类似的东西。我找了一块木头，用匕首剥去树皮，把羊肝放在上面切成片。虽然肉被弄得有点脏，但我还是想办法把它们放在锅里煎了。羊肝的味道很冲，我不是很喜欢。我很想吃吐司夹花生酱。

第二天的早餐是羊腰，它的味道比羊肝稍微好一些。午饭时候我看着挂在树上的羊，先从哪里吃起呢？我发现自己根本无从下手。这些事情原来都是彼得打理的。没办法，我只好自己胡乱切下一块肉，打开调料包我更茫然了，不知道每种调料应该放多少量。这都是彼得的专长，我完全不在行。

晚上我煮了山羊后背上的肋骨，味道还行，就是怎么都嚼不烂。到底是哪个步骤有问题呢？我静静坐在火堆旁，嚼着橡胶口感的羊肉。我想可能是因为长角山羊已经很老了，身上多是腱子肉，要煮差不多一个星期才能吃。但我决定接下来的 4 天还是吃羊肉，因为这是我来这儿的初衷。

又过去了一天，我很好奇那些“回归土地”的猎人打猎之余都做些什么。打猎和烹饪的热情退却之后，一股巨大的无聊感向我袭来，我开始看赛琳送给我的书。

无聊的感觉时有时无。我时常呆呆望着火堆，感觉自己的心灵在被一点点净化。我回想起认识彼得的第一年，我们一起在喜马拉雅山脉旅行，两个月里翻遍了许多大山。记得有一天，我坐在一块大石头上休息，彼得还在往山上走，我望着下面的山谷，四面八方都是高耸而贫瘠的山脉，山石因遭受长年风化都变成了颀长的圆柱形。就在那时我突然明白，只有简单的生活才能使我们更清醒，我们的身体才会更健康、更纯净。过上简单、清晰而又纯粹的生活，这是我一直抱有的愿景，因为我觉得这才是万事万物的本真。

第五天早上突然变天了，空气变得黏腻潮湿，闻起来甚至有一丝甜味，我感觉马上就要下雨。我背着山羊返回小屋。虽然这是一只老山羊，它的肉味同嚼蜡，但我并不介意，反而为自己感到骄傲，这是我亲手捕到的山羊，并且用它填饱了肚子。走着走着，我又突然觉得此行也有一些失败——说是猎鹿之行，却一只鹿也没有看见。人可以把失败看作成功，也可以把成功看作失败，看你站在哪个角度解读。我突然顿悟，不禁莞尔。

返回小屋之后的几天，雨越下越大，没有要停下来的意思。天空灰蒙蒙的，云雨在大海的上空飘来，又飘走。雨势稍小，我们会跑出去喂喂鸡，它们饿得在泥地里四处啄食。那段时间什么都做不了，我们甚至开始怀疑来这里是不是一个正确的选择。好像春天时唐尼小屋的噩梦重演，唯一令人欣慰的是丹尼尔给我留了一些鞣制的上好的负鼠皮毛。我待在屋里好几周，将这些小块皮毛拼接起来缝制成一块地毯，还费了很大的功夫把负鼠尾巴压平，然后缝到一起。负鼠尾巴很硬很厚，缝的时候戳断了好几根针。我花了两周时间给彼得缝了一张垫子——用了 200 个负鼠尾巴。这张垫子比我们之前睡的瑜伽垫暖和多了。

我还有吉他。一天晚上，我为彼得唱了一首歌："爱最重要，我的爱人；爱最重要，我的爱人……"他躺在我给他缝的垫子上，手里拿着一本书。"你喜欢这首歌吗？"唱完之后我问他。

"喜欢啊，很好听。"他放下手里的书，"但是你唱的爱是什么？"他微笑着，伸手去拿一根牙签。

"就是我对你的爱啊！"我笑着说。

"我吗？还是你想象中的我？"他问我，"爱是一个完整的链条，如果你爱一个人，你就要说爱他的话，做爱他的事，还要表现出爱他的样子，爱是责任、是仪式、是无止境无意义的语言和对话。”

我突然感觉胸口被什么东西堵住了。我只是想唱一首情歌，我想让他抱住我，我想我们在一起永远开心。“你觉得我们过去一直都是这样吗？”我喃喃地问他。

“是的，去年我们就讨论过这个问题。你结了一只茧，你觉得在里面很安全，这就是你所谓的爱。但是如果你更看重安全感，那爱就会变成一系列毫无意义的程序，有点像被囚禁。”他说。

我望着窗外，我不喜欢这个对话发生的场景：大雨如注，麦卢卡树林被大风吹得呼呼作响。

“我不知道两个人能否长久生活在一起，却不对彼此产生厌倦。”彼得继续道，“而且能让爱一直保鲜。”

“我明白，但是我们应该怎么做呢？”我怯怯地问他。我的声音有点颤抖，感觉马上就要哭出来了。

“我也不知道，或许我们应该看看这些仪式感给你带来了什么？目前它带给你满足感和虚幻的安全感，但是过不了几年，你就会对这些一成不变的习惯和毫无新意可言的仪式产生厌倦。这就是——”

“你怎么知道？”我突然被彼得的话激怒，他的话总让我感觉自己很无知。

“我经历过很多。”他温柔地对我说，“我结过婚。相处几年之后就会对彼此丧失新鲜感，你不再好奇。彼此了如指掌，两个人的感情慢慢就淡了。”

我们同时沉默了。我望着他认真而严肃的眼睛。

“现在只有你我在这荒野里，我们几乎没有别的选择和退路。因此我们必须小心经营这段感情。”

我点点头。我感觉自己再说一句话就会哭出来。

那晚躺在床上，彼得的话不停回荡在我脑海里。是啊！爱以及我俩之间的感情究竟是什么？是我自己沉浸在想象的美好里了吗？我只是一个不停重复台词和肢体动作的演员吗？我是在自我欺骗吗？

“这一切都是幻想吗？”起来的时候我问彼得。

“什么？我们的生命吗？”彼得轻声笑着问我。

“是的，还有我们之间的感情。想象永远都是假的。”我说，“一种想象，或是某个想法，总是一成不变的，但是现实总是在变。”

“是啊。”彼得端起茶杯，“在感情中怎样对待彼此其实并没有什么固定的规则，真的。”

“自然地流露才是最真实的。”我说。

“是的，如果你头脑中存在这样的想法或是幻象，那你可以把它们放下，自然而然地去表达爱意，说你想说的话，而不是你应该说的话。你应该明白我的意思。”彼得又切了一片面包，“但这不是只有一种正确解法的数学等式，我觉得这是一个过程。就像一堆火，你要时刻不停地关注它，而不仅仅是投以偶尔的注意。”

那天下午，我坐在木地板上用负鼠皮缝衣服，把它们重新拼在一起很麻烦。我望着窗外，彼得几天前刚刚擦过窗户，现在上面又积满了盐渍。海面上空聚起一团乌云，看来又要下大雨了。

外面传来说话声。我循声望去，赛琳正在朝小屋这边走来。我被吓了一跳，因为我从来没想过她会来看我们——我们几周前告诉了她地址，但是并没有收到她的回信。我赶忙起身跑出去迎接她，再次见到她我很开心。赛琳说她不想在城里过周末，于是很自然地想到了来看我们。

那晚又像往常一样下起了大暴雨。小屋在暴风雨里摇摇欲坠，窗户被吹得“咔咔”作响，雨点重重砸在房顶上。麦卢卡树拍打着外墙，几片铁皮被吹得飞到空中。我们已经习惯了伴着这样嘈杂的声音入眠，但是第二天一早看到赛琳，她显然没有睡好。不知道她会不会觉得来这里度假有点后悔，为了让她更好地体验野外生活，我决定带她去打猎。

雨停之后，我带她向森林进发了。走了不到 10 分钟，又开始下雨。遇到这样的坏天气，我感到很抱歉，但是赛琳说对她来讲只要不在医院工作她都很开心。我们继续往前走，树林里湿漉漉的。小径两旁长满蕨类植物和麦卢卡树，没过一会儿，我们就被淋得湿透，但这也算是冒险的一部分吧。经过一片沼泽的时候，我看到里面有几只动物留下的脚印，我指给赛琳看。“这里曾有大小两只山羊经过。”我对她说，“下雨的时候这些脚印很快就会被冲掉，所以这些山羊离开应该没几个小时。”小河旁边有一块草坪，我告诉她这就是山羊们吃草的地方。经过一处悬崖的时候，我们看到白色的岩壁下有很多动物的粪便。我对她说，山羊喜欢在干燥的地方睡觉。

我突然闻到了山羊的气味，我看着赛琳，指了指我的鼻子。赛琳做了个手势，表示她什么也没有闻到，脸上带着一丝惊恐的表情。我很快朝她点了点头，蹑手蹑脚地进入森林深处。我向她挥手，让她跟在我后面，她好像有一点犹豫。

“这太有趣了。”赛琳小声对我说，“一般我是那个控制局面的人，知道自己在哪儿，也知道要去哪里，但是现在我只能相信你。希望你认识路，因为我已经完全不知道该做什么了！”

“我们还没有走很远。”我想让她安心，“那边可以走出去。”我指了指右边。

过了一会儿，我觉得追到山羊的机会很渺茫了，于是走出森林重新回到小路上。赛琳冷不丁问我：“我们在找什么？”

“山羊！”我差点笑出声来。

“我知道。它是什么颜色的？是我们在瑞士看到的那种白色的山羊吗？”

“不是，这里的野山羊大都是黑白相间的，也有棕色的。”

我们继续往前走，每走一步我都很小心，生怕弄出什么声响，尽量避免踩到树枝或者大石头上。赛琳在后面效仿我。

我们不停走着，什么都没有看到。

突然，我们看到一棵尼考树下站着一只大山羊。我迅速摆好姿势开火。山羊带着伤逃跑了，我连忙追了上去。追到它身边时，它已经倒在两片蕨类植物中间奄奄一息。蕨类的叶片在它身边撑开，像一把把小伞。过了一会儿，赛琳也追了上来。她看起来很震惊。还记得自己第一次打猎时的心情，我不想让眼前的情景对她造成心理阴影。我告诉她我们会慢慢来，还跟她解释了去内脏和剥皮的过程。虽然她看起来有一丝不确定，但还是告诉我愿意一试。

我把羊毛外套挂在树上，对她说："你最好把能脱的衣服都脱下来，洗澡比洗衣服上的血渍容易点。等一下我们去那边的河里洗澡。"

赛琳朝我手指的方向看了看，密林里有很多幽静的小河。接着她脱下雨衣和 T 恤，只剩下内衣和短裤。看来她认真听取了我的建议。

"好，现在让我们来把它挂起来。"我说。

"挂起来？"赛琳有点吃惊。对她来说这一定是一件非常奇怪的事。

我指了指附近一棵黑色山毛榉，它的枝干看起来很结实。赛琳帮我把羊拖了过去。我们用绳子把它捆在树上。

我把猎刀递给她。她气喘吁吁地问我："就用这把刀切吗？我手术的时候一般用的都是剪刀和电动解剖刀，做肠道穿刺的时候才会用这东西！"

我俩都盯着那把匕首。放在赛琳小巧的手中，它确实出奇地大。

我教她用一只手保护内脏，并且告诉她，我们要把心脏、肝脏和肾脏分开，留着一会儿做晚餐。一开始她有点犹豫，但很快就进入了状态。

“啊哈！太有趣了！这里是隔膜，分离腹腔和胸腔的。”她手里一边活动着一边说，“跟人的隔膜结构有点不一样啊，羊血的味道和人血的味道也不一样，你不觉得吗？”

我说我不知道人血是什么味道。

“这块儿……”她继续科普道，“肺中间是纵隔膜，这里是气管和主动脉。还有这儿，这是下腔静脉。可以把小斧子递给我一下吗？”她把手伸到我这边，眼睛还是停留在羊身上。起初，我觉得她不停地念叨这些医学名词很奇怪，后来我突然明白，这样做可以给她一种自己在做手术的日常感。这是她在用自己的方式处理经验之外的事情。

“没有牵开器我看不清楚里面。”她说，“食道在哪啊？嗯……我可以再用一下刀吗？”

她看起来很专注，全然忘记自己是在布满青苔、湿淋淋的树林里，解剖着一只山羊。

“手上沾满血的感觉太难受了。”她突然开口，“一般做手术时我都会戴一双无菌手套，还要穿加厚外罩。手上什么都不戴、只穿件内衣做这件事真是太奇怪了。”

大功告成，她把切好的肉装进背包。雨慢慢小了，阳光从树缝里照进来。我们走到河边去洗澡。我用沙子揉搓身上留下的血迹，赛琳虽有点迟疑，但也照着我的样子做了。洗完后，我在一块大石头下面捡了几根干树枝，然后用带来的旧报纸生了火，用麦卢卡树叶煮了茶。吃烤面包的时候，我问赛琳一整个周末不用手机、电脑是什么感觉。

“感觉很安静。”她说，“但是周一早上就会有一大堆邮件和短信等着我去处理，托马斯肯定很奇怪我为什么到现在也没有给他回短信。”

托马斯是爱尔兰人，他们已经以男女朋友身份相处了好几个月。但赛琳不确定是否要和他继续发展下去。她总感觉哪里不对：“他很聪明，人也很英俊。但是我感觉他总是一副对当下很满足的样子，对未来没什么野心，这让我觉得很可怕。我害怕跟他一起过安稳的生活，会感到厌倦的。”她微笑道，说着从树枝上揪下一小块青苔，擦了擦靴子上的泥点，“就像我爸爸说的那样，为什么不去追求最好的东西呢？”

我们聊到了亲密关系。我说人们总是对亲密关系有一种理想化的设想，但是现实却背道而驰——基本上就是一天前彼得跟我说的那些话。

“彼得老是教你这个教你那个，你不会觉得烦吗？”赛琳问我，“好像你是学生，他是老师。”

“会啊，偶尔吧。昨天我就有一点生气。”我说，“但是事实上我觉得相爱的两个人总会有一些不同的特质。我年轻，身体健康，在体力上彼得没法跟我比。他岁数比我大一倍，知识渊博，有很多我没有的人生经验，所以我必须向他学习。”

“是的。”她说，“即使没有年龄上的差距，两个人也有很多不同。”

回到小屋之后，我和赛琳坐在我缝制的垫子上，意犹未尽地回忆着此次狩猎之行的每一个细节。彼得在外面做咖喱饭。吃饭的时候我发现，除了香料和大米之外，蔬菜和肉类都是我们亲自劳动的成果。

“这肉吃起来很健康。”赛琳说，“跟超市里那种注水肉完全不一样！”她很开心，“对了，我来的时候看到海岸沿线有土地在出售，有些价格还很合理呢！我打算给我自己买一块，放假的时候过来住。你们没想着要买一块吗？”

“我们也有这个打算。”我说，“但是西海岸这边雨水太多，我不确定后半生要不要在这里度过。”

“如果我们看中一块地，价格也合理的话，可能会考虑把它买下来。”彼得说。

“你们打算要孩子吗？”赛琳问，“这里很适合孩子成长，他们能在大自然里长大，还能接受家庭教育……”

我跟她讲了丹尼尔的事情。我说丹尼尔也曾抱有同样的想法带孩子生活在这里，但是现实完全不是那么一回事。

“我不太想要孩子。”彼得说，“我已经过了可以要孩子的年纪。”

“你呢，米里亚姆？”她问我。

“我现在也不想要孩子。而且，如果彼得不配合的话，生孩子这件事对我来说也挺困难的，对吧？”

“你可以再找个伴侣。”彼得对我说，满嘴都是吃的。

“在孩子和你之间，我选择你。”我说，“去年我们无意中碰到彼得的两个老朋友，他们从 15 岁起就再也没有见过，其中一个问彼得有没有孩子，我说：‘没有，我就是彼得的孩子！’。”

赛琳被逗乐了：“他们觉得好笑吗？”

“有点吧，但他们不太习惯荷兰人的直接。”彼得说。

“我只是开了个玩笑。”我笑道，“我们之间的年龄差距并不是什么忌讳。”

第二天一早，赛琳走之前，我们一起去了海边。几缕阳光透过云层照下来，海面上闪着盈盈的波光。

“你们一定拍了很多好看的照片吧？”赛琳一边问我，一边用相机拍着小屋和大海。

“不，我们没有相机。”我说，“相机还需要电池、内存卡、充电器，还有一大堆东西。”

“而且拍照片会耽误我们欣赏当下的美景。”彼得说。

“我要用这张照片做电脑屏保。”赛琳给我看了一张她刚拍的小屋的照片，“这样我们每天看到的风景都是一样的了！”她笑道，说着把相机装进大衣口袋。

我们拥抱道别，她提着我们送给她的羊腿向车里走去。

雨下了整整两个月，直到 11 月才慢慢停下来。春天到了，白昼渐长，天气回暖。一个安静的夜晚，我们坐在外面的游廊里下棋。天边即将收尽残照，东方出现了一颗星星。突然传来一阵奇怪的声响，听起来像是猎犬的狂吠。

“什么声音？”我吓了一跳。

“应该是海豹的叫声。”彼得说。

第二天一早，我们决定下到 200 米下的悬崖去看望这些新邻居。出发的时候，突然狂风大作，进入密林之后风声渐弱，大风无法穿透这片亚热带的密林。参天大树长在巨石之间。尼考树的一圈圈年轮好像某个艺术家的杰作。

我们沿着弯弯曲曲的陡坡一路向下，沿途覆盖着湿滑的藤蔓。走到一处，发现四周都是基基藤，这是一种茎秆细长的攀缘植物，细细密密地在我们面前织成了一道网。我们可以找基基藤长得不太密的地方，从下面钻过去，否则只能从上面爬过去了。前行的速度很慢，但是随着一步步向海岸接近，大海的咆哮声越来越清晰。

最终，我们来到一座小悬崖上方，周围湿冷的雾气里有一股大海特有的咸味，空气里弥漫着海盐和水草的味道。悬崖下面是奔腾的海浪。近海有几块粗糙的大石露出海面，大浪袭来，撞击出高达

15 米的浪花，巨大的海风又将海浪吹向一边。这场面真是惊心动魄。

经过一番认真的研究，彼得决定顺着细长的藤蔓从垂直的岩壁上下去。藤蔓貌似可以承受住他身体的重量，我也小心翼翼地跟着他下去了。悬壁下面全是杂乱的基基藤，中间有个通道通往树林。里面有一股死鱼的腐烂味。我带头进入了通道。

“嘿，这有一个海豹穴！”我趴在泥土上一边匍匐前进，一边朝彼得大喊。四周是嘈杂的海浪声。

“希望我们碰到的不是公海豹。”他在后面大喊道。

我没想过会出现这种情况！恐慌中我试图站起来，一下子撞到头顶的基基藤茎上。没办法，我只好继续用四肢在这布满恶臭的“迷宫”通道里往前爬。我躲到旁边的一条岔道里，假装走错路，想让彼得走到我前面去。我心里很害怕，想让他到前面去对付那只可能会出现的公海豹。

“找根棍子保护自己！”彼得大喊。

我捡了一根很粗的浮木，把它拿在手里，感觉自己有了一丝安全感。彼得也捡了一根棍子，他使劲用那根棍子敲击地面，以警告可能出现的海豹。我也如法炮制。那声音听起来好像海狮在用它们巨大的牙齿撞击石头。“我们是海狮！”我大喊。

万幸，我们毫发无损地从基基藤迷宫里爬了出来并终于看到了海豹。有的海豹在汹涌的大浪里捕鱼，有的在岩石上晒着日光浴。

那天阳光很好，但是大海在风中的咆哮声让我们仿佛置身于一场暴风雨中。巨浪不停地拍打海岸，海风吹过翻涌的浪花，海鸥长鸣着在头顶盘旋。大自然最原始的样子令人敬畏。厚厚的泡沫被卷上高空，方圆数十英里都弥漫着咸咸的雾气。

海岸边的悬崖下有很多巨石。岩壁上的植被长得十分繁茂，显然是一片几乎无人踏足过的地方。公海豹的体型有母海豹的三倍大，它们时而下海捕鱼，时而返回岸边。小海豹在巨石间的小水池里玩耍嬉闹。海豹在海里优雅地俯冲、旋转，但是一旦回到岸上，就只能在大石上笨拙地挪动。在汹涌的大浪和强劲的海风面前，它们平静而惬意地享受着游泳和日光浴。

这是一幅永恒的场景，我们眼前的画面几百万年来没有过改变。嘈杂中蕴含着秩序，反叛中潜藏着一丝温柔。

彼得爬到岩石下面，捡了一些浮木。几只海豹好奇地跟在他身后，它们长着棕色的眼睛，与狗类似。几块巨石之间的彼得看起来很渺小。我们就地生火做饭，四周有海豹为我们把守。我突然看到了一副海豹的遗骸，白色的骨架在黑色的岩石上显得格外显眼。我跳过岩石把它们捡了回来。趁着彼得做饭的空当儿，我从海豹遗骸的下颌骨上拔下一颗大牙齿，然后用小刀在牙齿上钻了一个洞。

回去的路上，我们在基基藤迷宫里绕了两个小时，一路躲开海豹穴。渐渐地，海浪的声音越来越小，直至消失不见。我们回到了幽静的森林里，感觉每棵树都长了眼睛，在观察着我们。

我们在日落之前回到了小屋，我找了一根绳子，把海豹牙齿栓上去做成项链，送给了彼得。

“海豹的精神将与你同在！”我大笑，“你可以像海豹那样随时保持内心的安静，即使身在地球上最狂放不羁的地方。”

初夏的一个早晨，丹尼尔来邀请我们去他工作的地方玩几天。那是新西兰韦斯特兰的一片海燕栖息地。他在那里从事环保工作，工作内容之一就是观察海燕（信天翁的一种）。丹尼尔说这种鸟在新西兰境内只剩 8000 只左右，集中生活在一片两到三公里的区域内。

我们跟着丹尼尔一起爬上一座陡峭的高山，山路很滑。一路劈开沿途的灌木，我们好不容易登上山顶。这里就是一座“鸟的天堂”：峭壁周围长满参天大树，大树之间没有生长其他植物，树下的土壤很紧实。我们搭起帐篷，静静等待着。

傍晚，几千只鸟儿站上枝头，又齐刷刷地掉到地上，下落的过程受到了树枝的阻挡，摔得不是很重。丹尼尔说这种鸟本该在海面上滑翔，飞上树枝对它们来说是一件很困难的事。它们身体太重，很容易摔下来。而且，在它们环球迁徙的途中，只会在新西兰岛着陆。

鸟儿们拍拍翅膀再次起飞，准备返程。它们一起发出震耳欲聋的鸣叫声，那种声音很不真实，令人难以置信。我们张大眼睛四处瞧着，都被这奇怪的声音迷住了。过了很久，鸟儿们都各自回了巢，森林复归安静。

丹尼尔戴上手套开始工作。他把手伸进地洞，拽出一只小鸟。鸟儿叽叽喳喳地叫着，不停啄着丹尼尔的手套。丹尼尔检查了一番，让我把它的代号记在笔记本上。我觉得把鸟儿从它们巢穴里掏出来的做法与保护动物的初衷是相反的，但是丹尼尔一再向我保证人类的干预对它们有很多好处。

“所有的环境保护工作都是出于人类的内疚吗？”我问。

“是的。”丹尼尔笑着说，“人类破坏了不计其数的动植物，我们才是地球上最大的公敌。如果动物和植物有投票权，人类一定会被逐出地球。”

“我对环保不是很了解。”我说，“但是就我对日常生活的观察，因为内疚而产生的一些行为只会导致更多的困惑和误解，没法解决真正的冲突。”

丹尼尔沉默了一阵，说：“是，你说的有道理。但是在一切遭到毁灭之前，我们必须做点什么。”

清晨 6 点左右，天空即将破晓。我们在海燕起飞处附近选择了一棵大树潜伏下来——这是一处陡峭的悬崖，站在上面可以俯瞰整座山谷和大海。那些矮胖的鸟儿们笨拙地走到悬崖边缘，展开双翅，向着九万里高空，优雅而又不失力量地飞翔着，那景象十分壮观。我坐着，静静欣赏着这颗不可思议的星球在我面前呈现的奇迹。

鸟儿们先振翅高飞，接着悠闲地拍打着翅膀向大海俯冲下去。它们可以飞到离大陆几百英里之外的小岛上觅食，在返回巢穴之前，甚至可以沿着南岛的海岸线飞行一整圈。

在西海岸的那一年，我们恰巧经历了新西兰有历史记录以来最干燥的一个夏季。从 11 月到次年的 2 月，一场雨都没有下。很多小溪都干涸了。这对庄稼人造成了不小的困扰，但是我们很喜欢这样的天气。

我们绕过海豹的巢穴，找到了另外一条通往海边的路，通过一条长长的林间小路就能来到海边。我们走过沙滩，跨过大石，沿着一望无际的光滑岩床散步，我爬上一根几经海水冲刷的大原木，彼得给我指了指左手边的几处石灰岩悬壁。

“那可能有山洞。”他朝我大喊，伴着嘈杂的海浪声。

我抬头看了看，不太明白他在说什么。在我答话之前，彼得已经消失在了前面的树丛里。树林很茂密，很快他就踪迹全无。我一边喊着他的名字一边往前走，突然一块巨大的悬岩出现在眼前。

“山谷很深！”黑暗里传来彼得的声音。等到眼睛慢慢适应了昏暗的光线，我看到一个滴着水的石灰岩山洞，除了滴水的地方，其他位置都是干燥的。

“嘿，我们可以住在这里！”我兴奋地说。住在山洞里的想法对我来说很有吸引力。“我们可以用船把必需品运过来，没人能找到我们。”我指着那个干燥的角落。我们检查了一下山洞里是否有人居住过的痕迹。“万一找到骨头什么的。”我说。

“我曾经在印度的一个地下洞穴里看到过一副白骨。”彼得说。

“真的吗？”彼得过去的那些经历总是深深吸引着我。

“是的，一开始我还以为那是猴子的骨头。但是那腿骨看起来很长。我想那副白骨已经在那很长时间了，没有头骨，周围也没有衣服。我用棍子量了量自己的腿，又拿它比了比那副腿骨，发现腿骨比我的腿还长，那就一定是人骨了。”

“你觉得那个人是被别人杀害了吗？”

“这我不知道，但是之后我又在附近看到了一些猎豹的粪便。猎豹是大型动物——最重的猎豹可以达到 140 公斤。我知道那个地方有猎豹，但我不知道它们住在山洞里。”

“你害怕吗？”我问他。

“当然。当我意识到自己身处猎豹的老巢时，简直吓死了！那种恐惧令我一时失了主意，但我突然想起猎豹的听觉很灵敏，如果它们想把我吃掉，恐怕早就这样做了。这样一想，整个人又轻松下来了。”

“那副白骨呢？”

“嗯，我在那儿坐了一会儿，想象着这个人可能经历的遭遇，又想到自己将来也将如此。不管怎样，有一天我也会化为一副白骨。人类的生命真是奇怪。”他定定看了我一会儿，“那天我在那儿坐了很长时间，思考着关于死亡的命题。我终于明白，我们太过于关注未来而往往忽略了当下，而当下才是我们的全部。当下终止了，我们就会变成一堆骨头：生命结束了，没法回头。”

“是的。为将来而活的想法是奇怪的，未来可能永远都不会来。”我说。

“是啊，有一天你也会死的。”彼得说，“你可能还没有思考过这个问题，因为你还很年轻，很健康。到了我这个年纪，早上起床的时候还在计划着晚上要做些什么，中午的时候就可能命归西天了。正因为如此，即将进入耳顺之年让我有一种与以往完全不同的体验。我不想浪费时间做那些我不想做的事了。”

“我也是，真的。”

我们默默地坐着，看着山洞外天空中绚烂的色彩。山洞门口长满青翠的青苔，在微风中轻轻飘舞。

“你有没有捡几根骨头作纪念？”我问他。

“没有。”彼得大笑，“新西兰人有在脖子上挂人骨项链的传统，但我觉得并不好看。”

山洞里越来越冷，我们又回到了海边，滔天的巨浪送来了阵阵暖风。因为很长时间没有下雨的缘故，我们要爬到很高的地方打水煮茶，那儿有一条几近干涸的河流，我们在旁边生起火，烤了面包。吃完午饭后，我听从彼得的建议继续往山上走，半途偶遇一座水池，池水颜色很深。拐角处传来一泻而下的瀑布声。

“嘿，我们游到瀑布那边去吧！”我一边说一边脱衣服，接着一个猛子扎进水池里，很轻松地游到了瀑布那里。瀑布声震耳欲聋，却又令人心潮澎湃。池水在点缀着青苔和小花的巨石的包围下来回荡漾。眼前一派原始的景象。

我在水里游了一圈，又返回到彼得身边。“嘿，胆小鬼！”我朝他大喊。彼得依旧呆呆地站在岸边。“快下来，你个胆小如鼠的家伙！”我笑着趴在水里的一块浮木上，“快来看那座瀑布呀，简直令人难以置信！”

他朝我大喊了一句，但我没有听清。

“什么？”

“有鳗鱼吗？”他提高嗓音喊道，“有没有看到鳗——”

他话音未落，我就感觉自己腿上被什么东西狠狠咬了一口。我大叫一声，一低头，看见两腿间有一条长长的黑色鳗鱼。我一个激灵跳到木头上，岸边传来彼得的大笑声。

“我想它们是——”他已经笑得不能自已了，“我想它们是饿了！”

我蜷缩在木头上，不敢近水半步。

“这座水池里全是鳗鱼，胆小鬼！”彼得说，“在这儿我就能看到四条，还有很多正在往这边游。从林少女有点怕了吗？嗯？”

好不容易回到岸上，我很不好意思地对彼得笑着。腿上的伤口还在流血，好在鳗鱼已经松了口，否则它们的牙齿嵌在皮肤上很难拔下来。

秋天里一个温暖的早晨，天空湛蓝。我们背着一小包食物向山顶进发了。我带彼得去了我在打猎途中找到的“秘密基地”，还通过分析动物脚印旁边的土壤的形状和稠度，告诉了彼得动物离开的时间。

正午时分，我们去河岸边捡了几根木头，彼得开始生火，准备午饭。“这地方居然有这么多地，真不可思议。”他对我说。

“你不觉得很有意思吗？你不觉得每个人都希望自己名下有一块土地吗？”

“很多新西兰人认为他们应该努力工作来赚取土地和财产。我曾经也这么以为。”

“我觉得大家可能都有这样一种想法，就是在拥有了属于自己的土地和财产之后，会得到安全感。”我说，“安全感对人类来说意义重大，但是人们真的可以通过自己名下的财产获得安全感吗？”我问他：“你过去有自己的土地，那时候你感受到有安全感了吗？”

“没有。我用了 10 年时间才意识到自己给自己打造了一个精致的囚牢。”

“我现在很有安全感。”我说，“尽管除了一把弓箭之外我一无所有。但如果每个月都要还房贷，我会焦虑自己是否有这个经济能力。如果有一份工作，我会时常担心自己被解雇。我不会因为有房子或者有工作而感到更有安全感，恰恰相反，现在的我状态是最好的。”

“我知道，但是就像耗子说的那样，你的安全感很大程度上依赖于我。”

“是的。”我微笑道，“但是我想说的是，如果我有一块地，还要因此偿还贷款的话，我并不会比现在更有安全感的。”

“即使不用偿还贷款，还是要给政府上缴税费。如果你还要挤羊奶、种果树或者收拾花园的话，那就更脱身不得了。夏天天气干燥的时候，你根本不可能好几个星期都住在森林里，因为还要留在家里给花园浇水。”

“拥有自己的土地听起来突然像一个可怕的束缚。”我说，“我们是不是真的什么都不需要买？”

“是的，我想可能的确如此。”

吃过午饭，彼得提议去河边，于是我们穿着凉鞋出发，进入了峡谷的一条河流里。沿途经过了壮观的悬壁和瀑布。走到一处，彼得觉得河流流向可能要在前面某处直拐，于是我们上岸进入森林。从陆地上绕近道可以少走几百米，但是我们并没有如愿在前方发现河流——它可能是流到另外一个方向去了。

“如果我们一直往左走，我们就能再次找到那条河。”我说。

我们穿过茂密的森林。蕨类植物、芮木泪柏、尼考树和山毛榉融合在一起，形成了一片巨大、氤氲的绿。每个方向的树看起来都是一样的，不一会儿我们就丢了方向。

“你觉得河流现在在哪个方向？”彼得问我。

“那儿。”我坚定地指了指左手的方向。

彼得定定地看了我一会儿。“我觉得应该是那边。”他指着相反的方向，“到底怎么回事？河水流到哪边去了？”

一只母羊和它的孩子出现在小山包后面。它们先是有点惊讶地看了我俩一眼，然后继续悠然地向森林里进发。我微笑着看着彼得：“它们就不会迷路。”

“是啊，它们既不挑食，又能随遇而安。”他说，“能这么无拘无束，真是太棒了！”

我们感觉自己好像是在森林里原地转圈。寂静的森林一下子变得很诡异，连鸟儿都停止了歌唱。一切都好像在等待着什么。我开始盘算在森林里过夜的事情——我们带了暖和的衣服和火柴，还有几块面包。

“我们走了多长时间了？”彼得问。

“半个小时以上，四个小时以内吧。”我说。

彼得转过身：“很奇怪，迷路的时候连时间观念都迟钝了，是吧？”

一只新西兰鸠在树上细细打量着我们。它长着一双亮红色的眼睛，胸脯是白色的，看起来像穿了一件衬衣，背部是好看的蓝绿色。

森林里一片寂静，我们艰难地行进在漫无边际的灌木丛中。大树粗壮的枝干被各种藓类和蕨类的植物包裹着，森林里密密麻麻地长满了各种植物。明亮的阳光从树缝里透出来，绿色的树蕨被照得发白，阴影处又是一片暗色。我们走在茂密的灌木丛里，顺着动物留下的足迹在小山上上下下。步伐越来越沉重，我们越来越不清楚自己身处何方。有几次，我感觉河就在前面，但最后事实都证明那不过是幻觉。

突然，我看到左手边的树林出现了一个出口，“河！”我兴奋地喊了起来。彼得开始朝前跑。“但是这边是河的左岸。”我说，“这怎么可能呢？”

我俩都困惑极了，思索一番后，认为有可能是翻过山来到了另一条河的岸边。不过总算是到了一个安全的地方，我们可以沿着这条河回到海边，悬着的一颗心终于落了下来。我们坐下休息了一会儿。刚沿着下游走了不到 20 米，居然又看到自己的脚印，深深浅浅地伸向树林里。我们难以置信地看着对方。“这是什么？我出现幻觉了吗？”我问。

彼得没有回答我，他转身朝相反的方向走去，走了不到 50 米就到了河的尽头。巨石上方是参天大树，这里看起来不像是有河的样子。河流的神秘消失只有一个解释：我们已经走到了它的源头。

初秋的一个下午，我正坐在游廊里缝制几块负鼠皮，突然一个熟悉的声音传来：“彼得在吗？有人在家吗？”

我抬起头，看到耗子出现在眼前，不禁喜不自胜。他放下手里的提包，给了我一个大大的拥抱。

彼得从花园回来，看到耗子也向他问好：“嘿！你最近好吗？”他们也紧紧拥抱在一起。

我们坐在游廊的野餐桌上，一边喝茶，一边听耗子讲他离婚和财产分割的漫长过程。他说他俩一开始是和平分手的，但后来闹得很不愉快，到最后他们只好通过律师沟通。好在一切都尘埃落定了。

“哎呀，我现在整个人都神清气爽。”耗子说，还一脸神气地告诉我们，他最擅长的就是追求女性。“你们不知道现在智能手机有多方便。”他一边笑着，一边掏出手机放在桌子上。看到他对这种科技产品表现出如此之大的热情，我们着实吃了一惊，他以前可是连电脑都不会碰一下。他对彼得说：“手机里有个应用可以帮我找到附近的姑娘，还可以随时看到她们的定位。”

“下载一个应用就行了？”彼得问道。

“是的。”耗子笑着说，“你看，我操作得可熟练了。这东西简直就是不可思议啊！”他摇了摇头，表示惊讶，一边用手滑动着手机屏幕。耗子绘声绘色地向我们描述了他去过的有趣的派对和遇到的人，还说他已经订好了去东南亚的机票，首站是泰国。说到一半，他突然起身，抓住一根横梁开始做引体向上。

彼得一脸吃惊，仿佛正在看一只患了癫痫的狗：“他到底在干吗？”

“我正在——”耗子吃力地说道，“做运动。”他双脚腾空，在空中摆了很大一个圈，又稳稳落在地上。

“你已经是整个新西兰身材最好的了。”彼得大喊，“一斤多余的肥肉都没有。”

“要为广大女同胞保持身材，彼得！这很重要！”耗子笑着说。

我们在一起有说有笑，十分开心。但我们以前认识的那个耗子好像消失了，他已经迷失在那个由科技营造的异彩纷呈的世界里。他捕捉野猪的热情已经被追逐女性取代了。我们说话的时候，耗子一直盯着他的手机。看到他重新快乐起来，我们都很欣慰，但又感觉到一丝难过。我以前在他身上看到的那些温柔和敦厚统统不见了。

两天后，耗子又要走了。我们把他送到小货车停靠的马路边。

“想想不到两周的时间我就在曼谷了，真是奇怪啊！”他咧嘴笑着说。

“到时你会置身于一个完全不同的世界！”彼得开心地说，“那儿很热，可能需要适应一段时间，但你一定会很喜欢那里的食物。”

“嘿！”他耸了耸肩，“保持联系啊！”

他抱了我一会儿，然后看着彼得：“如果你们要向更远的荒野进发，恐怕我们以后见面的机会就会很少了。”

沉默了片刻，彼得说：“照顾好自己，好吗？”

耗子笑着跳上他的小货车：“当然！不用为我担心！”他摇下车窗，身子随便往胳膊上一靠，我往前走了几步，他抓住了我的手。

“再见，里基。祝你好运！”我对他说。

他对我微笑着，但我不知道他心里到底在想什么。

耗子的车顶在拐角处掠过一根树枝，树叶上的露水洒了下来。

“你觉得我们还能再见到他吗？”我问彼得。

“我也不知道，亲爱的。”

“就好像翻到了秋日的第一张日历，我们要缅怀即将逝去的夏天了。”在返回小屋的路上，我说，“夏天本身并不介意这个变化，只是我们自己抗拒秋天的到来。”

秋分那天，昼夜均分，太阳从新西兰的地平线落下的同时，会从斯德哥尔摩的东边升起来。在地球的另一边，我姐姐汉娜生了一个男孩，取名拉斐尔。

我给他缝了一个很软的负鼠睡毯，并写信许诺，有一天会带他来看寂静的群山和清澈的河流。我会教他以地为床，教他打猎，在荒野里散步，晚上带着他在河边的石头旁生起火。或许有一天，那些盈盈闪动的火苗会成为他心里的一把大火。

秋天快要结束的时候，第一场雨才下了下来。气温骤降，天空变成了压抑的灰色，地上整天都潮潮的。去年冬天的可怕经历又再次浮现在脑海里。我们不想继续在海边度过一个潮湿的秋天，不想一天到晚只能料理菜地、喂鸡或是待在家里。我们希望能不受束缚地自由生活。

来西海岸之前，我们一直谋划着在丛林里买一块地，挤羊奶、种果树。但万幸的是，我们没有这样做，因为在一个地方住久了人会感到厌倦。我们想更多地依靠自己，而不是总依靠别人给我们提供住处。我们想要再次出发，去过那种真正的游牧生活：爬山、入山谷、打猎、采集野果。

是时候了。

现代游牧者

“一加一等于三，亲爱的。”

“不是二吗？”

“不对。”我摇摇头笑道，“如果两个人能配合得非常协调，那么他们的合力一定会大于个体力量简单相加的结果。”

我很激动，因为再一次踏上了新的征程。时值冬日，我们开车向雪山进发。彼得紧握方向盘，全神贯注地看着车前方泥泞的小路。后备厢里装着食物、衣服、毛毯、负鼠皮、帐篷，还有一块很大的防水油布。我们用自己的车跟别人换了一辆出厂 20 年的丰田海拉克斯，这辆车适宜四季使用，能应付各种路况，包括河流、湖泊、沼泽、石子路，还有崎岖颠簸的山路。我们计划接下来的一年从北部出发横穿整个南岛。

之前一整年在西海岸的生活，让我们见识到了新西兰西部的雨季，因此我们此行的路线都集中在东部地区。我们打算顺着道路进入山林，再越过河流到达人迹罕至的野外，安营扎寨。我们是现代的游牧者。如果是在 20 世纪初，我们只能骑马，但现在有卡车。

一条湍急的河流出现在前方，彼得踩下刹车。我们呆呆地望着眼前的这一幕，河水撞在水里的大石头上，浪花四溅，河流看起来像一个白色的漩涡。彼得紧张地把手放在变速杆上，准备挂挡。老卡车反应很慢，它已经走过 35 万公里的路程了。

“那边那边！”我紧张极了，指着一处看起来水位较浅的地方。

车前部已经进到水里，后备厢里的东西在一点点往前滑，我紧紧抓着面前的杂物箱的把手。车行进到河流中部的时候，我们能明显感觉到水流巨大的冲击力，河水已经漫过了引擎盖，我屏住呼吸，卡车一点点行进，终于抵达了对岸。我如释重负地长出一口气。

“还记得技工师傅怎么说的吗？丰田车刀枪不入啊！”彼得大笑。

我们都笑了，终于松了一口气。

“我们的旅程有点像探险，是吧？”我说。

“是啊。”彼得说着，绕过一块大石头，“但是我们的探险没有计划、时间表、赞助人，也没有什么特别的目的或昂贵的装备。”

“也没有救援队。”我焦虑地补充道。

一开始我们不太习惯开车旅行，而且对卡车的过度依赖也让我们很头疼。我们正行进在南马尔堡的高山地区，夏天有很多车友会组团来这里，他们会彼此帮忙，用滑轮和绞盘通过峡谷、河流和沼泽。

但我有信心，我们可以独自克服这些困难，一旦有紧急情况发生，还可以背着背包步行到山下寻求援助。

我们正在穿越的峡谷是一片大牧场，四周郁郁葱葱的群山都属于公地。东西方向的山脉海拔很高，山顶覆盖着皑皑白雪。两山间一前一后悬挂着一道双彩虹。尽管有很多未知的艰险，但是行驶在荒凉的高山地区让我们感到自己是前所未有的自由和独立。

我们通过了最后一道收费站，一直往南进入了保护区。两边的森林和峭壁逐渐消失，山上的景色慢慢变成了积满白雪的草甸，长的黄草在大风中舞动着。南边聚过来一大片乌云，天空是一片阴郁的灰色。我们焦虑地望向四周，寻找树林的影子，我们要在树林里搭建临时居住点，还要捡一些柴火。但因为是第一次来这里，我们根本不知道应该把帐篷搭在哪里。

很快，我们在远处的山谷里看到了几棵树，但是好像没有路可以通往那里。我们只好直接开上草坪，越过沼泽和几块大石头。我们迫切地想要进入森林，寻求它的庇佑。

我们在低矮的山毛榉树林里搭起了帐篷。我把防水油布绑在树干上，建起一个小小的空间，当作我们的客厅。这门手艺还是有点讲究的：我得考虑刮风、降雨还有降雪的情况，油布还要稍微倾斜一点，这样有利于将积水导向一处。彼得挖了一条排水渠，可以将雨水引到小溪里。我们在柴火和帐篷上分别加盖了一层防水布。这样的话，我们的每个“房间”都算是加了顶。我还用很粗的围栏铁丝做了几个挂钩，在树枝间捆上绳子，像在家里厨房那样用挂钩把锅和杯子挂了起来。我也在“盥洗室”旁边的树上绑了一根松紧绳，用来挂梳子、剃须刀、牙刷和牙膏。我们还把一个无意中发现的老式的食品橱挂在树枝上，那是一个金属盒子，两边有通风的网眼。这个盒子很实用，苍蝇飞不进去，肉也能保持新鲜。下雨天，我们可以坐在油布下的水桶上下棋。我们还在火堆旁摆了几块从河里捡来的大石头当椅子。我们想把这里布置得像个家。

第一天黎明时分，我睁开眼，穿戴好负鼠皮缝制的外套和帽子。气温很低，嘴里哈出的气清晰可见。我走到一块空地前，没有风，一切都安静极了。地表覆盖着一层白霜。岩石表面除了几株稀稀拉拉的苔藓外，什么都没有。万丈悬壁耸立着，好像大山的脊梁，草丛里的积雪正在融化，汇成了一股涓涓细流。

我大口吸着新鲜纯净的空气。太阳升起，出现在山顶，将白色的积雪映照成一片橘红色，看起来肃穆而壮观。我们住在一个如此美丽的地方，真是让人惊叹啊！四周的壮观景象令我不禁思索：城里的生活有那么多时间、金钱、社会责任的限制，我为什么要再回到那里去生活呢？然后，我感觉自己顿悟了：我不会回去的。我要自由自在地生活在大自然里，这是最适合我的生活方式。生活可以很自由，我要过这种自由的生活。

这次突然的启发为我指明了一条道路，我只需要沿着这条路继续往下走，即使中途迷路了，我也可以找回来。因为我知道路就在那里。

虽有奇异的美景相伴，但是时值寒冬，又在海拔这么高的山区，感觉实在太冷了，尤其是裹挟着极地冷空气的南风吹过来的时候。住在野外的第一年，我们虽然大部分时候都睡在帐篷里，但还是能在天气极端糟糕时躲进小屋。现在我们只有一个火堆，刮大风时只能往卡车里钻，还要把所有的箱子和水桶挪开，但是车里也冷，我们又不敢打开暖气，怕电池会被耗尽。

我们准备的皮外套、皮帽子和手套在这里都很有用，晚上睡觉时用的负鼠皮毛毯暖和极了。我们没有条件洗这些东西，但是太阳一出来，我们就把它们拿到灌木丛上去晒。然而说到底，对抗寒冷的最好办法还是不停地吃东西和运动。如果哪次打猎失败，那么那几天的生活就会陷入极度的寒冷中。我们的生活质量很大程度上取决于我能否找到猎物。

一天下午，我准备上山去打猎。我穿过森林一路往上，眼前出现了一块盆地。盆地里长满金黄色的草，四周是巍峨险峻的高山。我胳膊上挎着步枪，眼睛扫视着周围。迈过一块块巨石，我的影子被斜阳拉得长长的，地面也被余晖镀上了一层红。几朵淡粉色的云飘过山顶，每阵风的味道都有点微妙的不同。

自然中的万物都有自己的色彩。草丛、石堆和灌木丛里有各种各样的“棕色”，唯独野兔有一种特别的“浅棕色”。突然，我看到了一只野兔，急忙定住脚步。野兔的耳朵竖得高高的，敏锐地捕捉着周围细微的声响。任何一点脚步声、呼吸声、风拂过我身体的声音都逃不过它的耳朵。我一旦发出一丝声响，它都会立马逃之夭夭。我蹑手蹑脚地向一块大石头边挪去，轻轻地把枪架在石头上。我的手微微地颤抖，这是两天里见到的第一只野兔，我不想错过这个好机会。

砰——

枪响声回荡在山谷里。

看到野兔应声倒地，我终于松了一口气。我跑过去摸了摸它，皮毛上还残存着体温。真奇怪，我只能在它死后才能抚摸到它。它的腹部雪白柔软。脚底下有一层厚厚的、毛茸茸的肉垫，能保护它在霜地里奔跑时不致冻伤。我笑着把它从地上捡起来。晚饭有肉吃了，彼得一定会很开心。

我是正午时分阳光正好的时候出发的，现在太阳已经收敛光芒慢慢黯淡下去。周围是一片灰蓝色。南边吹来一阵刺骨的寒风。我出门的时候忘了戴皮手套，感觉手快要被冻僵了。我必须马上做点什么，因为回程时间还很长，而我的手已经有点疼了。于是我小心翼翼地用匕首划开野兔的皮肤，它柔软的皮毛很容易就从身体上被剥了下来，我赶忙把手放在里面，保暖效果和手套差不多。

野兔皮毛的温度很快传递到了我身上，它的肉和身上的力量即将转化成我身体的一部分。我想，这就是生与死之间的循环吧。我感觉自己成了一名真正的猎手，过着和我们远古时期欧洲游牧祖先一样的生活。他们也在寒冷的冬天迁徙于山林和谷地，寻找猎物。

进入森林时天已经黑了。过去这段时间我很少用火把照明，眼睛也慢慢适应了在昏暗的光线里寻找方向。我能够通过直觉辨别出树和石头的大致形状，那些光滑的岩石在月亮下反射着光。树林里安静极了，只有潺潺的流水声。远处传来猫头鹰的叫声。我时不时会看到彼得在山下架起的火堆上冒着的青烟，心里感到一丝安慰。回到营地的时候，野兔的身体已经彻底冰了，可我的手热乎乎的。

之后，我一直在草原地区寻捕野兔。环保人士不太喜欢这种动物，因为它们对当地脆弱的高山植被造成了破坏。但随着对它们认识的加深，我越来越钦佩这些小家伙。尽管总体数量不多，但它们的身影几乎遍布高山地区的每一个角落，能够适应各种恶劣的自然环境。它们大多独来独往，但看起来并不惧怕孤独。它们尤其擅长奔跑，平时都是耳朵竖得高高地一蹦一跳，一旦处于防卫状态，它们会将耳朵半垂下来，加速奔跑。当意识到自己真的身处危险当中时，它们会拼尽全力跑得像风一样快。这时候它的耳朵会向后平贴在脑袋上，身体弯成一把弓箭的形状，以迅雷不及掩耳之速窜上陡坡。看它们优雅地奔跑，真是一件让人赏心悦目的事！

打猎时我还经常能看到老鹰在我头顶上方注视着我。它们在天空里一圈圈盘旋，耐心地等待着自己的食物。当然，很快我就能捕到野兔同它们分享。

冬天寒冷又难挨，但我感觉自己身体的某一部分又获得了新生。

每天都充满新鲜感，这才是我想要的生活。内心深处，某个地方好像得到了触动。大山虽然寒冷，但却清净神圣。艰苦的自然环境让我学会了坚韧、强大和忍耐。我臣服于自然的万千变化中。

一天早上醒来时，天气很冷，外面安静极了。我睡觉的时候戴着帽子，身上套了三件毛衣，两条羊毛裤。听到防水布上有什么东西正在滑动的声音，我爬出帐篷。外面一片银装素裹。树枝还有防水布上都覆盖着一层厚厚的积雪。那景色美得让人窒息。在雪地的衬托下，山毛榉的树皮颜色看起来更深了。几片雪花飘进“厨房”，锅具上都盖着一层白雪，牙刷几乎都要看不见了。应该有一只小鸟驻足过我们的棋盘，留下了一串脚印。

我点着火，蹲在火堆旁，欣赏着周围原始而奇异的雪景。一阵微风吹过，几片晶莹的雪花飘了下来。一束阳光透过树林照在雪地上，空气中还弥漫着冰冷的雾气。这一切好像一个童话中的世界。

我为彼得煮了一杯浓茶，加了很多勺蜂蜜和奶粉。彼得躺在温暖的床上看着外面银白色的森林，茶杯里冒着阵阵热气。

我们静静欣赏着这片纤尘不染的世界，没有一丝俗世的纷扰，轻松而平静。我们已经睡了至少 13 个小时——心里觉得平静时，入睡也很容易——随之而来的是自然而然的满足感。我们讨论着生活，讨论着周围一切美好的事物，还谈到了每天花时间思考的必要性。

下午，我穿着羊毛袜和凉鞋，跟彼得一起去雪地里散步，发现附近曾有野猪和野兔出没——雪地上的脚印很明显。我们跟着一串脚印进入草地，一大块积雪砰的一声落在地上，我们循声望去，50米开外，一只雄鹿也望着那根树枝。我们只能透过灌木丛看见它的脑袋，它安静地站着，并没有要逃跑的意思。又大又尖的耳朵向侧上方倾着，认真捕捉着周围的一切声响。我们好奇地彼此打量了一番，接着它转身，慢慢向树林深处走去，脑袋一晃一晃的，像是怕鹿角碰上树枝。

一整个冬天，我们在山谷里换了好几次住处，其间只碰到过一个人。他是一个步行来山谷里打猎的猎人，看到了我们的帐篷，于是跑来想和我们寒暄几句。他看起来 40 多岁的样子，留着短发，身材微胖，神情疲惫。看到有人来，我开心极了，赶忙去煮了一杯茶并端来几片面包。他絮絮叨叨地讲着自己的经历时，我感觉彼得在打量我。我朝他看了一眼，突然感觉他神情灰暗，像是一下子老了几岁。我又朝山上看了一眼，早上的时候那里还是一片金光灿烂，现在却灰暗而沉闷。

客人离开后，彼得对我说："真奇怪，我刚刚看你的时候感觉你又苍老又疲惫，但现在又好了。刚刚连周围的风景都变难看了。"

我很吃惊，因为我也有一模一样的感受。"感觉我们在用那个人的眼睛看世界。"

"他怎么会那么消极呢？"彼得一脸困惑。

"嗯，我也不知道。可能他患了抑郁症吧！"我说，"抑郁症患者会有那样的感受。”

彼得看着我说：“我们也被他传染了？真是太奇怪了！这不太可能啊！”

“可能我们的大脑不像我们以为的那么封闭吧。”我说。

“不知道。”彼得摇摇头，“我想知道这种事出现的概率有多大？能被其他人的心境影响挺有意思。可能人与人之间会经常发生这种事，我们只是没注意罢了。”

“我们已经好几个月没见过其他人了，所以才会感觉得这么明显吧！”

这种感觉在日后多次造访，每次都毫无预兆。

在山上住了 4 个月之后，我们搬往山谷居住，那里已经是一派欣欣向荣的春天的景象了。粉色的樱花树遍布山野，搬家时我们还经过了一条美丽的樱花小道。春天又赐予了我们无尽的能量。

我们从寒冷干燥的大山进入了广阔的冰川河流区，大山在过去的 400 万年里经过河流的不断冲刷才形成了如今的形状。我们在森林里找到了一处风景优美的隐蔽处，在阳光充足的草地中央搭起帐篷，一条河流从山脚下淌过，周围长满了山毛榉。

一天清晨，我们穿过树林，去河边散步。蓝绿色的河水流过河底的碎石和淤泥，形成了错综复杂的水道网。我们站在河岸的高处，几只白色的小鸟开心地跳上跳下。不知从哪里飘来一小团气旋，它像一阵小型的龙卷风一样横扫整个沙滩，所到之处卷起沙尘无数。

但它出现没一会儿就偃旗息鼓了。

如果想到河对岸，我们需要穿过十几条河道。有些地方水位很浅，但有些地方即使是在夏天，也会因为水深根本无法蹚过。

“你看水……”彼得小声说，“它没有开始，也从未结束，河流汇入大海之后蒸发，成为天上的云，接着以降雨或降雪的形式回到地面，再次复归河流。”

“对啊，我们很容易忘记水的形态是在不断变化的。”我说着，望向天上的云彩。

“从某种意义上讲，水是有灵性的。”他说，“湖泊是平静的，河水总是匆匆忙忙，大海广阔无垠，但是它们本质相同。水象征永恒，即使在恶劣和卑微的环境里它们依然能够保持优雅。”

“我得把你这些话记下来，以免忘记。”我说。

“不用了。”彼得说，“你要自己观察，与自身的直观体验相比，语言毫无意义。”

我们在森林里过着平静祥和的生活，每天吃健康的食物，读书、下棋、聊天，还有去森林里散步。有一天，我们坐在大树下的一块厚厚的苔藓上晒太阳，俯瞰着山下潺潺流淌的小溪，阳光一点点在茂密又柔软的青苔上移动着。

“你知道的，亲爱的……”我开口对彼得说，但突然又一时语塞，因为选不到合适的措辞，“森林中的万事万物都有自己的位置，植物都有生长的地方，各种动物都能在这里获得归属感，你也能在这里找到一席之地。你的根就在这里，但我总感觉这里没有我的位置。”

彼得认真地看着我。

“我的意思不是说我想在哪里定下来，而是我感觉自己没有根，不像你。”我说着，看到一只扇尾鸽飞了过去。它一边在树枝上蹦来跳去，一边卖力地鸣叫，白色的尾巴左右摆动。它突然一跃而起，在半空中捕到一只昆虫，又稳稳地落回树枝。

“有时候我感觉你像是坐在一个大扶手椅上。”我继续道，“但是我没有地方坐，于是只好跟你挤在一把椅子上。”我感觉自己逻辑越来越混乱。我有点后悔挑起了这个话题。“你明白我在说什么吗？”我捡起一根小树枝，用力扭了扭它。

“当然，我明白你的意思。”彼得说，“我脑海里没有你那样具体的画面，但我有时候的确感觉自己需要一些空间。”

“我不知道这是不是我的想象，也不知道这种感觉是否真实，但是我真的感觉找不到自己的位置。”

沉默片刻。

我感觉这个话题太过严肃。“现在意识到这个问题了，我能做些什么呢？”

“什么都不用做。”彼得回答道，“你可以分析你的成长经历、过往的生活和未来，你也可以分析心理学上的依恋类型、安全感。但是像现在这样，有一个正确看待问题的态度比什么都重要。”

我不断地观察。很长一段时间里，好像什么变化都没有。但是我一直在努力，终于看到了改变。虽然这改变用了很长时间。

结实的皮卡带着我们出入各个荒凉的高山和峡谷，四处安家。尽管它使我们的出行更方便，但我们也因此少了很多自由。虽然车很破，里面的物件更破，但我们还要时刻提防它们损坏或被人偷走。

于是，我在发现那条适宜步行的山路之后，毅然决然地背起背包，独自向森林出发了。10 月春阳正暖，森林里安静又祥和。春风裹着泥土的芬芳扑面而来。到处都包裹着一层青苔，即使是大石头和落在地上的树枝也是如此。正准备坐在这天然的“地毯”上休息时，我看到了新西兰最小的鸟——一只绿色的刺鹩，它正在附近的一棵树上跳上跳下，啄着树皮里的虫子。这种鸟看起来真的很小，叫声跟蟋蟀很像。

穿过一条小径，视野突然变得开阔。一条小溪流过山谷，水底干净的鹅卵石清晰可见。鸟儿们的叫声此起彼伏，我学着它们的音调，同它们一唱一和。一天的长途跋涉之后，我来到一座由环保部门负责管理的营地前。那里一个人影都没有，于是我先下河洗了个澡。趁着阳光正好，微风习习，我把所有的衣服也洗了，接着劈柴生火，然后终于可以坐下来好好享用一杯下午茶。这时突然有说话声传来，拐角处出现两个男人的身影。

“你们几个人一起来的？”其中一个人问我，他的口音听起来像是英国人。他看起来高大英俊，黝黑的脸上有一双淡褐色的眼睛，留着棕色长发。

“就我一个。”我答道，“你们呢？”

“六个。老实说，我们有点像联合国。”他坐在木制游廊上，一边脱靴子一边说，“我是英国人，比利时人跟在我们俩后面，印度人和日本人马上就到。我们中只有戴维是新西兰人，但他父母原本是柬埔寨人。他们都是我研究团队里的博士生，我们一起出来进行团队考察活动。”他站起来同我握了握手，“我叫安东尼，但大伙都管我叫费斯。”他脸上洋溢着灿烂的微笑。

我们围坐在桌子旁，兴高采烈地聊了一整晚，最后只剩下费斯和我还醒着。

“你住在哪儿？”趁着在煤油炉上烧水准备泡茶的当儿，他问我。

“就住在这儿。”我指了指窗外，开心地对他说。

“这儿？”他抬起头惊讶地望着我，“你就住在山上吗？”

“是啊，我和丈夫四海为家，现在就住在山上的帐篷里。”我笑道。

他饶有兴致地听我讲着我和彼得的生活。听到我讲打猎的经历，他说他不赞成猎杀动物，说自己曾在 10 岁的时候和爷爷打死过一只鸽子，从此以后他就发誓不再杀害任何小动物了。

“那你吃肉吗？”我问。

“吃。我以前是素食主义者，跟前女友分手之后就没有再坚持。被甩当晚我就破戒吃了香烧鸡柳，第二天一早吃的是培根三明治。从此以后，一发不可收拾。”他耸耸肩。

“吃肉的人应当自己经历宰杀的过程，这样你才知道吃掉一个曾经鲜活的生命是什么感受。”我微笑着，试图缓和这种语不惊人死不休的语气。

他笑着说我这个想法很好，一定能让很多人成为素食主义者。看起来他对我们的生活充满了好奇，一连问了好多问题，末了他做出总结，说我们的生活真实而富有冒险精神，值得思考。“但是……”他又补充道，“这种生活也不是十全十美，等你们老了没法适应这种生活的时候怎么办？怎么去看医生？怎么享受医疗保险？七八十岁的时候，你还能住在帐篷里吗？到时候你们也没有存款或养老金养活自己。人老了是需要一些财产保障的，但你们什么都没有。”

“嗯，可能是吧。”我点点头，“但我不想整天担心老了以后的生活。我现在最大的财富就是拥有开心的能力。”

安东尼说，在他 45 岁的这一年，生活发生了剧变：几个月前，他和妻子结束了 10 年婚姻，老父亲最近也因为癌症刚刚离世。

“我死的时候会是一副什么样的场景？”他问，“律师会宣读我的遗嘱，之后一切结束。我的生命就此画上了句号，谁会关心或在意我曾经经历了什么呢？”

他静静地看了一会儿窗外的暗夜。“我在英国从小学念到大学，上的一直都是顶尖的名校，在剑桥念完博士之后，分别在巴黎和伦敦做了博士后。在牛津教书的时候我才 27 岁，当然，这是一份光环加身的职业。学生们聪明又积极，学校对我还有很多优待。但是这么多年我感觉有点厌倦了，于是就来了新西兰，在克赖斯特彻奇找了一份工作。同事们都说我离开牛津简直是疯了。”他看着我说，“我完成了自己的社会责任，然后呢？我自己从中获得了什么？我开心吗？满足吗？这话是老生常谈了，但是随着年岁的增长，你会开始思考生活的意义和目的到底是什么。”

我们望着桌子上的烛台，他起身用火柴拨了拨液蜡。

“是啊。”我说，“趁一切还来得及，问问自己是不是在做想做的事，这样挺好。”

他坐回位置，抬起双手问我：“我以后该做些什么呢？”

我不禁哑然。一个牛津大学的教授居然会问我他的人生应该怎么办！“我怎么会知道？”我笑着说，“你喜欢做什么？”

“我喜欢旅行——我去过秘鲁还有尼泊尔。”顿了顿，他又说，“我前妻不喜欢孩子，所以我也没有想过生孩子的事情，如今我们分开了，我感觉自己还是挺想要个孩子的。我有点信奉道金斯主义：或许人类存在的真正意义就是传递基因。当然了，我得先找一个合适的对象，这种事情就是说起来容易做起来难。”

“你现在只需要找个比你年轻的妻子！”我为他打气，“我丈夫比我大 30 岁。”

“他 30 岁啊！”说着他点了点头。显然是听错了。

“不不，他比我大 30 岁。他今年已经 60 岁了。”我用食指弯成一个半圆。

“我的天哪！你没开玩笑吧！”他身体向前，把手支在桌子上哈哈大笑。他的快乐也传染了我。“你们是怎么认识的？”

“在印度旅行时认识的。”我也笑着，“我觉得印度那地方让我们忘记了所谓的社会规则，有勇气去挑战俗约。”

睡前，我们兴致勃勃地聊了很长时间，聊旅行、孩子还有大自然。第二天一早乘车出发之前，他邀请我有空和彼得一起去他在克赖斯特彻奇的家。

我继续一个人在大山里的行走。费斯的话一直在我脑海里盘旋：“律师宣读完我的遗嘱，我的人生就算是画上了句号。”我想，终有一天，我会再也看不到这美丽的大自然了。

几只鹅浮在河流上憩息，我正准备悄悄蹚过去，它们扯开嗓子叫了起来。有几只还紧张地立起了身子，但是并没有飞走。它们悠长的叫声回荡在树林间。

我顺着林间小径，穿过茂密的树丛，来到一汪蔚蓝色的池水旁，那景色美得令人窒息。几条小瀑布从悬壁的高处落到湖里。一只白色的水鸟在湖水中央安静地游着，时不时潜入水中，不见踪迹。阳光轻柔地洒在树叶上，一个人走在幽深寂静的树林里，我的内心无比平静。风来时树枝微微晃动，四周的一切都安静极了，脚步声在这幽静的树林里显得格外响亮。脑海中各种声音此起彼伏，有那么几秒又处于完全放空的状态。我坐在岸边朝四处张望，发现一切都是那么井然有序：每一株植物、每一只小动物都有自己的一席之地，它们在森林中和谐共生。

前几天我一直住在营地的小屋里，最后一晚我打算搭帐篷。我在高山上一块绿草如茵的地方停了下来，出发的时候把帐篷留给了彼得，我自己只带了防雨棚顶。我把毯子铺在草地上，然后花了好几个小时搭起了临时帐篷，以防半夜负鼠又来偷袭。我对自己说，我才不怕负鼠，我只是不想半夜被吓一跳。

生火吃完晚饭，我准备睡觉，刚躺下就听到起风的声音，接着大雨倾盆而下。绑在木头上的油布几乎要被一阵阵大风吹掉了，我情不自禁地咒骂起来。如果不是担心被负鼠偷袭，搭帐篷的时候我就应该会想到要刮风的事情。现在做什么都晚了，斜风夹着冷雨吹进来，我的随身物品都被打湿了。一团乌云迫近，油布不断拍打在我脸上，我把随身携带的物品拉到帐篷中间，在草坪里找了一块半朽的腐木，准备用它做帐篷的支架。只要我能把这根一米长的木头立起来，就能保证自己不被雨水打湿。

远处山上惊雷乍起，北面的天空划过几道闪电。隆隆的巨响逐渐逼近，声音回荡在山谷间。我在电闪雷鸣之间计算着暴风雨与我之间的距离，内心害怕极了。暴风雨正在向我逼近，自然的力量令我惊恐而敬畏。我躺下来，蜷缩在帐篷的支架旁，雷声震耳欲聋。空气中涌动着无尽的能量，它让我产生了一种奇怪的感觉，仿佛有一只大手想要把我举向空中。

我感觉大地在震动，而且我惊恐地意识到，此刻我正躺在一棵树下——一个不小心，我可能就会被闪电击中。我不知道是不是真的有神力或是宇宙之力可以拯救我，我试图说服自己，但还是没法相信这世界上存在一个造物主或是万能的神能够主宰我的生命。对我来说，死亡随处可见：那些倒地毙命的猎物，那些因疾病、战争或车祸殒命的每一个渺小如我的普通人。我望着深邃的天空，等待下一道闪电撕裂这黑暗。

几个小时后，暴雨渐渐平息下来。我躲过了这一劫，心里如释重负。我从未在天边露出鱼肚白的那一刻感到如此开心。天亮得差不多时，我开始起床收拾东西。我把被打湿的东西装进背包，赶忙沿着陡坡向山下走去。

一小时后又开始落雨，远处传来隆隆的雷声，又一场暴风雨即将临。头顶上的树枝剧烈地来回摆动着，脚下的道路泥泞不堪，我加快了脚步。雷声越来越近，直到在我的头顶上方炸响。直觉告诉我，应该加快速度跑步回营地。突然大雨倾盆而下，顷刻间，陡峭的山路泥浆滚滚，我不小心跌了一跤，裤子上还有背包的底部沾满了泥。

“慢一点，慢一点。”我对自己说。我想起了西海岸那些总是气定神闲的海豹，它们不惧风雨，从不为任何事担心。我可不能出什么意外，因为根本没有后援。虽然我上过一些急救课程，还带了强效止痛片，如果不幸从山上滚落，这些都很有用。但是我没有紧急信号灯，无法得到直升机救援，没有办法打电话，也无法通过山间的无线电广播求救。这要求我必须为自己的每个行动负责，我必须慢下来，谨慎再谨慎，小心再小心。唯一能来救我的人只有彼得——如果明天之前我没有回去，他一定会来找我。

我强迫自己慢下来，一路小心翼翼地抓着树枝沿坡而下。周围电闪雷鸣，但我有森林做我的保护神。

回到营地的时候，暴风雨已经过去了。看着我毫发无损地回来，彼得开心极了。下大雨的时候，他也很害怕。此刻的彼得干净整洁，而我浑身被淋得湿透。刚才经历过的一切如潮水般涌入脑海。我又想到了费斯和他的学生们，此刻他们一定已经回到了家中，把脏衣服丢进了洗衣机。对我们来说，衣服被弄湿是一件很不好处理的事，因为根本没法烘干。我一直都没法习惯下雨天潮潮的衣服。

在风景如画的森林里住了几个星期之后，我们收拾行囊，准备开车前往更加贫瘠的高山草场区。沿途经过的许多保护区原先都是农田。大片的草场和低矮的灌木间长着一小片一小片的树林，历经森林大火和过度放牧，它们依然顽强地挺立着。那就是我们要去的地方。

找到一个安静的居住处谈何容易。尽管新西兰东部公共交通网发达，但依然有很多路段被铁门、栅栏或标示物封锁。一旦有这样的情况发生，我们只能寻找新的出口。我们遇到的很多当地人都对这种禁止进入公共用地的法律条例怨气很大，我太理解他们的心情了。

我和彼得开车行驶在狭窄泥泞的公路上，准备向彼得早先在路上看到的那片森林进发。一路上，我们多次被湿滑的水沟阻住去路，只能涉水而过，再小心翼翼地移到对岸。我全程都张大眼紧张地看着前面的路，生怕出现什么闪失。大水早已将公路冲毁，卡车只能小心颠簸在坑洼不平的石头路上。每个刮擦声传来，我都被吓得屏住呼吸。地面的石头撞击着车底，我一次次被弹离开座椅。

当车行驶到山坡树林下的一片沼泽地前时，我们再也无路可走，只好背着所有的装备涉过齐膝深的沼泽，在前面的树林里暂时安顿下来。原来这片森林还是各种小动物的庇护所，里面生活着各种鸟类、蜥蜴、昆虫和野兔。不久的将来，这片小树林经过繁衍生息，会重新成为一片广袤的大森林。

从我们的露营地望出去，远处丰茂的草地和美丽的湖泊尽收眼底，风景蔚为壮观。那里还是黑胸麻鸭的栖息地，它们的羽毛五彩斑斓：有的蓝绿相间，有的在黑白交杂中间或有一点橙红和栗色。我经常步行去湖对岸打野兔，湖里的黑胸麻鸭每次看到我，都会高声叫嚷："嘎呼，嘎呼！"看着我走远，它们又会换种声音叫道："噢呼，噢呼！"以示危险解除。我用了好几周时间学习它们这种叫声，以防止它们总是在我走近的时候给野兔们"通风报信"。我们都在学习了解彼此。

逐渐地，我们感觉到自己不再是旁观者，而成了山谷的一部分。在 11 月的某一天，天气晴朗，我们去山上散步。我们沿着清澈的小溪一路向前，水底的小石子清晰可见，两岸花草正茂。针茅的叶片形状与矛类似，顶部是圆锥形，呈黄色，中间的针茅花不仔细看根本看不见。我被其中一株接近两米高的大针茅吸引住了，微风袭来，它轻轻摆动着。奇怪的是，在我看到它的那一刻，我仿佛感受到了什么，它身上锐利的尖刺仿佛刺穿了我，好像眼前站着一个危险的庞然大物。我浑身上下都充斥着这种感觉。去年和彼得一起开垦菜园的时候，我也与植物们有过亲密接触，但今天这种感觉太强烈了。我观察了很长时间，之后跟着彼得继续朝山上走去。中午我们生火做饭，还坐在暖洋洋的石头上晒了一会儿太阳。回去的路上，我们又经过了那株针茅，它看起来依旧高大，但我心里那种感觉已经消失了。

我坐在那株针茅旁边望着彼得，不禁问道："我刚才感觉看到了什么，为什么现在这种感觉不见了？"

"我时常感觉自己和植物之间有强烈的联结。"他说，"但这种感觉并不是每次都有，这很正常。它是一种在自然状态下就会出现的感觉，但是因为平常思虑过多或是不够敏感等原因，我们感觉不到它罢了，我也不知道具体的原因。"

"我们真是错过了太多。"我说着，脑海中浮现出贝斯小屋那只听不到叫声的小鸟。

"是啊，但是你不能生造出这种感觉，对吧？"彼得说，"这就是你不能回到这株植物旁强迫自己再次与它产生联结的原因。你只能顺其自然，等待它发生。"

我们在湖边住了一个月，春景烂漫，日日艳阳高照。不下雨的日子真是比潮湿阴冷的时候好过太多了，我们可以随时随地坐在地上休息。离我们住所 50 米开外有两只喜鹊正在孵蛋，它们时刻提防着我们这两个邻居的一举一动，每次我们走出帐篷，它们都会长鸣着飞下枝头，好像意欲对我们发动攻击。但事实上，它们不会有什么实质性的举动。这种喜鹊羽毛光洁，黑白相间，并且能够发出各种不同的叫声。它们唱起歌来很动听，但是在危急情况下会发出十分刺耳的叫声。这世界上没有什么比喜鹊的歌声更加婉转动听了，那声音仿佛石子落入装满水的瓦罐中的清脆鸣响。我们与喜鹊、鸭子、蝴蝶和野兔为邻，过着宁静祥和的生活。但是在一个周六的早晨，这种平静却被打破了。

那天一早，远处传来枪声。枪声回荡在空旷的山谷里，我们仿佛身处战场。尽管枪声很远，但是掩蔽在一块塑料帐篷下的我还是感觉害怕又无助。如此密集的枪声听起来不像是打猎的声音，更像是火力极猛的炮火在连续扫射。我们发现，下山公路的指示牌上布满弹孔。

对我们来说，这是一片安静的世外桃源，而对那些持枪者来说，这就是一片无人居住的不毛之地。过了几天，我们在山谷里发现了八头牛的尸首，空气中弥漫着腐尸的味道。射杀它们的人是何居心？它们中有两头被困在围栏里，双目圆睁，写满惊恐。它们在这里做什么？为什么会有人杀死这些价值 2000 美元的牲畜，然后任由它们在草丛里腐烂变质？什么人会向荒山、路标和牛群开火呢？

周日下午，周围又恢复了往日的平静。那两天我们一直守在帐篷附近，到了周一才继续向周围的荒野进发。我们沿着山谷一路向上，爬到了一座山的山顶，突然一阵狂风从西面吹过来，毫不留情地吹过只有红色青苔附着的岩石。我们站在山顶上，静静凝视着山下蓝绿色的湖水，湖里都是冰川融化而来的水，那如油彩一般深厚凝重的色彩美得让人窒息。河流纵横交错，远远望去好似缎带，在午后的阳光下波光粼粼，再远处是农场，那里公路笔直，牧场方方正正。我们终于能再一次坐在云蒸霞蔚的山顶，欣赏如画一般的美景。

我们突然仿佛置身于另外一个维度的世界。我们被这种强大的力量震慑，顿时心生敬畏。在那高山之上，我们好像感受到了某种无形的东西，那股力量无法用语言形容，好像没有它，世界上的一切都将不复存在。与这浩瀚无垠相比，人类几千年的历史成就变得不值一提，甚至连人类的存在与否也变得无关紧要了。这种感觉不到半个小时便消失了。我们一生至此只有过一次那样的经历，我们曾试着将那种感觉描述出来，但找不到合适的词语。不知道这是不是就是老子所谓的“大道”。

食物告罄，我们打算去克赖斯特彻奇重新采购一批必需品。趁着彼得研究出山路线的空当儿，我一个人步行两个小时，去了被大石和草丛包围的湖边。那天天气闷热，没有一丝风。老远看到湖里立着一块牌子，走近却发现是一位渔夫。我在旁边的石头上坐了大概一个小时，静静地看着他。最后那渔夫上岸准备装车，我走上前去，想借他的手机发一条短信。听到我的请求，他笑着把手机递给了我。我呆呆地看了一会儿屏幕，又把手机还给了他——我已经忘记怎么发信息了。

“你还真是个异类啊！”他一边爽朗地笑着，一边帮我打字。

还说湖边没有信号，等有信号了就帮我把信息发出去。随后，他打开装满鳟鱼的冷藏箱，从里面捞出几条硬塞给我。

这几条美味的小鱼被我和彼得当作了晚餐。第二天一早，我们开车上路，沿途经过一个金雀花盛放的小树林。我们住的地方除了棕色之外没有什么其他的色彩，这片明快的金黄不禁令我们的精神为之一振。微风送来花朵的阵阵幽香，我的内心充满喜悦。

我们开车进了克赖斯特彻奇的地界，那是一个神奇的地方，漫天尘土飞扬，空气里弥漫着一股木头燃烧过的味道。我们一路驶过高大的别墅和精致的花园，找到了费斯留给我们的地址所在的地方。那是一座砖制别墅，入口的红木门上贴着一张叠起来的纸条，上面写着：欢迎二位！房门钥匙在信箱里，祝你们玩得开心！

我们怀着激动的心情进入屋里。二楼有好几间卧室，一楼有两个大客厅。对于一个人来说，这屋子简直可以称得上是巨大无比了。

晚上回家，费斯看到我们来开心极了。我们围坐在桌子旁，感慨着时光流逝，听他讲现在的工作。住在大豪宅与我们原先的生活简直是天壤之别，我很喜欢这种感觉，因为它能让我换一种眼光看待问题。我终于感受到自然中的一切是怎样存在的了：无论是树木、动物、鸟类，还是火焰或天气，它们都是那么生动而鲜活。相比之下，一个封闭的大屋子就显得沉闷了许多。

一天晚上，费斯带我们去了他所在大学的职工俱乐部。与来自世界各地的人们天马行空的闲聊让我恢复了往日的活跃，我很喜欢看彼得和教授以及学生们聊天的样子，我从来没有见过在这种场合下游刃有余的他。过去他在学校里白天上课晚上批改作业的生活，对我来说几乎难以想象。

5 天后，我们追随大自然的召唤继续南下，往南阿尔卑斯山的山谷进发。卡车驶离柏油马路后，进入一条长达 40 公里的坑坑洼洼的土路，一路颠簸。山谷里的小灌木上正盛放着黄色的花朵，旁边是大片浓密的山毛榉。从山上滚落的岩石和河流横亘在眼前，我们只好在一片银蕨中间找了一块合适的地方搭起了帐篷。那儿风景不错，我们打算长住一段时间。没过多久，我们就发现帐篷上方的树枝上住着两只画眉还有它们的四个孩子。我们住在树下，欣喜地看着小画眉们一天天长大。

有一天，一只猎鹰飞下来落在鸟巢旁边，我们有幸在近处目睹了它的全部风采：鹰足上方的羽毛呈橘红色，而嘴巴和眼睛周围却是明亮的金黄。它用锐利的鹰喙残忍地叼起一只小画眉，转眼便消失在天际。此后的每一天，它都要飞回来叼走一只小画眉。第四天一早，鸟巢里仅剩的一只小画眉也迎来了它的厄运，小家伙拼命呼救着。令人惊讶的是，猎鹰径直望了我们很长时间，随后轻而易举地啄下了小画眉的一只眼睛。它用嘴叼起画眉，扇动着棕色的尖翅俯身朝山谷飞去。可能山那边的小鹰们也在嗷嗷待哺吧。

认真观察自然的规律，我发现某些事物必须为自然的运行做出牺牲。我时常感觉到周围存在一股巨大的力量，它在轻而易举地摧毁某些事物的同时又在重新创造。我在这片广袤土地上也感受到了这股力量的存在。

我们居住的山谷地带在冰河世纪曾是一片冰川，现如今这里是一条流淌着蓝绿色河水的宽阔河流。干旱时期，这条河还有通过的可能性，但是一到汛期，河面能宽达500米，一望无际。从我们的营地望出去，可以看见对面起伏连绵的山脉，高耸着直冲云霄。即使到了12月，山顶上依旧白雪皑皑。仲夏的一个下午，彼得指着雪山顶，信誓旦旦地对我说，那里肯定有一座湖。

于是第二天一早，我们便向着山顶出发了。过河时必须动用全部的注意力，用脚上下试探寻找最佳着力点。制订了一个比较稳妥的过河方案后，我们撑着手杖通过了湍急的河流。对岸是一片森林，往上走，山上渐渐出现了一些高山植被。石头和青苔间长着一些白浆果，我们随手摘来当糖果吃。山路很陡峭，没走几步，我们便开始气喘吁吁。越往上爬，感觉山顶离我们越远。

溪水一泻而下，眼前耸立着一面巨大的岩壁。只要沿着陡峭的岩壁继续往上爬，我们就有可能看到那片山湖。但是那些石头很不结实，一踩就碎。我紧紧抓着攀附在岩壁上的灌木，像抓着登山索一样，一步步往上攀爬。爬到断崖顶，眼前出现了一片布满巨石的荒野。此时正值正午，头顶烈日炙烤，大石在骄阳下闪着微光。我们找了块阴凉处坐下，环视着壮丽的南阿尔卑斯山脉。每座山峰名称不同，形状各异——有些是尖顶，有些是圆顶，有些山上云雾缭绕，有些山上晴空万里。我时常叹服于这些高耸入云的山脉，能有幸看到如此美景，我的内心充满喜悦与感激。

站起来以后，我们看到身后 20 米开外处站着一只岩羚羊，我一时有点错愕，因为从来没有在这么近的距离观察过这种生物。它的身体与山羊类似，有着一对挺直的羊角，角尖向后弯曲。它的脸整体看上去是白色的，只在鼻子到耳朵之间的脸颊部分长着一些黑色的斑点。它优雅地迈着步子，紧张又好奇地打量着我们。

看着它的眼睛，我突然明白它的魅力来自于它此时此刻的本真。岩羚羊并不想变得更好，它只是顺天应地地活着。而我，却总想变得更漂亮、更优秀、更强大、更聪明，逐渐丢失了真实的自我。将来的我掩蔽了当下。那一刻，那只岩羚羊让我明白，当下的自己就是最好的存在。

经过长时间的攀登，我们终于到达了山顶，被积雪包围的盆地中央出现了一汪碧蓝的湖水。我们来到透明安静的水边坐了下来。湖面静极了，它仿佛已经在这里沉睡了几百万年。这里好像千江源头，好像这颗蓝色星球最初的发祥地。在这古老而圣洁的湖水前，我们只能保持静默。

尽管时值盛夏，山里的气温还是很低。时不时有夹杂着雪花和冰雹的寒风呼啸而来。大黄蜂被冻得一动不动地立在花上，我们终于有机会摸一摸它们毛茸茸的后背。那几天我们全副武装，寸步不离地守在火堆旁。冷风过境后，气温立刻开始回升。短短几天，我们仿佛经历了四季。

一天天气不错，我们决定上山去看那座大瀑布。在森林里我们途经了一处山体滑坡，枯木俯拾即是，于是我们停下来在那里生了火。彼得烤面包时，我对他说我感觉自己这几天的精神一天比一天好，生龙活虎得像一名来自肯尼亚的马赛族战士。听到这话，彼得哈哈大笑，并对我表示只要我愿意，可以尽情地上蹿下跳，不用理会他。

小憩之后，我们动身继续朝山上走。森林的尽头是一个大盆地，瀑布从高耸的岩壁上一泻千里，河流在山石间恣意流淌。大自然的力量与美令我们震惊。彼得几步跨上巨石，我默默站在原地。

我望着蓝绿色的仿佛缎带一般的河水。尽管只是静静站着，但我的脑子里却像是炸开了一道闪电。我感觉右脑仿佛突然间被打通一般，整个人突然极端清醒。我好奇地坐下，眼前的世界仿佛万花筒一般旋转起来。我感觉一切，包括我的头脑都在迅速变化，游走穿梭在不同的时空。我仿佛在无限的宇宙中，看到了永恒变化的现实。

我追随彼得的脚步，爬到石头上坐了下来。他看了看我，立刻明白了一切，因为他过去也有过相似的经历。凭借共同生活培养起来的默契，他能通过我的只言片语明白我想表达什么。看着眼前的世界，我的头脑无比清晰。那感觉跟开车时松开手刹那一瞬间的豁然开朗一模一样。

我们坐在石头上讨论着人性和善恶，讨论孩提时代被教授的是非观，以及这些是非的标准怎样影响着我们看待世界的方式。与彼得交谈时，我感觉自己的想法依然受制于传统的价值观，它们在我表达、判断和分析自己的想法时禁锢着我的思维。这些社会教条都是很久以前制定的，根本不适用于每天都在变化着的当下。

我们爬到了拐角处的瀑布前，水声激昂。白色的瀑布顺着岩壁一泻而下，四周蒸腾起的阵阵水雾，顷刻间随风飘散。高达 100 米的瀑布在坚实的岩壁上冲出了一道凹痕，接着落入山下的河流，缓缓流向远方。它那巨大的力量令我深深地折服。看着它从山顶飞冲而下的那一刻，我仿佛感受到了它的心跳。

那天之后，我不再每次出门都挂着喜气洋洋的微笑，也不再感觉自己生活在永恒的恩泽中。相反，那感觉像是有人摘去了我眼前玫瑰色的眼镜，世界无比清晰地展现在我眼前，我不得不直面一切：无论它们是好是坏、是美是丑。我的头脑前所未有的清醒，开始真正观察周遭的一切。

之后的几周，我们继续徒步向远处进发，那些见过很多次的花，每次都能带给我初见般的欣喜。无意中，我看到一株开满黄色花朵的绿色植物，上前摸了摸它柔软的叶片，直觉告诉我，那是一种可以治疗肺疾的药材。还有另外一种彼得觉得是狗舌草的植物，我感觉那东西不能吃，但可以用来做敷剂，治疗皮肤病。我们饶有兴致地研究着每一株植物。古人应该很擅长辨别每一种植物的药用价值，但随着现代科技的发展，已经没几个人具备这种能力了。

除了植物的世界，昆虫也令我深深着迷。每次看到大蜻蜓落在地上，我都会凑上去仔细端详，它长着一条黑黄相间的长尾巴，看起来像一个外星来客。它脑袋上那两只硕大的眼睛盯着我，我很好奇，在它眼中的我究竟是什么样子。有一次，我们再次经过那片森林，那些树突然间变得高大无比，一时间令我心生敬畏。它们像一个个友善的巨人。我坐在一颗古木下，仿佛感受到了它那与我的心跳在同一频率上的脉动。我们彼此联结。整个世界仿佛充满魔力，世界上的一切都是造物主的神来之笔，它们是那么完整而充实。我感觉自己心无挂碍，再无牵绊。

白天里看到的一切都很有趣，晚上亦是如此。晚上睡觉时，我能在睡梦里继续四处张望。梦里的一切都是那么真实：我能摸别人的脸感受他的皮肤，还能任意地跳或飞，在梦里听交响乐时，我惊异于自己居然能在大脑中演奏这么多的乐器。我还能任凭自己的意愿改变梦里的情节。

这种知觉极度敏锐的状态只维持了几周便消失了。一个月后，一切又恢复正常，但我感觉大脑中的某些部分已经发生了深刻的改变，而且梦境依旧十分有趣。

我们在地处南坎特伯雷的这片仙境里住了两个多月。2 月初，我们不得不离开这里，因为食物再次告罄。我们开车到山下的镇子里，买了一些东西，接着继续南下，沿着满是沙石的公路驶入了一片金色的沙漠。奥塔戈中部草甸覆盖的群山在我们面前延绵起伏，好似一片温柔的海洋。举目四望，天地浩渺。巨大的岩石被风蚀成各种各样的形状，高高地耸立在草丛之上，可谓别具一格。数千年来，它们经历过风沙的侵蚀、烈日的炙烤和冰雪的肆虐。

这座19世纪60年代淘金者们的天堂，如今已成遭人废弃的荒野。山间散落着一些石屋的废墟，淘金者们曾在这里度过寒冷的冬季。我们在一个小山谷里找到了一座只剩三面破墙的石屋，我们用石头把另外一面墙垒起来，然后把油布支在上面当作房顶。

孩提时代的我在花园里盖房子的时候，体会到的就是这种快乐。彼得把周围的杂草锄干净，并将室内打扫一新。我搬了一块大石头进来当桌子，简陋的小屋还没有一人高，但我们可以坐在石桌周围的沙地上喝茶聊天。头顶的油布可以为我们挡风遮雨。能把废墟改造成一个家，我感觉开心极了。

晚上，我们会一起去看壮丽的落日：橘黄色、深红色甚至有一点淡绿色的晚霞映照着天空，色彩瞬息万变。天色渐暗，星星挂满苍穹，铺陈开一条绚烂的银河。整个世界看起来一片纯净。

白天，我们会去山里摘百里香和野浆果。100多年前，矿工们曾在这里种下鹅莓和黑加仑。尽管他们住过的小屋早已坍塌，但他们种下的这些种子却在这片土地上生根发芽、开花结果。我们摘了好几篮浆果，一直吃到感觉肚皮都快要被撑破了，然后把剩下的那部分熬成了果酱。自食其力是一件让人很有满足感的事，我们很感激那些勇敢的淘金者为我们留下的这一切。

穿过奥塔戈，我们进入了真正的南部地区。我们顺着森林里那条隐约可辨的车道，开进了彼得曾在地图上看到的那片荒无人烟的山脉。中途偶遇一片泥沼，彼得突然加大马力想从边上绕过去，不幸的是卡车陷进了泥里，车轮空转，完全无法前进。我跳下车，想用力把车轮从泥里挖出来，彼得跑去找了一些石头和树枝抵住车轮，车子终于再次起动了。我们继续往前开，来到了一片布满大石的河岸。开车过河对我们来说已经不是什么新鲜事了，每次都是我下车指挥彼得绕过深水区和河里那些大石头。岸边那些碎石看似牢固，实则一盘散沙。我们在附近找了块地方搭起帐篷，不打算过河了。

一天，我们打算穿过树林去山顶，还在林子的尽头捡了一些柴火并做了午饭。饭后我们沿着陡峭的山坡继续前行，石壁上长满青苔和各种好看的高山植被。山顶的风景令人心旷神怡。我们在奥塔戈看到的山都是圆顶的，线条柔和，而眼前的这些山远远望去，感觉峭壁突兀而森严。座座尖峰看起来像锋利的碎玻璃。这是南岛上一片鲜为人知的地区，也是我们见过的最荒凉的地方。

一只翔鹰俯冲向山下的树林。我突然想起了被我藏在树上的铁皮罐，怕是会被别人发现。

“没人会偷那东西的。”听到我的担忧后，彼得对我说，“会去偷一个铁皮罐的人只有你了。”

那个铁皮罐是我们几个月前在一座废弃的石屋里发现的。当时它又脏又破，我花了好长时间才把它洗干净并把它据为己有。但彼得说得对，这是别人的东西，不是我的。意识到这一点之后，我的担忧立刻烟消云散。如果它不属于我，那我也不必为它担心。拥有的少，反而更踏实。

“那究竟什么东西才是我的？”我问。我看了看身上的衣服，它们不是我亲手做的。我甚至不怎么花钱买衣服，因为我穿的大部分衣服都是别人送的。我只会用唱歌换来的钱在二手商店采购一些必需品。说着说着，我突然感觉没有什么东西是真正“属于”我的了。

“真正属于我的东西只有我的身体。”我说，“保持身体健康才是我应该关心的事。”

一次我们在路上碰到一个猎鹿人，他身上背着一个鹿头。那人大概 40 岁出头，长着一双蓝眼睛，胡须凌乱，身着迷彩服。他看起来很友好，于是我们停下来跟他攀谈了一会儿。分别之前，彼得问他剩下的鹿肉在哪儿。

“那边！”他大手一挥指向山谷。他的手宽大有力，生满老茧。“但是估计已经被苍蝇占领了，伙计。”他看了看表，“鹿死了有 4 个小时了吧。”过了一会儿，他可能意识到我们真的很想找到剩下的鹿肉，于是很详细地向我们描述了去那里的路线。

我们返回营地取了两个空背包。彼得记得猎人告诉我们的路线，他带着我进入山谷，我们沿溪而行，顺着山的一侧穿过茂密的丛林，终于找到了那只鹿的尸首。数千只苍蝇围在尸首周围，嗡嗡作响。猎鹿人只带走了鹿头，其他部分包括鹿皮还完好无损地保留着。我们有条不紊地把鹿肉切成块装进背包，大概有 10 多公斤的样子。在返回途中，我们看到了被猎人丢弃在草丛里的鹿脑，彼得捡起它饶有兴致地打量了一番之后，说：“这东西也能吃。”说着拨去了上面粘着的几根野草。

“什么？”我感觉有点恶心，“你确定吗？”

“当然！”他笑着说，“我妈妈以前做过羊脑。等会儿我把它炸了给你吃。”

“我不吃，我可不想得库鲁病然后死掉。”

“不会的。吃人脑才会得库鲁病。”

我们背着10多公斤重的背包，艰难地回到营地。到了之后，我们赶紧把鹿心、鹿肝和鹿肾放进了食品橱，接着把剩下的肉装进铁桶。我们在铁桶盖上压上石头，把它们放进河水里保存。

彼得点着火开始热锅，他将鹿脑切片，裹上面粉后入锅炸制，然后津津有味地吃上了炸鹿脑，并不时怂恿我：“给你，尝尝。”

我拒绝了他的好意，准备去洗背包。但是禁不住彼得的一再怂恿，我轻轻咬了一口这个白色的食物。出乎意料，这东西美味极了，嚼起来有点像棉花糖。鹿脑是我吃过的所有食物中最美味的！我开心地笑着，吃个不停。

“你笑过头了吧。”彼得调皮地眨眨眼。

4月，我们又开车北上，准备去往玛佛拉湖。秋天，植物纷纷结果——没有什么比吃到新鲜的水果、坚果还有蔬菜更让我开心的事了。我们载着一大车满满当当的食物，几箱苹果还有好几桶核桃，来到了玛佛拉湖北边。这是一个丰收的季节，我们感觉自己无比富有。

玛佛拉湖一面是森林，另外一面是草甸。我们开车，沿着狭窄的车道进入森林，沿路坑洼不平，遍布泥沼。我们别无选择，只能硬着头皮开过这些障碍。彼得脸上挂着自信的笑，如今他已成为一名熟练的卡车驾驶员。

我们在山毛榉树林中搭起帐篷，那是一片风景如画的地方，可以望见远处波光粼粼的湖面和更远处的山峰。几座山坡一路“俯冲”向山谷最底处。清晨，几只鸟儿在湖那边叽叽喳喳地叫了起来，它们的叫声仿佛充满魔力。无风的时候，两岸的群山倒映在平静的湖水里，午后微风拂过，水面上荡起层层涟漪。偶有狂风吹过，湖面也会像大海一样咆哮起来。

湖水干净清洁，可以直接饮用。每次去湖边打水我都很兴奋。在荷兰我从没喝过河水，更别提湖水了。多幸运啊，如今可以生活在一个能直接饮用天然水的国家。

一天，我们步行来到玛佛拉湖的最北端。“那儿就是‘逃避者树林’。”彼得指着山坡上的一小片树林对我说，“100 年前，那些不想参加一战的人就藏身在那片森林里，他们效仿的是阿奇博尔德·巴克斯特，他是一位和平主义者，曾旗帜鲜明地反对战争。他说战争就像深植于这个世界的一颗毒瘤，他永远都不会向这股邪恶的势力低头。政府派人用船将他送往法国，将他送往战区之后朝他开枪，然后在漫天大雪中将他捆在了一根柱子上。”

“真的吗？”我吃惊极了。我不知道自己能否像他一样，在那种身心备受摧残的境况下依然坚持原则。

“巴克斯特差点被逼疯，但他并没有被杀死。我觉得他是一个英雄，因为他敢在那个时代公开反对战争。”

我们沿着石头路爬上一座山坡，绿色的草丛里点缀着针茅和各种花朵。在恶劣的环境里依然能够坚强挺立的植物，总是令我叹服。

“你知道这是什么吗？”彼得指着一片不到一米高的低矮灌木问我，它们像一层厚厚的地毯覆盖在大石头上。说着，他伸手摘下一颗红色的果子。“这叫桃柘罗汉松，如果你把它挖出来种在山谷里，它能长成一棵参天大树。”

我看了看这片长得很像高寒灌丛的桃柘罗汉松，然后来到彼得旁边坐下，和他一起摘果子。我们正忙着一边摘一边吃，猛然间看见头顶上方的岩石上站着一只喜马拉雅塔尔羊。我们从未如此近距离地观察过这种羊。它长着一对长长的角，毛色乌黑，看起来强壮又健康。它静静地站着看了我们一会儿，接着继续沿峭壁爬了上去。

湖边的风景一天比一天萧索，树下开始长起伞菌。清晨的露水越来越重，树枝间的蜘蛛网清晰得根根分明。夜越来越冷。

一天傍晚，我拿着步枪悄悄走在高大的山毛榉丛中，想打一只野兔。我以为会在森林的尽头看见一只正在吃草的兔子，但是过去才发现那空空荡荡的，什么都没有。每天的薄暮时分，天空都会透出一丝粉红色，四周一片静默。天地间的一切都是那样平静、祥和、完整。

在晚上，我往往能比白天看得更清楚。我的眼睛，好像就是为看到暮色中的一切而生的。眼睛睁开的那一刻，所有感官仿佛也被打开了。我好像能闻到土地上那股神秘的芬芳。微风拂过，我仿佛听见了青草的低语、花儿的呢喃和树木的叹息。我能感受到一切。鸟儿在林间此起彼伏地叫着，我悄悄走到一片空地前。

我发现这里不只有我一个人。20 米开外还有一个捕猎者，它迈着与我频率相同的步调神气地向我走来。那是一只黑色的野猫，它看起来强大、骄傲又果断。我震惊于它身上散发出的那种野性，与温顺的家猫不同，它身上更多的是老虎般的威武。我想人类也是这样一步步被驯化的：很久以前，人类也和这只野猫一样充满野性与不羁。我深深地觉得将来的某一天，人类一定会再次回归这种野性。在荒野中生活的这四年使我明白，世间所有一切都会回归自然秩序，这只是一个时间问题。大片森林遭到了山火的焚毁，但总有一天它们会再次枝繁叶茂。可能这个过程需要几百万年，但是大自然有的是时间。与森林一样，人类终会与这片生养他们的土地再度联结，并回归到我所认为的自然秩序中去。

湖边常有一些徒步者经过，他们行走的这条路线在新西兰被叫作“蒂阿拉罗阿之路”，从新西兰最北端一直延伸到最南端。那些徒步者用了 5 个月的时间才走到这里。尽管他们神色疲惫，但眼睛里却藏着一些不同寻常的东西——那是来自内心的平和与自信。在这漫长而艰辛的行走中，他们收获了坚韧与力量。

我们是在一天早晨遇到简·查尔斯的。和其他徒步者一样，他看起来黝黑而结实。他身上的衣服又破又旧，下嘴唇上还留着裂口愈合后的痕迹。禁不住我们面包黄油的诱惑，他跟我们来到家里——我们也经常用这一招把黑秧鸡骗到家里来。他前一天在行走的途中扭伤了脚踝，我们建议他多住几晚。他饿得不行，狼吞虎咽地吃下三大盘负鼠肉和米饭，看起来，他应该是好久没有吃饭了。

他说自己一定要徒步完成全部的旅程。“我很期待到达布拉夫的那一天，但同时我也有点害怕。”他说，“两周后我就要乘飞机回巴黎，重新过上那种琐碎而单调的生活，日日周旋于各种肤浅的人中间。经历过这5个月的行走，人类社会在我眼中变得毫无意义。”他的蓝眼睛看起来很严肃。

他跟我们讲了路上发生的一切，包括启程前的准备和计划，还有哪里风景最好，哪里的障碍最多。说起这些他兴奋极了。

“你一个人走的时候都在想些什么呢？”我问。

“嗯……最近几天在想，生命中是不是真的有那么一刻你能彻底认清自己是谁。”他看了看彼得。

“我也不知道。”彼得对他摇摇头。

“你应该知道，你都60岁了。”他说话总是这么耿直。

“人们说生命就像一条河。”我对他说，“如果我跳进这条湍急的河流，我根本不知道接下来会发生什么。什么事都有可能发生，它们可能会在潜移默化中改变我。我可能因此收获一个全新的自我。

因此我觉得一旦对自己形成一个程式化的认识，那就好比被困在了岸边，而不是顺着生命的轨迹不断认识新的自己。当然我的想法也不一定对。”

“我同意。”彼得说，“但是每个人真正的内核应该是不会变的吧。”

那天早晨送查尔斯离开后，我和彼得一起去散步。我们沿着湖边的林间小道一直往前，在一处柔软的青苔上坐了下来，望着不远处的湖水。

我轻拍着旁边的青苔对彼得说：“你不觉得四海为家、随处可栖是一件很棒的事吗？”

湖上的水鸟发出刺耳的叫声，仿佛汽车启动时车轮的嘎吱作响。那叫声回荡在平静的水面上。

“是啊，我刚也在想这件事。”彼得看着我，脸上挂着浅浅的笑。他蓝色的眼睛一闪一闪，突然对我说：“不然我们也沿着蒂阿拉罗阿之路走一趟吧。”

“我们的车不要了吗？”我问，“什么都不要了，只背上包？”

“嗯……”彼得点点头，“向着未知出发吧。”

“这主意太好了！”我笑着拥抱了他。

文明之路

徒步旅行的想法其实已经在我们心中酝酿了好久。我和彼得初次见面、一起在南印度那座小饭店里下棋时，他就跟我讲了他横穿喜马拉雅山的经历，还说以后有机会要一起去完成 600 公里的喜马拉雅山脉徒步，我当时想都没想就答应了。我无比渴望一生中能有一次这样的经历。

春末夏初，我们带着最精简的装备出发了。穿过森林，越过白雪皑皑的雪山，走过荒无人烟的沙漠。晚上，我们常常在星空下或者山洞里席地而睡，和村子里的当地人一起吃饭。通常，爬过一座山需要四到五天的时间，爬山时我们会随身携带压缩面包、大麦粉、风干水果和燕麦片。在去拉达克的路上，我们一共翻过了八座山，其中三座的海拔都在 5000 米以上。徒步穿行在大山的路上，我们遇到了很多游牧民族，他们的精神一直鼓舞着我。如果他们可以坚强勇敢地与荒野的美丽和艰难为伴，那么我也可以。

我们准备在蒂阿拉罗阿之路上再次经历风餐露宿的迁徙生活。

一路上只能把随身的物品精简再精简，靠打猎和采集野果生活，而大自然也将它的美毫无保留地展现在我们面前。看着眼前的这一切，想着能去探索现实的无限种可能，我感到无比激动。

在出发前的那个冬天，我们开车去了惠灵顿。赛琳刚刚搬来这里，我们打算去她南海岸的新家与她团聚。赛琳很高兴有人能来这里陪她，我们每天八九点钟做好热腾腾的饭菜，等着她从医院下班回家。

到达赛琳家时是周日下午。一起吃过晚饭后，我去洗澡。自几个月前离开克赖斯特彻奇后，我就再也没有洗过热水澡了。热水流过皮肤的感觉真好。我换了一身新衣服，望着窗外阴沉沉的天空。不一会儿，大雨倾盆而下，但我再也不用担心我们的东西会被打湿或是吹走。看到眼前这一切，我笑了起来——待在屋子里真是温暖又舒适啊！我再也不想在这电闪雷鸣中走出屋子半步了，而大冬天住在帐篷里的行为也在此刻显得那么不可理喻。

第二天，6 点天就暗了下来。但我们没有像在野外生活时那样，天一黑就去睡觉，而是打开了灯，开始准备鸡蛋咖喱。住在城里不能亲自打猎，因此我又自觉回归了素食主义。两个小时后，赛琳下班回家，我们一起围坐在大桌子上吃饭。坐在木椅上真舒服啊！它好像就是为我量身打造的。座椅靠背很舒服，高矮也正好。我把手臂搭在桌子上，心里默默赞叹着那些发明桌椅的能工巧匠。

“你知道坐在椅子上的感觉有多棒吗？”我对赛琳说，“还有，你知道桌子用起来多方便吗？这么多年我们都是蹲下来在地上切面包和肉，现在我觉得，桌椅绝对是人类历史上最棒的发明。”

赛琳一脸惊愕地看着桌子：“你们还有什么特别想念的东西？”

“新闻。”彼得说，“世界上最近都发生了些什么？”

赛琳跟我们讲了讲最近发生的世界大事，末了彼得说：“那么医学界现在最关注的问题是什么？还是大规模流行病的爆发吗？”

“流行病？”赛琳看起来有点错愕。

我笑了起来。我还清晰地记得我们第一次对话。

“哦，不。”赛琳说，“其实流行病还不是什么太值得担心的事，现在人们的主要忧虑应该是肥胖，因为我们在控制饮食和烹饪方面做得越来越差。另外一个问题就是心理健康，重负荷的工作使人们身心俱疲甚至抑郁。”

吃完饭后，赛琳提议一起看电影。“你们想看什么？”她问我。我不知道作何回答，那感觉就好像她要我列举出中国的所有城市，大脑一片空白。“你定吧。”我说。

“没有爱人和孩子，一个人住在城里很孤独。”她一边翻看电影列表一边对我说，“我爱看浪漫爱情喜剧。生活里我没有时间交朋友，电影里那些人物就是我的朋友。这听起来很可悲，对吧？看这些轻松不费脑的电影给了我一种虚幻的归属感，感觉自己跟其他人也没什么不同。”

“真的吗？”我有点不可思议。

“是啊！还有，有时候我需要一个暂时的逃离，不去思考工作上的事，还有癌症啊什么的。”她看着天花板，“我每周在做的事就是为那些癌症病人做诊断，然后告诉他们这个噩耗。如果我能救活一个人，就会感觉自己的工作很有意义，自己做的一切都是值得的。但是更多时候，我也无能为力，那种感觉太令人难过了。”她望向咖啡桌，沉默了一会儿，然后说：“我们来看这部电影吧，我想你会喜欢的。”

赛琳家在海边，离市中心很远。远处就是汹涌的海水，涨潮时会没过人行道。

天气好的时候，我和彼得会出发去海边，沿着长长的海岸线摘一些野生的银甜菜、荷兰芹和茴香用来做晚饭。海边生长的银甜菜叶片长得很敦实，吃起来美味极了。几公里之外的大石阵里还住着一群海豹。这里一派原始的自然风光，很难想象几公里之外就是繁华的都市。

一天，我们来到一片沙丘地带，在那里可以望见南岛的雪山。我们讨论起了即将开始的蒂阿拉罗阿之行。在玛佛拉湖遇到的很多徒步者都有很详细的旅行计划，他们会分门别类地把脱水食品打包好，装在食品袋里。尽管这种准备能省去路上很多不必要的麻烦，但我们不想让这种太过于精密的计划破坏我们旅行的乐趣，因为我们可能会在路上随时改变行程。然而，不准备充足的食物意味着我得时不时搭车去城里买东西——而为了搭车，我可能要步行好几公里。但我依然觉得，这比提前规划路线好得多。

为了尽量减轻背包的重量，大部分徒步者都会选择带一些重量很轻的食物，比如速食面和风干土豆之类的东西。很多人旅行结束后身体也垮了。而我们的目标是健健康康地走到终点，为了达到这个目的，我们必须科学搭配饮食。所以，我们学喜马拉雅山上的牧羊人带了些全麦面粉，准备自己做面包和煎饼。我还打算带上枪，准备沿途打猎。因为不能把一只整羊带在身上，所以我们会在一个地方待一段时间，等把肉吃完再走，彼得也好趁着这段时间恢复体力。他认为自己的体力足以支撑他走完这 3000 公里的旅程，但可能不能像年轻的徒步者一样走得那么快。大部分人走完这条路线用时大概都是三到五个月。但因为时间充裕，我们打算走得慢一些，比他们多花一倍的时间也没关系。我们打算利用夏天的时间走完北岛，然后冬休。开春后再继续向南岛进发。我们的主要目的不单是完成一次长途跋涉，而是想像喜马拉雅山上逐水而居的游牧民族一样，过一过那种四处迁徙的生活。

这天是周六，早晨醒来时，赛琳起了床，准备去上班。我打开客厅的电脑，想看一看邮件。她一边在厨房做早餐，一边有一搭没一搭地给我讲她早上要做的工作和要处理的一些杂事。

“你不想念工作的时候吗？”她问我，说着打开冰箱。

“如果有必要的话，我会回去教书。”我笑着说，“但是我不太喜欢千篇一律的生活。一周过去，又是一周，而且未来的一切都是计划好的，那样我可能会因为压力或无聊而死。”

“但是工作会让我们成为有责任感的人，你不觉得吗？”她把西芹、卷心菜和牛油果扔进搅拌机，一阵轰隆作响。

“过去有一段时间，我身上承担的责任让我觉得自己是一个很重要的人。但你知道吗？责任会变成一项你不得不完成的义务，我不喜欢那样。”

“原来你是这样看待这个问题的。”她喝了一口果蔬汁，“我相信你曾是一个好老师，给了学生很多鼓舞。”

我大笑：“可能吧。但我更喜欢在街边卖唱！”

她点点头，笑着去冲了冲杯子，接着低头看了一眼表：“我得走了，病人在等我呢。希望你们今天过得愉快！”

赛琳走后，我背上吉他去了市中心，那把吉他是我们在来惠灵顿的路上捡的。市中心行色匆匆的路人中，大部分人都要去工作。与他们相比，我不用工作，却有足够的钱去做我想做的事，简直匪夷所思。过去几年，我一直在用存款和利息生活，住在西海岸时还时不时能出去卖唱赚点钱。我们还可以用打猎和采集野果养活自己。只要不乱买那些不需要的东西，钱总是花不完的。

突然我看到一群人围在一张棋盘周围，旁边贴着一张国际象棋俱乐部招收新成员的广告牌。我走了过去，心里有点紧张。一个60岁左右的男子坐在桌子旁。我说我想来下一局棋。

“你懂下棋吗？”他问我。

我在想如果我是个男人，他还会不会问这种问题。但我没有跟他争辩，只是害羞地点了点头。他不知道的是，过去 8 年来，我每天都会和彼得下棋。很多人觉得下棋很无聊，但那是我们最主要的娱乐活动之一，在野外太无聊，只能玩各种各样的游戏。

落座后我突然感到一阵紧张。刚开始几步很容易，我们都走得很快。慢慢地，棋局变得复杂，我认真研究着每一步，但我的对手却开始跟围观的人们聊起了天。我吃了他的王后和车之后胜券在握，待他回过神来一切都晚了，棋局已定。输了之后他非要再下一局，第二局以他的胜利告终。但我还是挺骄傲，因为他好像是当地一个小有名气的象棋冠军。他力邀我加入象棋俱乐部，说他们很需要我这样的女性。我向他保证说，如果我住在城里一定会加入他们。

我起身拿起吉他，找了个地方准备开始唱歌。“我们走在大山里，在山谷里寻找猎物的踪迹。天为被，地为床，野鹅叫声咕咕响。大地啊大地，赐予我力量。”我开心极了，唱了一曲接一曲。城里很多地方都留下了我唱歌时的身影，我的小金库一天比一天殷实。

我们在惠灵顿洗的第一个热水澡令我至今难忘。但是过了一段时间之后，洗热水澡这件事变得也没什么特别了。人们感受到的所有舒适感都是这样的。所有一切，包括柔软的床、干净的床单、衣服上的馨香，在乍喜之后都会变成不值一提的寻常事。在赛琳家住了一个星期之后，我开始想念山中的微风和火焰。那种感觉就像是在想念一位老友。便利的热泵永远也比不上火焰燃烧时噼啪作响的火花和它带给我们的温暖。住在屋子里又让我渐渐丧失了与真实世界的联系。我不再观察，长夜里，无论是月明星稀还是狂风大作都不再与我有关。我的生理期一直很规律，基本上都是在满月那几天，但来到城里住之后这种规律就被打破了。尽管我每天洗澡，但我感觉自己并没有比在野外生活时干净多少，好像只有那清冽纯净的河水才能将我里里外外洗个干净。

赛琳出去工作的时候，我会在家发邮件，或是和彼得一起看新闻和纪录片。用电脑打发的时间过得飞快，好像这个机器有吞噬时间的功能。我发觉具有预见性的东西能使人产生一种舒适感，进而让我们拒绝未知。现代生活带来的舒适感——电脑、热水淋浴还有其他一些东西——很难让人再去接受那种随意而自然的生活。

我们在赛琳家的橱柜里贮存了很多食物，想吃多少就吃多少，不必再过那种小心翼翼、勤俭节约的生活。黄油没有了，出门随便就可以买得到——这种生活很便利。但是因为睡眠时间的减少，我感觉自己的体力大不如前，而且总想吃东西。我很担心自己会长胖。但是我越提醒自己不要多吃，就吃得越多。我开始计算每天的进食量，科学饮食，而不再吃到饱为止。一天早上，我一边在厨房烤面包，一边跟赛琳讨论着外貌的问题。

“我知道这很无聊。”赛琳手里端着一大杯花茶，“但是在法国的时候，我和我的那些朋友——他们大都是医生、工程师或是律师——我们经常会讨论体重的问题，也会对其他人的身材评头论足。”

“很高兴我的生活里没有这些。”我往大碗里倒了一些面粉，“我从不照镜子。住在荒野里，外表没有那么重要。真的。”

“是啊。”赛琳笑着说，“但是外貌是社交生活中很重要的一部分。拿自己和别人比好像已经成了我的习惯，我总感觉自己还需要再减减肥。”

我吃惊地看着赛琳，她已经很苗条了。

“比如我每次看到你的时候。”她继续道，“我就感觉自己也应该像你一样紧实和有线条。”

“为什么啊？”我吃惊地问。“你又不需要背着沉重的背包行走在大山里。你一个医生！”

她有点伤感地点点头。“我父母总是教育我和我的哥哥们追求完美。这养成了我吹毛求疵的性格。我总是拿自己跟别人比较，你明白我的意思吗？”顿了顿，她又说，“这是一种永恒的渴望，它在我不懈追求的路上给了我力量。”

我告诉她那天遇到的岩羚羊对我的启发，我说当下的自己就是最美的。这个理论在荒野里很适用，但我突然发现，在现代社会中，一切都要被拿来作比较。

我把酵母和水倒进面粉，开始揉面团。

赛琳点点头：“对了，我有一样东西给你！”她翻箱倒柜，找出一个小罐子，里面的液体能使食物尝起来有烟熏味。“这个很贵呢！”她笑着说，“你把它加到面团里，可以做出你们吃的那种火烤面包的味道。”

从赛琳家离开后，我们去找了本尼。本尼是我们的好朋友，他的父亲来自德国，母亲是新西兰人。我俩岁数一般大，但他看起来比我年轻。他身材高大，一头金发，苍白的脸上嵌着一双绿色的眼睛。他在城边的一座山上租了一幢很小的别墅，一个人住在那里。我们晚上睡在他家花园的帐篷里。与南岛大山里的气候相比，惠灵顿的冬天温暖多了。

本尼为人坦诚、体贴，有幽默感，我们都非常喜欢他。他结交了各行各业、各个年龄层的朋友。时常会有三五好友带着烟和酒来他家后院聚会，他们天马行空地谈论着各种事情：从 3D 打印聊到纳米科技，从伊隆·马斯克聊到火星，还探讨量子计算机的诞生是否会导致剧烈的社会变革。聊到夜里两点，大家都还是兴致高昂的样子。等到客人散尽，我们才爬进帐篷准备睡觉，醒来时天已大亮。帐篷旁边的卡瓦胡椒树上传来鸟儿的歌唱。

有天早晨，7 点刚过，本尼就起来去盥洗室洗漱了。他一边刷牙一边梳头发，接着闪进卧室，5 分钟之后出现在我面前，问：“准备好了吗？”

“准备好了。”我笑着说。

我想和他一起去他的办公室，去看看他作为一个信息技术员的工作日常。我们很快走进一座公园，公园道路两旁长满郁郁葱葱的桉树，它们的树干很光滑，上面的色彩仿佛出自某个艺术大师之手。

枝头立着的四只喜鹊看到我们之后，齐声叫了起来。我突然想起了与喜鹊为伴的山谷生活。

“快迟到了，我们得快点。”进入市中心的闹市区时，本尼对我说。七点半正是上班的高峰期。摩托车的轰鸣声和汽车的喇叭声震耳欲聋。各种尾气进入喉咙，耳朵里每传来一阵汽车风闸发出的嘶嘶声，我就感觉自己的胃部被人猛击了一拳。我仿佛一丝不挂地走在路上，将自己完全暴露在轰鸣的发动机、被污染的空气和汹涌的人潮中。这种感觉令我很吃惊，我也是一个曾经在阿姆斯特丹生活过的人，那里比惠灵顿更繁华，更喧闹，污染更严重。

“我平均每天要和 50 张熟悉的脸擦肩而过。”本尼一边走一边说，“每个工作日大家都会从这里经过。我们几乎会在同一时间、同一地点相遇。天天如此。”

我们在红灯前停了下来。身边大概有 70 个人在和我们一起等红灯。惠灵顿的交通指挥系统不是很高效，有那么几秒钟，人和车都无法通过。突然，一个滑着滑板的年轻人从旁边的坡上冲下来，我以为他会及时停住，但是他并没有这样做。他穿过等待的人群，一路横冲直撞，看得我瞠目结舌。

“他太厉害了。”我的声音被淹没在随红灯闪烁而缓缓蠕动的人群中。最后，指示牌变成了一个绿色的小人，大家一窝蜂冲向马路对面。

“看到这些行色匆匆的人了吗？”本尼说，“我们都以为自己有地方可去，以为自己每天都在进步，可事实上不过是在传送带上原地打转而已。我们一个个越来越像温顺的绵羊，已经丧失了独立思考的能力。”

我发现除了我和本尼，很少有两人并肩行走或是交谈的场景，大家只顾自己一个人走路，眼睛无神地看着远处。

“我们现在还有 90 秒的时间买东西。”本尼看了一眼手机。说着，他将我拽出人群，进入超市，飞快地在货架间穿梭。收款台那里排着一条条长龙。

“我每天都不知道午饭吃什么。”排队时，本尼突然对我说，“听起来我好像有很多选择，但是实际上每天买的都一样。”

“为什么呢？”我有点不解地问道。

“我没有时间想到底要买什么！而且这种水果沙冰挺好喝。”说着他晃了晃手里的塑料瓶，“这些人都是来这里买午餐的，明天同一时间他们会来这里买同样的东西。我们都一样。”

“他们为什么不在家做点三明治带着呢？这样既节省时间又不会浪费钱。”我问他。

本尼掏出银行卡，在 POS 机上一刷：“不不，我们从不思考明天中午吃什么。晚上还有很多别的事情要处理。”我们一边说一边往超市外面走，“还记得昨晚我做了些什么吗？我洗了工装，筹备了工作会议，还给几个朋友发短信讨论准备周末聚餐的事，回家后没有一刻消停，对吧？哎呀，我们刚刚排队时浪费了一点时间，现在得跑了，我必须在 8 点之前进门。”

我跟着他跑了起来。还好我穿了短裤和凉鞋。

“奔跑吧！小旅鼠！”西装革履的本尼一边跑一边喊道。

“人们为什么日复一日地做同样的事啊？”我问他。

“我们要还房贷，还要付房租啊！”他转过头对我说，“为了我们每晚的栖身之处！”他迈着小碎步，快速走下台阶，左手轻轻扶着旁边的银色栏杆，两脚的频率看起来极快。接着，他拿出手机，说：“还要买很多很多这样的东西，电脑啊，手机啊，它们会使生活更便利。”

我们在一幢气派的建筑物前停了下来。等我追上来的当儿，他理了理西装，“这就叫作舒适的奴隶。”他将右手放在感应器上，玻璃门打开了。我随他进入大厅。大厅里铺着厚厚的地毯，天花板很高。

“女士，谢谢你一路上的陪伴。”本尼操着一口英国腔对我说。

“不客气，先生！祝你工作愉快！”我们的表演以相互握手作为结束。他转身消失在电子门后面，门口的大钟上显示的时间是 7 点 59 分 10 秒。他到的时间刚刚好。

我坐在沙发上，如释重负。等我起身时，时钟上显示的时间是 8 点 2 分 17 秒。信仰宗教的民族会在墙边供奉神龛，而我们供奉的却是钟表。

我走出大楼，往上看了看。本尼的办公室在三楼。然而镜面一般的玻璃让我看不清房间的里面。三只海鸥的身影倒映在玻璃窗上，它们在一朵白云下面来回盘旋。那云的形状像极了一只长着长尾巴的小狗。

“我们出去走走吧。”彼得对我说。那是一个晴朗的周三早晨，我们进入惠灵顿市中心的一片森林，沿着指示牌一路往上，来到山顶。脚下就是整座城市鳞次栉比的街道和房屋。走在市中心的绿化带边时，我突然觉得在城市里生活，除了单纯的生存之外，还需要很多其他的东西。如果我要再次回到这里，那么我还需要一个兴趣爱好和一份工作。但是生活在荒野里就不同了，除了烤面包、生活、去河边洗衣服等一些日常的杂事之外，我们没什么特别重要的事情要去处理。我们乐在其中，内心充满了满足感。在如画的风景中生活，已经足够有意义。

几小时后，我们在几棵大松树下停了下来，准备休息一会儿。地上覆盖着一层棕色的松针，干燥而柔软。几只小鸟立在枝头歌唱。阳光穿过树枝，投下斑驳的树影。我们在那里可以俯瞰到整个城市和远处的海港，市中心只是很小的一片区域——只有几条街，高楼耸立。我给彼得指了指本尼工作的地方。山下的风很大，我们依稀可以看见海湾处时隐时现的白色巨浪。从山上眺望整座城市，惠灵顿应该是世界上风景最美的首都之一。

我们沿着小路绕到山的另一侧，想去看看山那边的风景，一路上走走停停，时不时坐下休息会儿。山上安静极了，没有车马的喧嚣，只有头顶偶尔掠过的一两架飞机的声响。突然，传来一阵奇怪的叫声。

“那是狮子的吼声！”彼得说。

我大笑：“怎么可能？真蠢！”

“这附近肯定有座动物园！走，我们去看看。”他对我说。

果然，穿过茂密的灌木丛，我们来到了一座动物园的后门。一只猎豹正卧在围栏的那边，眯着眼打盹。我们靠近的声音吵醒了它，它看起来有点烦躁，不情愿地站起来拉伸了几下，一溜烟跑到了围墙的另一边。近距离看到动物身上的那种力与美，对我们而言很有冲击力。

“你看这猎豹多强壮！等我们完成这 3000 公里的徒步旅行，估计也和它一样了。”我笑着说。

“哎，我都不知道自己能不能把前几公里走完！”彼得大笑，“我可能还没把九十英里海滩[①]走完就死了。”

我把他的胳膊搭到我肩膀上，吻了吻他的脸：“不会的。”

我们继续往前走，眼前出现一座儿童游乐场。那儿有一个很高的滑滑梯，我脑子一热，跑了上去。上一次在游乐场疯玩是 20 年前了吧！我一溜烟从滑梯上滑了下来，接着又爬上一座很高的塔，沿着缆道飞驰而下，玩得不亦乐乎。

我们遇到一个 9 岁的小男孩和他的妹妹。我们轮流荡秋千，跳蹦床时我还给他们传授了一些我的独门小技巧。我们爬到一个绳索墙的顶端时，小姑娘突然大喊：“快看啊！”接着发出一阵银铃般

① 位于新西兰最北端，为新西兰北部主要景点。——编者注。

的笑声。

我和小男孩转过身。一开始，我不知道是什么事情令她如此开心，后来定睛一看，原来是因为她下巴边挂了一串长长的口水。她欢乐的小脸庞、无忧无虑的笑声和逗我们发笑的小伎俩让我想起了妹妹索菲小的时候。我和小男孩相视一笑。没过多久，两个孩子回家了，我去找彼得。

“大人们都太严肃了。”我一边拾起外套，一边对彼得说，“我应该接受自己的愚蠢和怪异，一笑了之。”

彼得站起来：“怪异？比如说像小孩一样在游乐场疯玩？”

“这不怪异好吗！我说的是那些让我觉得失败、尴尬或是丢脸的事，我应该一笑了之。”

“对。但是人要有足够的自信才会自嘲。”他说，“我小时候是个害羞的孩子，很不自信，所以我会拼尽全力去维护自己的自尊心。”

一天晚上，我决定跟着本尼一起去市中心的酒吧。之前，我在二手商店花几美元买了一条长裤和一件丝质衬衫。这身装扮的我与之前穿着缝缝补补数次的破羊毛衫、破旧的美利奴上衣和褪色短裤的我判若两人。

到酒吧时，一支乐队正在准备演出。本尼靠在吧台上问我：“你想喝点什么？”

过去 10 年我都没怎么喝酒，但今晚想来个一醉方休，感受一下都市人周五晚上的夜生活。

“伏特加。”我说。这是除了啤酒和葡萄酒以外我唯一能想到的了，尽管我并不是特别爱喝伏特加。

“干杯！”本尼说，“又做了一周舒适的奴隶，给自己一个犒赏。工作，赚钱，然后和朋友一起来这儿喝酒。但大家坐在一起也没什么话说，因为这一周都过得很无聊。”我们碰了碰杯，开心地笑着。酒精灼烧着我的喉咙和胃部，那感觉很奇怪。我看着周围成双成对或是三五成群的人们。

“我们要不要去找人聊聊？”我说。

“不行。”本尼说，“这会儿还有点早，让大家再放松一会儿。”他一只胳膊抵住吧台，将手里的酒杯晃来晃去，“我跟我哥哥说你们住在大山的帐篷里。”他突然换了个话题。

“是吗？”我笑了，也学他晃着手里的伏特加。

“嗯。他的第一反应是‘难道他们无家可归吗？他们怎么了？是不是心理有点问题？’”

“他真是这么说的吗？”我很吃惊，“心理问题？”我突然觉得他哥哥可能不是唯一一个会这样想的人。

“对啊！”本尼耸耸肩，“他觉得只有财富才能让人觉得幸福，所以他永远都无法理解你们的生活方式。”

“我想这可能是大部分人的想法吧……”我说，“认为大部分人选择的一定是正确的。”

本尼沉吟片刻，说道：“你们选择了与其他人完全不同的生活。

我哥哥开了一家有 20 多个员工的信息技术公司。人们可能更认同他这种生活方式。”

喝到一半，周围的气氛热络起来，人们脸上都挂着笑。云层反射着城市的灯光，透出一丝暧昧的暖黄。刚来时看到的那些丑陋的高大建筑，也在此刻变得很有艺术气息。

我们去吧台边，准备再要一杯酒。等酒的空当儿，有个年轻人走了过来，“哇，你的手指真长，你弹钢琴吗？”我指着他的手说。他笑着说他是一名贝斯手，说着伸出手要和我的比。我们一起走到室外，聊着聊着，里面的乐队开始了表演。即使是在外面，那声音依然感觉震耳欲聋。我不喜欢这种噪音，于是下意识地堵住了耳朵。我的新朋友不知道我不喜欢这种喧闹的环境，还以为我讨厌音乐，他很生气：“你不喜欢听音乐，那你来这儿干吗？你就站在那里，穿着漂亮的小衬衣，做个可爱的公主就行了，好吗？”他屁股一扭一扭，学着女生娇羞的模样。我先是被吓了一跳，继而哈哈大笑起来。这是我听过最好笑的话了，年轻人显然被我的反应吓到了。

午夜时分，我和本尼离开了酒吧。就在大街上，我发现城市夜晚的气氛与白天完全不同。路上走过一两个已经喝得酩酊大醉的人，穿着黑色皮衣的保镖正在夜店和酒吧门口的人群中维持秩序。在喧闹不息的车流和人群中，几个背着破包的流浪汉在路灯下的长椅上睡着了。

本尼问我有没有去过情趣用品商店。我不好意思说自己去过，只好硬着头皮跟他进了一家。那家店灯火通明，好像一家超市。我饶有兴趣地四处打量着，店里有一些光盘和杂志，但大部分都是一些会把人弄疼的小工具。店员的装扮极其怪异，他看起来是个男性，脸上的胡须大概有两天都没刮了，但是他却长着一副女性的身体，还有高高隆起的胸部。他穿着一条五彩斑斓的紧身短裙，小腹微微鼓着。我很好奇想再多打量几眼，但最终还是忍住了。

“打扰一下。”我赶忙找了句话，“这是干什么用的？”我指着一个看起来很像链球的金属物品问他。

他抬头瞥了一眼：“拉伸球。”他看起来有点恼火。

我还是不太清楚它到底是用来干吗的，于是又追问了一句。他可能觉得我是故意的，于是很生气地直接来了一句：“拉伸睾丸的！”

我被他恶劣的态度吓了一大跳——我只是单纯感到好奇而已。我示意本尼该走了。再次回到街上的我如释重负。

“很奇怪啊，情趣用品商店里那些东西都很像刑具啊，你不觉得吗？”过街时我问本尼。

“嗯，可能大家已经麻木到感受不到自己的身体，所以需要通过感受疼痛来提醒自己肉体的存在。”他说。

“真的吗？这很令人难过，对吧？”

“是啊。现代生活中有太多感官上的刺激。但我们总是欲求不满。不停地吃，只是因为胃已经无法辨别饥饱，这导致我们的味觉一再退化，所以我们需要更多的味精、盐、糖。我们听的音乐——

就像刚才那种——会导致我们听力退化。你知道吗？每四个人中就有一个人听觉受损。我就是其中之一，我已经丧失了 30% 的听力。”

我一边走一边默默思考着现代生活：人类的感官正在一点点退化，因此我们已经丧失了欣赏美的能力。走着走着，我们进入一条主干道，一辆车在我们面前慢慢减速，突然一大群年轻人从窗户里探出头来开始往外面扔鸡蛋，扔了一阵之后又飞也似的逃走了。幸亏我躲得快，但是在夜场周围执勤的那个保安就惨了，浑身上下多处不幸“中弹”。我们赶忙跑去问他有没有受伤，他告诉我们这种事情时有发生，“那些年轻人以为我们是警察，因为这身蓝色的制服。”他说，“鸡蛋还不算什么，有时他们还会朝我们扔匕首。”

本尼挽着我的胳膊拐进一条狭窄偏僻的小巷。我们沿着一条大坡走了上去，四周安静极了。夜晚的空气很清新，但并不冷。趁着人们酣睡时走过一排排街区，心里有一阵莫名其妙的兴奋感。到家时，我没有一丝倦意——可能是伏特加正在发挥作用。我们俩蹑手蹑脚地从帐篷旁边走过，彼得可能已经睡着有 5 个多小时了。然后，我们又去厨房一直聊到天亮。

开春，我和彼得登记结婚了。事实上，是我连拉带拽，才把他带到结婚登记处的。他很抵触婚姻，觉得那是束缚爱情的锁链。虽然我也觉得一纸婚书意义不大，我们在一起都 8 年了，但是我想在保留荷兰国籍的同时获得新西兰的居留资格，结婚是唯一的办法。尽管有点不情不愿，但是朋友给我们拍照留念时，他还是努力笑得很开心。接下来我就可以去办相关的手续，获得新西兰的居留证。繁杂的手续使得我们的旅程被迫推迟了好几个月。但不管怎么样，我们已经做好准备，准备开启从北岛最北端开始的蒂阿拉罗阿之行。

彼得有个同事叫尼克。我管他叫“小牛尼克”。我们认识很长时间了，关系一直很好。他用了两天时间，驱车 1100 公里，带我们去了北部的雷恩加角。

尼克比彼得大几岁，长着一双蓝眼睛，头顶的白发乱蓬蓬的，很少修剪，任由其生长。他年轻时是一名登山运动员，可最近几年他的免疫系统出了点问题，得了包涵体肌炎，这是一种肌肉炎症，患病者的肌肉会逐渐失去力量。这几年他越来越虚弱，走路也越来越困难。如果症状继续恶化，他可能就要在轮椅上度过余生了。

我坐在被包裹塞得满满当当的后座上，透过后视镜看着尼克蓝色的眼睛。他专注地看着眼前的路，有一搭没一搭地给我们讲着他在世界各地的见闻。以前在大学做教授时，他经常和学生一起去各地考察风土人情。他说很多文化都在消失，各个种族以及他们的生活方式，他们生活的土地，包括整个地球都正在遭到破坏，这些都令他十分难过。

“我们所处的这个时代很奇怪。”尼克说，“西方文明关注的进步和发展，实际上是一种可怕的盛世假象。我们对很多问题视而不见，公共生活中充斥着暴力、贪婪、唯利是图，还有欺骗、舆论误导和各种各样的琐事，不一而足。我们生活的社会就像一个在不断膨胀的怪兽，而我们只能被迫接受它。”

驱车向北，道路两旁都是农田。有时彼得会指着远处的森林说，我们可以用几个月的时间翻过那几座山。想想我们要徒步走完全岛，真是不可思议。我们开车穿过了高山地带的荒漠，还看到了几座壮丽的雪山。我们在奥克兰遭遇了大堵车，但是北岛地区的绿化很好，我们仿佛来到了另外一个世界。我打开车窗，一阵闷热黏腻的空气扑面而来，北岛的夏天很热。我看到远处连绵的群山和一片片长着高大树木的森林，一条条小溪在山间蜿蜒而过。

路上尼克给我们讲了他所理解的“小牛”，他说只有那些挣脱社会教条的束缚、进行抵抗的人才能被叫作“小牛”。在他看来，只有这些人才能拯救他人，以免堕入虚无与绝望的社会和经济制度中。

“这个巨大而可怕的社会机器正在一点点吞噬我们，人类怎么会如此无知又愚蠢呢？这些自私和有拜物主义倾向的信条是怎么发展出来继而在人们心中生根发芽的？这简直太疯狂了！”他说。

透过后视镜，我看到他脸上的表情丰富极了。他蓝色的眼睛时而愤怒，时而困惑，时而惊讶。有那么一瞬，悲伤过去，眼底又涌上爱意。喜怒哀乐在“小牛尼克”的眼里一一闪过。

我们终于开进了凯塔亚，这是到达目的地之前要穿过的最后一座小镇。那里几乎全是毛利人，天气太热，人们都穿着很少的衣服，行人大部分都打赤脚，最多穿一双人字拖。我有一种错觉，感觉自己来到了太平洋上的斐济岛或是萨摩亚岛，顿时觉得整个人都很轻松。

我们的蒂阿拉罗阿之旅本来应该从雷恩加角开始，但我们往东开了几公里，来到一座叫作森泊湾的地方。彼得曾经在那里生活过几年，所以他建议将起点改在那个风景如画的地方。

一到终点，彼得就打开车门，好让海风吹进来，他用手遮着刺眼的阳光。几只白色的海鸥鸣叫着飞过天空。

“这真是难以置信！”红色的花朵盛放在远处石壁上的新西兰圣诞树上。海浪声乘着风，越过白色的沙丘，传进了我们耳朵。

“从某种意义上讲，这个社会很恐怖。”尼克接着说，“个体可以做一些很棒的、具有创造力的事情，可以仁慈而慷慨，富有牺牲精神，但是上升到社会层面，罪恶无处不在。我们不能让那些东西腐蚀我们的心灵，不可以。我们必须找到可以将其抵消的东西，现在唯一能做的就是再次建立起与自然的联系。跟你们一样，我过去也有过几次很神奇的经历，那些神秘的力量将终身相随，对吧？我希望自己能一直感受到那种来自生命的慷慨和无限可能。”

我和彼得坐在车边的草地上，尼克还在车里没动。我切开几天前烤的面包，做了一份三明治，给他递了过去。

“我多希望能和你们一起啊！”尼克说着，先把一只脚伸出来放在白色的沙滩上，接着慢慢从车上下来。他站起来倚靠在车门上，双眼注视着远方。“我也想去旅行，走过海滩，翻山越岭，徜徉在古老的杉树丛里。”他说，“如果我的腿能恢复到以前的状态，那我肯定会开心地来几个大跳跃。”

我点了点头。我努力扬起眉毛，不让眼泪流出来，但眼里还是一片湿润。我低头撩了撩头发，心里一阵阵发痛。我想对他说：“我来背你！”但话到嘴边，我还是没有说出口，我知道不管内心多想，这都是一件不可能的事。他低下头，看了看自己因病而日渐萎缩的小腿。

“现在我才知道能跑能跳是多幸福的事，可是一切都太晚了。”他苦笑道：“真的。我现在很后悔，当初没有注意保护双腿。”他往前倾了倾，想找个搭脚的地方。我赶忙跑去帮他，他笑着靠在我的肩膀上：“祝你们一路顺风，亲爱的。”

蒂阿拉罗阿之北岛行

我们把凉鞋绑在背包侧面，光着脚走进海水里。每次大浪拍过，我都吓得跑回沙滩。

“别担心被打湿，亲爱的。很快就会干的。”彼得一边笑，一边把手里的拐杖挥来挥去。他的快乐感染了我。我们肩并肩走向自由，并对这场新的探险心怀期待。

艳阳高照。微风吹过，闷热得到了一丝缓解。鹅卵石随着潮水一起一伏，发出悦耳的撞击声，几只海鸟盘旋在蓝天上。目光所及之处，都是未经人类染指的原始之貌。有那么一瞬间，我感觉我们就像是第一个登上荒岛的拓荒者。再次四海为家，沿着古人的足迹探寻地球发展的轨迹，并能用全新的眼光看待世界，一切都是那么纯真而自然。

海岸边长着许多古老而粗糙的新西兰圣诞树。它们长长的枝干伸向海边，红艳艳的花朵密密麻麻地在枝头盛放。红色的花朵在绿色的山和黄色沙滩的映衬下，看起来美极了。灼热的空气和花团锦簇的大树把我带进了一个神奇的世界。背包里装着我在这个世界上拥有的全部东西，我能将它们带到任何地方去。我喜欢那种头也不回迈向未知的感觉，我们要不停地走，用脚步打开这一路的旅程。

我们从斯普利特海湾出发，准备去往雷恩加角。刚开始，我俩都很兴奋，但是走了 5 公里之后就累得不行了。潮水渐涨，我们只得沿着沙滩深一脚浅一脚地往前走。肩上的背包越来越重。正午的阳光晒得我头昏脑胀，背上的汗已经浸透了衬衫。烈日下的沙滩白得晃眼，我们拖着步子慢慢往前走。肩上的重荷压得我直不起腰，估计从远处看，会被人当成某种四条腿行走的动物。

“这也太重了。”我小声嘟囔道。这才第一天，我们该如何面对接下来几个月的漫长旅程？我们爬上小土丘，想找一条结实点的路，但那上面还是和海滩边一样的沙子路。无休止的煎熬。

我们正准备坐下休息一会儿，突然传来一阵引擎的轰响声。一辆坐满人的大卡车朝我们这边开过来了。我们开心地对他们笑着。

“上来吧，伙计们！”司机雀跃地朝我们大喊。我们高兴地接受了邀请，爬上了卡车后座。那里已经挤满了五个小孩子。

“你们从哪儿来的？”最大的一个男孩问我们。他看起来大概 13 岁的样子。

“我们四海为家，居无定所。”我兴奋地对他讲。

“我们要步行 3000 公里去因弗卡吉尔。”彼得满脸笑意，我能听出他语气中的骄傲。很显然，他跟我一样，已经把过去几小时的煎熬忘得一干二净了。

“那你们晚上睡哪里？”男孩睁着一双大眼睛，好奇地看着我们。

“在水边的平地上搭帐篷。”我指了指那个装着帐篷的黄色的包。

“跟吉普赛人一样。”一个大概 12 岁的小女孩突然开口，“我也想当个吉普赛人。”她看了一眼哥哥，小男孩点头表示同意。

“是该这样。”我说，“一辈子住在同一个地方真是太无聊了。”

孩子们都笑了，笑得开心又满足。

车停在公路尽头，所有人都下了车。这家人要去附近的咸水湖里钓鱼。向他们表示感谢之后，我们继续沿着沙滩往前走。行进的每一步依旧艰难，但好在我们已经可以看见沙滩尽头的石壁了。好不容易走到一条粼粼波光的小溪前，我赶忙卸下背包，找了块阴凉处坐了下来。

我们按照原先制订的计划，在这里休息了一个星期。我们带了足量的食物，够我们在这段时间里作一个调整和恢复，好让身体适应这即将开始的 3000 公里的旅程。

我们把帐篷搭在一棵大新西兰圣诞树下。微风吹过，红色的花瓣像雪花一样纷纷扬扬地洒了下来。我们靠在大石头上，看着眼前的大海。这么多年一直住在寒冷的大山里，如今再次沐浴到阳光，真是令人身心倍感轻松。我们很快就把第一天的劳累抛到了九霄云外，也忘记了横亘在眼前的漫漫征程。

那些日子，我们天天去海边散步，看到了很多不容易发现的沙滩和峭壁。我们在海边捡了些贻贝和水草，还在泥沼里挖了些可以吃的香蒲根，然后将它们和野菠菜炖在一起吃。

望着眼前汹涌的海浪，我们回忆着过去的这几个月。我发现城里的生活令我身心俱疲。频繁的社交活动、上网还有彻夜明亮的灯光常常令我睡眠不足，那种生活令我萎靡而混沌。但是住在海滩的第一周，我又恢复到与自然相同的节奏。慢慢地，我不再那样无聊和焦躁，内心渐渐恢复平静。

一周后，彼得休息得差不多了，我们重整精神，再次向雷恩加角出发。我知道以他的年纪，背着背包徒步行走更加困难，因此休息的时间相对来说也要长一些。一路上，我都会迁就他的节奏，自己尽量多背一点东西。我身上的行李重达 25 公斤，彼得比我少背 10 公斤。很多人看到我俩身上的行李都会评头论足，但是彼得能有勇气跟我共赴这次旅程，已经令我足够骄傲了。

我们沿着山路向雷恩加角的灯塔处进发，那里是塔斯曼海和太平洋交汇的地方。对毛利人来说，雷恩加角很有纪念意义。因为在神话故事中，死神就是从这里北上，攻占了他们祖先的土地。对我和彼得来说，这是我们漫漫征程的第一站。

“蒂阿拉罗阿之路。”彼得用手杖指着那个黑白相间的路标，“准备好了吗？”

为了这一天的到来，我们已经等了好几个月。此时此刻站在这里，我的内心无比骄傲。望着脚下汹涌澎湃的大海，我们深呼了一口气，然后转身面对南方，这就是接下来几年要走的路。

“准备好了！”我大声回答，内心无比激动。

此刻的我们正走在西海岸高高的沙丘上。新西兰最北端呈狭长形，有时候站在沙丘顶上都能望见东边的大海。两天后，我们来到了“九十英里海滩”，那里的沙滩一望无际，眼前是一片巨大的空茫。这就是我们接下来一周要走的路。大风卷起海浪一次次涌上沙滩，留下一道道富有艺术感的线条。我们赤脚走在沙滩上，影子倒映在海水里。

我们偶尔会看到几辆空调大巴从公路上疾驰而过。戴着耳机的年轻人透过玻璃，热情地朝我们招手，我也将手杖举起来，热情地回应他们。但我不知道坐在大巴车里穿过海滩的乐趣何在，可能车里那些人也同样不能理解我们。

有一次，我们看见远处站着一个人，走近一看才发现是一只海鸥，它单脚站立眺望着大海。背后的羽毛是黑色的，就跟当初在南阿尔卑斯山上空看到的那种一样。这种鸟看起来孤傲而高贵，称得上是鸟中的“爱德华国王[①]”。这只海鸥无意中瞥见了我们，它站在原地，有点好奇地打量着我们。还有一群海鸥聚在一起发出尖利的叫声，好像在表达对我们的愤怒。过了一会儿，其中一只拍拍翅膀飞走了，其他几只也尾随它飞了起来。它们要往南飞一公里才会

① 英格兰国王。——译者注

再次遇到下一片沙滩。在它们振翅北飞之前，我们会在前进的路上一次次碰到这些小家伙们。

因为不时有清凉的海风吹过，海边的温度一直不是很高。我们也逐渐适应了这种日复一日行走的生活，感觉不再像刚开始那样困难重重。白天我们一边走一边寻找淡水源，晚上我们就在沙丘后面的松树林里搭起帐篷过夜。

一天下午，我们顺着一条小溪进入内陆。穿过茂盛的芦苇和灌木丛，好不容易在一片种植园里找到了一片空地。找到这样一块绝佳地点，我高兴坏了，忙不迭地准备开始搭帐篷。就在我拿出铺垫的那一瞬间，一只杰克罗素犬狂吠着冲了过来。我有点害怕陌生的犬类，于是赶忙拿起手杖准备自卫。

接着形势更加复杂，一只长鼻灰耳的棕色驴子跑了出来，我被吓了一大跳。它看到我们，先是愣了一下，接着就开始扯着嗓子叫了起来。一个穿着短裤的男人带着一只大黑犬，闻声赶了过来。他手里拿着一个袋子，里面装着白蛤。

“你们好。”他说。

那人看起来快50岁的样子，身强力健。他沉着脸看了一眼帐篷，我顺着他的目光看过去，后悔自己动作太快。彼得赶忙跑出来救场。“对不起啊伙计！”他满脸堆笑，“我们不知道这是你们家的地，我们是沿着小溪一路走过来的，想找个阴凉地方驻扎下来。”

他认真地打量了我们很久，然后点点头道：“好吧，没问题。”他说话很慢，吐字清晰。接着，他用毛利语对我们道了欢迎并握着我们的手，笑着说："我叫阿那鲁，你们来我家坐坐吧，我给你们准备酒。"

我们跟着阿那鲁和他的驴还有两只狗走进树丛。我当时走在队伍最后面，所以没有人看到我被杰克罗素犬袭击时的情景。它鬼头鬼脑地潜过来，对着我的脚后跟一顿猛咬。我本想大声呼救，但当时彼得正和我们的新朋友相谈甚欢，我实在不想给他留下一个如此恶劣的第一印象。我不时紧张地回头看一眼，以防它再次对我发动突然袭击。直到走到草坪中间的一座白色房子前，我的恐惧才慢慢褪去——一切复归正常，仿佛什么事都没有发生。

暖风吹过，阳光将草地染成了一片金黄。桉树长得枝繁叶茂，聒噪的蝉鸣回荡在耳边，盛放的花朵散发出阵阵幽香。这让我想起了曾经去过的澳大利亚的某个地方。我们坐在蓝色的长椅上，阿那鲁给我们端上来两杯麦卢卡茶，接着坐下来开始他的讲述。通过他的讲述，我们了解了他的家族、部落，还有他们的文化。他还给我们看了一本关于这片区域的地理概况的图册。这里有些地方被他们称作"神圣之地"。尽管在我看来，那不过是一些很普通的小山，上面长着很普通的草，但对阿那鲁和他的族人们来说，这些地方都或多或少发生过一些历史事件，因此很有意义——它们要么是某个神遭到背叛的地方，要么是某个神出生或是曾经发生过战争的地方。他说自己一直在不断精进，希望能成为这片土地的守护者，这在毛利语中被叫作"kaitiaki（监护人）"。他说，kaitiaki 会几代人共守一个地方，因此会积累很多经验，与动植物还有季节建立精神上的联系，例如他可以通过某种植物在春天的生长，得知一些关于狩猎、种植和丰收的信息。履行职责的虔诚信念和对世界的科学认识，在他身上形成了一种有趣的反差。

第二天，彼得在家休息，我和阿那鲁带着冲浪板去了海边。阿那鲁戴了一副黄色的墨镜，光头上戴着一顶帽子。因为常年赤脚走路，他宽大的脚板上布满老茧。

阿那鲁大喊，说他在岸边看到一只鲸鱼，我开心地跑了过去。那只鲸鱼已经被海水拍打得失去了力气。他说鲸鱼的牙齿和粪便都是很珍贵的东西，有很多用途。“大部分我都给了会堂，但我把最大的一颗送给了另外一个部落。很久以前，我们就是用这样一根鲸牙解决了我们之间的矛盾，这是和平的象征。”

走上一座小沙丘，沙子有点烫脚。天空一片深蓝，目光所及之处都是连绵起伏的小沙丘，那景象有点像沙漠。我很想知道住在这里是什么感觉，或许有一天，我和彼得能再次回到这个温暖而干燥的地方住一段时间。

我们爬到一座小沙丘顶上，阿那鲁坐下来问道：“你们的国家是什么样的？可以给我讲讲吗？”

我的国家？我好像从来没有认真思考过这个问题。“荷兰是一个很小的国家，有三条河流汇入大海。”说着我也坐到了他身边，“那里的土地肥沃富饶，养活了很多口人。可能基督教传进来之前，我们也有很多这样的圣地，但现在大概都已经变成了城市和乡镇了吧。”

“那么，在你们看来什么是神圣的？”他抓起一把沙子，让它们顺着指缝流了下来。

“一些建筑物，比如古老的塔庙还有教堂，它们如今都受到政府的保护，还有一些自然保护区也被围了起来，我不是特别清楚。但是对荷兰人来说，最神圣的应该是家庭吧，家庭永远是我们最安全的避风港。”

“毛利人也很看重家庭。”阿那鲁点点头，“你的兄弟姐妹呢？他们在干什么？”

我从没见过一个对我的国家兴趣如此浓厚的人。我告诉他，我的姐姐汉娜住在瑞典，妹妹索菲已经搬去了法国。

“为什么你的家人都不住在荷兰？”他问。

“荷兰人安土重迁的观念不是特别强，我们喜欢旅行，经常四处迁徙。”

“是，我知道一个荷兰人，亚伯·塔斯曼。我觉得他在杀人犯湾[①]遇到南下的北边部落的战士时，内心是十分痛恨他们的。”阿那鲁笑着站起身，“准备好了吗？谁先来？”

“你。”我赶忙回答道，“你先给我演示一遍。”

他往前走了两步，跳上冲浪板，飞速滑下了60米高的沙丘。他趴在板上，两脚抬得高高的。划到沙丘下时，他让冲浪板的一端

① 1642年，荷兰探险家亚伯·塔斯曼的船队在这里靠岸时与当地毛利人发生冲突，遂将此地命名为杀人犯湾（Murderers Bay），2014年，这里正式更名为金海湾（Golden Bay）。——编者注

微微翘起，掠过了一个几米宽的小水池，然后进入了清澈的海水中。

几天后，我们再次来到海滩。

伴着海潮声，我们一路往前。左边是起伏延绵的沙丘，右边是一望无际的大海。尽管眼前的景象日日如此，但是我们聆听着地球最原始的脉动——同月相周期保持一致的永不止息的潮水声。咸咸的海风裹着湿润的水汽扑面而来。我们身处其中，却又无法捕捉到它们。大海、浪花、风、云和沙滩，没有什么能阻止它们永不止息的运动。它们在诞生之初就开始了这样的运动，永不停歇，也驱使人类不断往前。

有一天下午，彼得发现沙砾间涌出一条涓涓细流，紧接着汇入了大海。于是我们顺流而上，在沙丘中找到一片被小树林包围的水池，我们在树下理出一小块地方，搭起了帐篷。这时太阳落到地平线那边，将天空染成一片火红。

我在沙滩上走着，准备去池塘边洗澡，突然传来一阵声响。我抬起头，看到三匹野马也正在往水边走。它们看起来高大强壮。我望了一眼站在帐篷前的彼得，我们的眼睛里都写满惊奇与诧异。看到我们，三匹小马飞也似的逃走了，身后的尾巴随着奔跑上下跳动着。那画面真是令人难忘。马儿是一种天生优雅的动物，而这些马身上更是充满大气和野性。这些自由驰骋的马儿是“九十英里海滩”给我们的礼物。在毛利人的神话传说中，亡灵们就是从这里出发去雷恩加角的。

一周后，我们到达了“九十英里海滩”的尽头。带的食物差不多要吃完了，我打算搭车到最近的镇子里买点东西。尽管路上车不多，但是我最后总能遇到愿意顺道带我去城里的司机。之后的几年里，我有过成百上千次搭车的经历：有时候会碰到开着豪车的富翁，有时候会遇到开着破车无家可归的流浪汉，时不时还会坐在敞篷大卡车后面兜兜风，或是挤在汽车行李厢里凑合凑合。那些司机都是很友善和热心的人。我相信绝大多数人都是好人，但是为了以防万一，我还是随身携带了匕首来保护自己。所幸从来没遇到过危险。

我带着足够我们吃两周的食物满载而归，将它们装进背包里整理好。接下来，我们将进入森林。我已经习惯了在平坦的沙滩上行走，所以背着重达25公斤的行李走上陡峭、湿滑的山路，对我来说，这是一个体力上的巨大挑战。

没走几步，我就停了下来，睁大眼睛，喘着粗气，感觉自己心跳剧烈。山上没有一丝风，我浑身都被汗浸透了。我拼尽全力，在近乎垂直的山路上缓缓前行。终于到了山顶，我一把将背包甩在地上，差点连人带包一起摔倒。我气喘吁吁地把手搭在背包上，在胳膊缝里寻找着彼得的身影。

“彼得！”我大声喊道。

彼得不见了。我转过身，朝山下望去，四周一片寂静。等了一会儿，我不得不下山去找他。走到山坡下时，我看到他正坐在大石头上休息，包被扔在一旁的灌木丛里。

“你的大力士老婆回来救你了！”我笑着对他说。

“你不用帮我拿背包。”他说着慢慢站起身。

“当然不用。”我一边笑，一边把背包背在身上，“但我不想这次蒂阿拉罗阿之行变成‘打退堂鼓之行’！”

南岛的山路常常是需穿过路口，然后经过长长的山坡，再进入宽阔的河谷。北岛的山路却不然，它们往往是直上直下的陡坡，这对登山者的体力要求极高。这样的道路有时对彼得来说是一个严峻的考验，我想竭尽所能让他的负担轻一点，好好享受这一路。这次旅行就像我们在一起的生活，需要相互协作、相互体谅。

一个炎热的下午，我们正走在泥泞而陡峭的山路上。因为行李实在太重，我们时不时需要停下休息一会儿，一路上都走得很慢。带的水很快就喝完了。每次停下休息的时候，彼得都会一一告诉我每一棵树的名字，有些树上结的浆果还很解渴。过去几年里，我已经基本上了解了南岛全部的植物和鸟类，但是北岛的很多物种我还不认识。

在山顶上几乎可以俯瞰北岛的全景。“九十英里海滩”一览无余，东边连接太平洋的海湾更是尽收眼底。往南看是一望无际的农田、森林和陡峭的大山——那些都是接下来的几个月我们要走的地方。

“徒步看到的风景和开车过来时看到的完全不同，对吧？”

“是啊，非常不同。”彼得笑着说，“坐在车里可以享受车窗外的风景，但是无法真真切切地感受这片土地。”

然而太阳都快落山了，我们还没有找到水源。长满青苔的朽木上结着几滴水珠，我蹲下身舔了舔。情况变得让我有点担心。我们正准备找地方搭帐篷度过这个难挨之夜，彼得发现了一个布满泥浆的小水坑。我们呆呆地望着这一汪泥泞的水。

“就烧这个水喝吧。”彼得说着放下背包，拿出一个小杯子，将最上面一层微微泛黄的水舀到了瓶子里。

夜幕时分，我们煮了一杯茶，喝完茶之后就睡觉了。尽管晚上气温并不低，但我还是把所有衣服都穿在了身上，因为我怕睡袋上裹满泥浆之后太潮。躺下的那一刻我身心俱疲，甚至还能感觉到嘴唇上残存的汗液的味道。这一天对我来说太难熬了：长途跋涉，干渴难耐，还要忍受睡在泥浆地里的煎熬。住在水源充沛的南岛时，每晚睡觉前我都能洗个澡。如今行走在水源奇缺的北岛，对我来说，最难克服的就是每晚都要睡在脏脏的睡袋里。

第二天还是一样的情况，我们忍着干渴走了很长时间，快接近傍晚时才找到一条小溪。我们停下来，在那里支起帐篷，然后跑到水边喝了个痛快。

第三天早上醒来时，我被自己的状态吓了一跳。因为长时间脱水，我的身体没有得到足够的恢复，我从来没有在醒来的时候这么难受过。

“我的身体动不了了。”我抽噎着说，“腿像灌了铅一样重。”

彼得幸灾乐祸地笑着：“现在你知道我每天早上醒来是什么感

觉了吧。”

我吃惊地张大眼：“那你是怎么坚持走完一天的？”

“有时候我得吃止疼片，不然晚上疼得睡不着。一天走下来，我的屁股、后背、腿和脚都疼得要死。但是我也没办法，拖着这样一幅苍老的躯壳，我就不得不忍受疼痛。选择舒适很容易，但我就没法得到锻炼，也永远没法徒步完成一次这样的旅行。”他说着抬了抬膝盖。

“如果你能钻到我身体里，你一定会大吃一惊。”他笑着说，“你根本没法想象这是一种什么感觉，等你 61 岁的时候，走个 3000 公里试试，到时候你就明白我的感受了。”

我笑望着他的脸。他的眼角正随着年岁的增长一点点下垂，看起来更加温柔了。他的头发和胡须都已花白，即使这样，他还是看起来比实际年龄年轻很多。但他是 51 岁还是 61 岁对我来说都无关紧要。他的健康状况已经比当年我们在印度相遇时好很多了，体格也比 9 年前强壮了不少。我常说，我们都在以同样的速度一天天衰老。

过了一天，我感觉双腿恢复了正常，于是我带着来复枪出发去打猎了。枪加上子弹一共有 3.5 公斤，是我所有行李中最重的一个物件。所以，我一有时间就出去打猎，也算没白把它背在身上。

北岛最常见的野生动物就是火鸡，它们由北美传入新西兰。这些食草的动物繁衍得很快，一度威胁到生态平衡，所以政府鼓励猎人捕杀它们。我以前从没见过野火鸡，所以用了很长时间才搞清它们的习性。

听到不远处传来火鸡的叫声，我赶忙蹲下身，暗中观察它们。这种体型巨大的禽类看起来很怪异：小小的红脑袋上面长着几条红色的肉垂，乌黑的羽毛中间夹杂着几个或白或灰的斑点。我匍匐在地上慢慢靠近它们，被其中一只眼尖的家伙逮了个正着。15 只火鸡顿时作鸟兽散，一路小跑，躲进了茂密的灌木丛。我站起来看了一眼，然后转身朝另外一个方向走去，假装一副要离开的样子。我用余光瞥见它们以为危险解除于是又返回草坪吃草，于是赶忙趴下，爬到草坪中央的一棵大树后躲了起来。

然后，我对准其中一只，开火。

听到突如其来的枪声，火鸡们顿时慌作一团，它们拍打着翅膀高声叫喊。看到其中一个伙伴气息奄奄地倒在地上，其他火鸡都围过去看。看到我走了过去，它们又十分不情愿地散开了。

我小心翼翼地拽着它的一只腿，将这只死去的火鸡提了起来。我已经习惯了那些毛茸茸的小动物，所以抓着这只布满鳞片的火鸡脚，让我感觉有点毛骨悚然，它的皮看起来有点像鳄鱼皮，还比鸡腿大好几个号。回到营地之后，我用手杖、绳子和挂钩支了一个三角支架，将铁锅挂起来放在火堆上。彼得用椰子粉和在小溪里采的西洋菜炖了火鸡，好吃极了。

我们的旅行已经开始了有几个星期。尽管一路上穿着凉鞋，但是脚既没有受伤，也没有出现什么其他的问题。我们也慢慢适应了沉重的行李和各种身体上的不适，开始享受这四海为家的流浪生活。

选择这种生活方式，意味着我们要面对无尽的未知。不知道第二天会发生什么，不知道晚上睡在哪里，不知道是否能找到干净的饮用水，甚至不知道能不能捕到猎物充饥。这种生活让我时刻保持清醒，集中注意力，走好眼前的每一步。昨日已逝，前路未知，能把握的只有现在。尽管我们身负重荷，但是这样的行走让我们的心灵倍感轻松、无比自由。

一天，我们决定改道，沿河而行，放弃那座陡峭的高山。这样的话，我们就不得不多次涉水而过，而且为了避免掉进深水池，我们时不时还要爬过一些大石块。我们途经的茂密的森林里生活着各种各样的鸟类。河流一侧的树木上覆盖着低矮的蕨类植物，斜斜地生长在河谷阳面，好像一座好看的拱桥。河岸边陡峭的大石上长着一层厚厚的青苔。

这几天一路上都没遇到过什么人，所以当两个人骑着马出现在河流拐角处时，我俩着实被吓了一跳。他们也是来河这边抄近道的。从他们身后尾随的几只狗来判断，这两个人应该是来这里捕野猪的猎人。他们骑在马上，看起来英姿飒爽。其中一个人大概 50 岁的样子，身材高大，一张圆脸看起来很友好。另外一个稍年轻些，但很害羞，全程不说一句话。两个人腰带上都别着匕首。他们对这一带的地形很熟悉，还告诉我哪里可以猎到猪和羊。

“你们俩要走到因弗卡吉尔去吗？”年长一些的问道，他和阿那鲁一样说话很慢。我点了点头。他十分不可思议地摇着头说：“你们是疯了吧！”他一边笑，一边轻抚着马鬃。

我也笑了。当初在玛佛拉湖边遇到查尔斯的时候，我也是这么想的。

“是啊！”彼得说，“有时候我们也会想自己是不是疯了，徒步走完新西兰是一次特别的经历。我们可以在这个过程中丰富自己的人生阅历。”

“对啊，路就在脚下。”我说，“我们这样做，是因为这不是什么难事，真的。”

跟猎人们告别后，我们离开河边进入了杉树丛。杉木是世界上最高大的树种之一——它们能长到50米高，寿命可以长达2000年，称得上是我见过的所有树中最年长的“老寿星”了。走在这些树中间，我的内心不由地升腾起一股敬畏之情，那感觉仿佛是走在一座古老而神圣的教堂里。树与树并没有紧紧挨着，但相触在地下的根将它们连成了一个整体。

站在这高大的杉木丛中，我想：可能在很多很多年前，大部分岛屿上都覆盖着广袤的森林，但很多都没能从人类经年累月的砍伐和破坏中幸免。我跟彼得表达了我内心的难过，他对我说：“现在的当务之急是建立自然保护区，只需要一棵品种优良的树种，森林生态很快就能得以恢复。对我们来说，看不到森林恢复往日的繁茂是件让人伤心的事，但是几千年后，它们一定会重新焕发生机。新西兰已经颁布了禁止砍伐的律令，森林生态一定能恢复，这只是一个时间问题。”

我们在一棵大杉木下坐了下来，周围的小树在它的衬托下显得弱不禁风。这棵杉木的树干呈灰色，周长大概有 11 米，树枝离地大约 15 米高。很多细小的蕨类植物依附着生长在树枝上，靠这些参天大树为它们提供给养。我的内心充满了对大自然的敬畏之情。

每天，我都要走到山下的小溪里去打几瓶水。有一次，我出乎意料地在小溪边看到一只负鼠。小家伙看到我之后，飞快地爬上了旁边的一棵尼考树。我赶忙跑回营地，把压在包底的来复枪掏了出来。

“怎么了？”彼得问。

“我看到一只负鼠。”我小声说道，然后抬头看了看他。我闻到一股花生的味道。彼得吃花生了！他竟然违背我们之间订立的契约，自己偷偷吃花生！我们明明说好什么东西都要一起平分的！我看了一眼他藏在手心里的花生，什么都没说，又赶忙跑回了小溪边。我站在尼考树下一动不动，看着地上的阳光随着太阳隐匿在云层后而消失，又出现。过了一会儿，我看到一条毛茸茸的黑尾巴露了出来，揣测了一下它身体大概的位置，我扣响了扳机。

很少看到负鼠在白天活动，所以我检查了一下这只负鼠的肝脏和肾脏，看看它是不是生了什么病。但一切看起来都很正常。彼得看到我提着剥了皮的负鼠回来，脸上立马笑开了花——有肉吃就意味着可以在这里多休息两天。

我们准备找个地方搭起帐篷。在寻找的途中，我们发现了一片卡瓦树林，这种树的叶子可以入药，还能用来煮茶，可以说是既健康又美味。最后我们终于在一条小溪旁找到一片空地，在这里搭帐篷再合适不过了。帐篷搭好之后，我们开始生火做饭，小溪边又升起了阵阵炊烟。彼得炖肉时，我望着不远处的溪水。溪水翻涌向前，叮咚作响。突然，水里游来一条鳗鱼，彼得给它投去一块我们吃不了的负鼠肉。在森林里，所有东西都可以物尽其用，它们都是大自然不可缺少的部分。

那天晚上，我们吃了负鼠肉加米饭，这样的搭配既美味又健康。在走了一天，消耗了巨大的体力之后，没什么比吃肉更让我觉得开心的了。

半夜时分，我们被帐篷附近的响动惊醒了，那声音听起来很像孩子蹒跚的脚步声。我屏气静听，彼得在我耳边小声说道："几维鸟。"

传说中大名鼎鼎的几维鸟！听到这几个字我一下子来了精神。我们安静地躺在地上，听这只无翼鸟慢慢靠近帐篷的声音。大约一分钟后，它开始了动听优雅的歌唱，似乎在等待森林中某个同伴的回应。但是远处没有传来任何声音。几分钟之后，它又叫了几声，杉木丛中依然是一片死一般的寂静。

3天后，我们整理行囊再次出发。在路上，我们看见树林里有很多树上都挂着捕鼠器。我很理解在这片几维鸟保护区里控制负鼠数量的必要性，但是当我看到一只负鼠被夹住后倒挂在捕鼠器上时，心里还是忍不住一惊。这么做是有问题的。因为负鼠被夹住的不是脑袋，而是爪子。这样既没法逃脱，又十分受罪，它们要被这样折磨好几天，直到干渴而死。这对那些手无寸铁的小生命来说太残忍了。我多希望自己从没看到过这些血淋淋的景象。

我们在山里一连走了好几天。突然有一天，一道栅栏出现在森林的尽头，挡住了我们的去路，我们才发现自己已经走到了一片农田里。农田里白色的小石子在太阳下亮得刺眼。我们暴晒在阳光下，狂风在原野上肆虐。

北岛上大部分的森林都在被砍伐烧毁之后开垦成了农田。终于不用再走山路了！我感觉无比开心。肩上的背包似乎不再那么沉重了，我们一天能走二三十公里。田垄旁长着一些西洋菜、野生草药、薄荷还有香蜂叶，我们常常摘来煮茶喝。路边还长着很多果树，彼得经常大老远就能看见哪些树上结着果子，接着我俩就三步并作两步跑上前。我会一把将行李扔在地上，飞速爬上树，蹲在上面贪婪地吃上几口，再摘下几颗丢给树下的彼得，吃不完的我们都装到包里带走。我们一路上吃了很多桃子、李子、百香果和无花果，随吃随走，十分享受。

翻过很多座大大小小的山峰后，我们终于抵达东海岸。这个地区农业很发达，气候也相对干燥。爬山时，我们经常能看到远处太平洋蔚蓝色的海水和星罗棋布的海中小岛。

一天，天气酷热难耐，恰好我们的水又喝完了，我只好拿着空瓶子，沿着公路来到一户人家前。按响门铃之后，我透过窗户往里瞧了瞧：屋里的陈设看起来很豪华，但看样子像是很久没有人住过了，因为里面的物件都摆放得整整齐齐。这里可能是某个有钱人来度假的地方。

抬头的一瞬间，我看到了屋顶的摄像头，它正在记录我的一举一动。我挤出一个大大的微笑："请问有水吗？"说着，我晃了晃手里的空瓶子，接着绕房子周围走了一圈，想看看外面有没有水龙头之类的东西。屋后的花园很大，香气扑鼻。我在旁边的果蔬园里，摘了一把小番茄，还在园子边上的水龙头里接了一瓶水。作为回报，我用水龙头帮整个果蔬园浇了浇水。手里拿着满满一大瓶水，嘴里塞满小番茄，在回去的路上，我对着我看到的每一个摄像头大喊："谢谢！"

如果房子的主人在家，我们或许可以坐在阳伞下一起喝杯茶。我想起了我们在森林里路过的那些偏僻落后的小村子，那里的人有着与这所大房子里的主人完全不同的生活，但他们也愿意邀请我们去家里做客，一起喝茶、听音乐，并同我们分享他们的人生故事。无论走到哪里，我们总能遇到友好的人。

在过去几年的荒野生活中，我们学会了通过极其细微的痕迹辨认野鹿和山羊的去向，照着地图或是顺着路标往前走就更不在话下了。常年的野外生活也培养了我们随遇而安的习惯。虽然偶尔会去某个好心人的家里留宿，但还是感觉住在森林里更加自在，在那里有树、有火、有水就足够了。

彼得总能凭直觉找到一些风景如画的地方。每到一处，我负责把凹凸不平的地面铲平，然后搭帐篷，而彼得负责烧火做饭。晚饭之后，两个人都累得筋疲力尽。人在极度劳累、近乎崩溃的情况下，很难再对别人保持友好。有时候，我需要用尽全身力气才能给他挤出一个微笑。每当这时，我总会想起爸爸以前对我讲的一句话："一切顺利时谁都会笑，只有在危急时刻才会显现出一个人的真性情。"

我们沿着蔚蓝色的海岸线一路穿过风景迷人的海湾和沙滩，其中有几处只有步行才能通过。退潮时，海滩上的细沙柔软极了。我们用海水做饭，晚上就找一小块空地支起帐篷。一路上，我们看到了很多仿若世外桃源般的山洞和湖泊，也经常驻扎在新西兰圣诞树繁茂的枝叶下。

一路上的天气都对我们十分友好，从我们出发的那天起，就一滴雨都没有下过。在遇到那块路标之前，一切都很顺利。

我们呆站在原地，看着"前方通往奥克兰"的路标，尽管我们身处离市中心 100 公里的郊外，但是这个地区也属于奥克兰的行政管辖范围。这个路标上总共标明了十条进入该地区的注意事项，其中一点就是不能在公地上随意搭建帐篷和燃放明火。

荒芜的沙丘上寸草不生，海风肆虐。此时的我们不仅需要几棵树来挡挡风，也要给那顶显眼的黄色帐篷找个藏身之处。看到远处的一排松树，我们赶忙兴高采烈地跑了过去。跑到离松树大概 100 米的位置时，又被一道大门挡住了去路。

又是一个新的指示牌：不经允许进入前方地区属于违法行为。我们不敢从大门上直接翻过去，只好沿着周围的护栏一点点向松树靠近。穿过一片恼人的荨麻、树藤和长满尖刺的灌木丛，我们好不容易在松树林里找到一片空地，搭起了帐篷。松树上绑着的袋子在大风里呼呼作响。

晚上，我们正在应急炉上做饭，一阵微风裹挟着垃圾的恶臭味吹了过来。几年前的我是没法在这种情况下安然入睡的。那个从小被娇惯、自尊心很强的我根本不可能接受自己形同乞丐的样子。现在我的态度与以往完全不同，我还开玩笑地跟彼得讨论起这件事。那时我们已经徒步行走了两个多月，感觉身体状态越来越好了，整个人更有力气，心理也更强大了。

“在任何地方都能安然入睡是件好事情。”彼得说，“这让我相信自己能应付一切新情况和新问题。”

我也感到自己的内心升腾起了一股力量，这股力量不是来自于我取得了多高的社会地位，而是因为感受到了并没有统一的标准来界定所谓的“足够好”。事实上，所有东西都是好的，即便是一个垃圾堆也是如此！如果我将自己的位置放得很低很低，不再对任何事物提出任何要求，那我就可以用最乐观的心态面对自己身上发生的一切。

沿着东海岸往南的这一路，阻碍和限制太多，于是我们坐大巴车直接穿过了奥克兰。从奥克兰的南部下车后，我们进入了一片水草丰茂的牧场。一天傍晚，我们把帐篷搭在了河岸边，那里有一大片青翠的柳树和杨树为我们作掩护。接着，我们去捡了几根干树枝生火做饭，全程小心翼翼，不敢弄出一点烟。几只黑色的鸟还有两只八哥在树上唱着悠扬的夜曲。微风吹过，天上的云仿佛变成了片片羽毛，轻盈地飘在空中，在落日的余晖中，云尾被镀上了一层美丽的靛蓝色。附近的农场里有很多健壮的黑白花奶牛，远处有一间农舍，公路上的汽车声不绝于耳，我好像恍然间又回到了荷兰。除了有雪山之外，这里与我的家乡几乎一模一样。能在绿树丛中找到这样一个小小的栖身之处，我感到内心安定而满足。

接着，我们又一路穿过了汉密尔顿和皮亚隆山。站在皮亚隆的雪山顶上，我们可以俯瞰山下郁郁葱葱的森林和沿途设置的大大小小的路标。

一天，彼得带我离开徒步路线，去了北岛上一块鲜为人知的蛮荒之地。我们用了好几天时间，爬过长满琼楠树的大山，来到了北岛西海岸。尽管有供人通行的道路，这地方却像是好久没人来过了，有一种与世隔绝了很久的神秘之感。我们走出山谷，在高耸的白色岩壁上发现了一个小山洞。因为常年受雨水冲刷，石灰岩壁上形成了一道道凹槽，还有一些尖尖的突起。石壁的裂缝间悄然绽放着几朵白色的小花。我们在这仙境般的地方住了几天，鸟儿们青翠的歌声总会在清晨和薄暮时分打破山林的寂静。山涧里流过的清澈小溪为我们提供了充足的饮用水。我很感激在这夏末秋初的季节，来自大自然的所有神奇的馈赠。

一天下午，我们坐在小溪边，山洞顶倒映在波光粼粼的溪水中。彼得突然对我说：“独处有时是很重要，但是能与人一起分享这样的美景，完成一段这样的旅程感觉更美好。”他的声音听起来温柔极了。

我望着他闪闪发亮的眼睛，说：“谁说不是呢？”

“我很高兴能和你在一起。”他紧紧搂着我。彼得不是一个擅长表达爱意的人，他这么说让我心里很感动。在溪水的叮咚作响声和余晖里的山林中，我们静静地拥抱着。有句话说得很对：爱和友谊是天赐的礼物。

森林里有很多野山羊。看到它们总令我内心振奋，因为生命的存在让我感受到了这片土地富有生机的一面。野山羊数量庞大，很容易捕到。如果某天真的濒临饿死的边缘，我希望那时的自己是在一个有山羊的地方。

一天，我在树林边上发现一群山羊。大致推测了一下它们的行走路线之后，我在远处伏击了一只小山羊。我们大快朵颐了一顿，把肾脏周围的脂肪都炸来吃了，那狼吞虎咽的样子让我不禁想起了当初的简·查尔斯。

长途跋涉加上沉重的行李，消耗了我们大量的体力。尽管带了很多健康食品，沿途我还能捕到一些猎物，但我们总是感觉很饿。虽然走得很慢，还时不时休息几天，但我们总感觉力气不够用，而且体重一直在下降。我们越来越像一个徒步者。

我让彼得在森林里等我，准备搭车去附近的蒂库伊蒂小镇买东西。公路上几乎没有什么车通行，我等了半个小时，才等来一辆老路虎。它一路驶来，缓缓停在我面前。

"你在这里干什么？"司机摇下车窗后，我看到一位上了年纪的老人家，棕色的瞳孔外有一圈蓝色的光晕。

"搭车！"我愉快地答道。

"这路上都没车！"

"你这不是来了吗？"我笑了。

"你从哪儿来？"他说话听起来有点严肃，但眼睛里闪着愉快的光芒。

"荷兰。"我高声答道，"我跟丈夫正在新西兰徒步旅行——"

"荷兰！那你听说过野营专用的荷兰灶吗？"我话音未落，他突然抢了一句。

"当然了。"

他将头侧向一边："你能给我讲讲那东西怎么用吗？"

我禁不住笑了。如今这个时代，也只有老年人才愿意在路边听人讲一个冗长的故事，好像这一天再没什么其他事要做。他们身上有一种和年轻人完全不同的气质——这或许是因为他们成长于一个相对自由和宽松的环境，没有那么多科技产品占据他们的时间。

听我讲了用露营灶烤面包的过程后，他的眼神里闪过一丝崇敬。他打开车门，慢慢伸出一条腿，抓住窗户上面的把手下了车，动作看起来很僵硬。“我叫乔。”说完，他过来握了握我的手。他的白色衬衫外套着一件花呢外套，裤子上都是褶皱。

我正准备把背包塞进后备厢，他赶忙走了过来：“等一等，女士。”说着，他慢吞吞地在塞满杂物的后备厢里给我腾了一块地方。

我们以每小时 50 公里的速度行进在乡村的道路上。我还挺喜欢这种慢吞吞的速度，因为过去几个月一直靠双脚行走，时速大于 10 公里对我来说就已经够快了。

“你们还摘野蘑菇吃？”乔问。

“嗯，山里的野蘑菇很多，而且它们很好吃。”我说。

“你刚才说你们正在往南走，是吧？那你们现在住哪儿？”

“我们驻扎在普里奥拉森林公园的入口。明天我们准备往山上走。”

“在森林里一定要注意安全，每年都有人被猎人误杀。我个人是不愿意在这个季节进山的，但是如果你们一定要去的话……”他朝我这边看了看，“一定要不停地讲话，让猎人听见你们的声音。”

我点了点头，望向窗外的农田。我脚底下放着一个奶粉罐，里面装着 U 形钉、老虎钳、铜网筛和铁锤。

“你在筑栅栏吗？”我指着铁皮罐问他。

“不，我以前有一块 500 公顷的牧场，专门用来养羊。”我们讨论了一会儿他养的羊、羊毛的价格和他的农场生活，接着他又说，“我偶尔也会出去徒步，但一般不会超过两星期。你们走了这么长时间是什么感觉？”

“我们出来有 3 个月了，路上休息了好几次。对我们来说，这好像一场探险，有痛苦，也会疲惫，一路上充满了惊喜、恐惧和刺激，但我们从没感觉到无聊。”

他等着我继续说下去。

“在这个过程中，我学会了坚忍。背着沉重的行李走山路很不容易，我们要忍受肉体上的疼痛，每天大汗淋漓地走在泥泞的山路上，还要忍饥挨饿。我们要一直走，走到有水的地方才能停下来，有时实在找不到水源只好就那样睡下。衣服也只能等到天气好的时候才能在河水里洗一洗。我们只有在捕到猎物的时候才能饱餐一顿。而且，在路上搭顺风车也得看运气，有时候运气不好要等很长时间。”

他笑着说：“趁年轻、身体好的时候，能有一次这样的旅行很棒啊！”

我微笑着表示同意。

一个多小时后，我们到了目的地，短时间的相处已经使我们成了无话不谈的好朋友。乔将他家的农场、家人还有他的恐惧和希望都一一向我道来。能遇到这样珍贵的友情，真是一件可遇而不可求的事情。

第二天一早，我和彼得起身向森林深处进发。前一周的天气一直很暖和，就像夏天似的。但那天气温骤降，一夜之间仿佛到了冬天。我很庆幸自己在蒂库伊蒂的二手商店里多买了几件厚羊毛衫。尽管天气潮湿阴冷，但是把所有衣服穿在身上还是可以勉强保暖。吃完酥油煎花生，我们又开始瑟瑟发抖。

我们依照乔的吩咐一路上高声讲话，以免被不知情的猎人射伤。生命维系于此，我们不得不拼命寻找话题。那种感觉很奇怪。

“动物们肯定整天都是这样担惊受怕的。”彼得说着，一脸焦虑地在树林间寻找着猎人的影子。

我不停地唱歌，大声讲着无聊的小故事。两天里，我们几乎说完了所有的话题，最终黔驴技穷，无话可说。

寂静的森林里满是参天大树。这样高大的罗汉松曾遍布整座北岛，20 世纪 40 年代，只有包括普里奥拉森林公园在内的几座原始森林可供砍伐。70 年代，新西兰爆发了大规模的示威游行，政府于是下令在全国范围内禁止伐木，这里现在是一片保护区。我们几乎没看到过什么鸟，也没有河流或是溪水。森林里一片寂静。缭绕在树林上空的雾气仿佛一个大罩子一般，把这里和外面的世界隔绝开来。大山是这些树的守护神，任何一丝声响都仿佛是对这份神圣的亵渎。古木间长着成百上千朵蓝色的小蘑菇，让人仿佛身处仙境。

接着，我们迎来了那年的第一场雪，雪花寂静地从树枝间落下，我们走在松软的白色雪地上，阳光反射在地面上，刺得我们睁不开眼。走着走着，眼前突然出现一道裂谷，那就是风景优美的陶波湖。我们被它的美震惊了。驻足在干净清冽的空气中，我们感觉格外神清气爽。

“我们现在身处火山的边缘地带。”彼得说着，从包里掏出一瓶水，“我们脚下的山脉都是陶波火山在 1800 年前喷发出的火山灰堆积而成的。”

“哇！”我惊叹道，“那它还会再次喷发吗？”

“随时都有可能。如果陶波火山再次喷发，北岛一半的土地都将被焚毁掩埋，所以要记得，无论我们建立了多么坚不可摧的现代文明，这个世界最终的决定权都掌握在大自然手中。”他咕嘟咕嘟地喝了几口水，接着将水瓶递给我。

我望着眼前波澜不惊的湖水，很难将那副暴烈的画面与这里联系起来。

“我们可以想象当初的情景：火山口看起来一片死寂，实际上它下面蕴藏着巨大的能量，就好像藏着一只迫不及待要跳出来的猛兽。”他倚在拐杖上说，“地球上的所有东西都处在不断的运动过程中，整个世界就是一个生命有机体。”

在森林里的第四天，我们听到了雄鹿的叫声。我们知道，这声音也会传到猎人的耳朵里，我们赶忙又开始提高分贝大声讲话。不一会儿，我们在路上看到一只猎犬，它身上套着一件亮橙色的小罩衫，估计也是为了防止被误伤。猎犬的主人随后也出现了，他也穿着橙色的迷彩服。在场的不论是人还是动物，都有一个共同的恐惧，那就是怕被猎人的子弹不幸射中。

只要走出山林就可以轻松一点了。我们一边走在连绵起伏的田野间，一边讨论着接下来乘独木舟在旺格努伊河上的旅行。自打彼得绘声绘色地给我讲了 15 年前他和学生在这条河上漂流的经历之后，我就对这次旅行充满期待。

彼得说，旺格努伊河的上游地区是长满青草和杨柳的山地，进入国家公园后，我们会划船经过一片风景优美的热带雨林，那里满是树蕨和数不清的野山羊。接着水流会慢慢由缓变急，船会漂过一个青苔丛生的绿色峡谷，穿过峡谷之后，水势会再次逐渐变缓，我们会来到野猪和野鹿们恣意奔跑的大平原。旅程的终点处长着一片白杨和枫树。他还说，晚上我们可以把帐篷搭在河岸边，而且，有了船之后，我们也不用再把行李背在身上了，还可以尽情享受沿途的美食：鸡蛋、土豆、各种绿色蔬菜，甚至还有苹果和香蕉。枯燥的行走带来的肉体上的疼痛和心理上的焦躁会通通消失不见。这次旅行可能要花一点钱，但这是一生中只会有一次的经历啊！正如彼得所说，就把它当成是一次度假吧。因为彼得生动的描述，我对这条河流充满了神往，迫不及待地想要开启这次旅程。

但是到了陶马鲁努伊镇之后，因为天气太冷了，大部分租船公司都不愿意将船租给我们。问了一大圈，好不容易找到一家愿意将船租给我们的公司，但他们规定租期为 10 天。第二天一早，那家公司的工作人员用拖车把船送了过来。他语速很快地跟我们讲了一下用船的注意事项，听他讲的，好像开船不是什么难事。这是一艘加拿大产的小船，船上装有蓝色的塑料桶供我们贮存食物和其他装备。我们将船拖进水中，我和彼得一前一后坐了进去。

“一路顺风！”那人微笑着在后面推了一把，船很快顺着水流漂开了。

“谢谢！”我朝他大喊，将船桨举在半空里向他致意，内心满是激动和兴奋。河面宽而静，坐在船上的感觉特别好！

“你不觉得很棒吗？”我转过头，看着满脸笑意的彼得。

静静地坐在船里顺流而下，我们的双脚终于得到了解放！河面上有冷风吹过，但穿着三层羊毛衫的我一点也不觉得冷。

船行驶到一片柳树林，细长的柳枝几乎要垂到水面的位置。水面上荡开的圈圈涟漪，在阳光下闪着微光。水草尖正随着水波一摆一荡。

“往前看！”彼得说。

我赶忙抬起头。前面拐弯处的水流突然变得很急。平静的河流突然变成了一头咆哮着的野兽。

“你准备往哪边走？”越来越湍急的水流声中传来彼得的声音。

我小心翼翼地站起来想看个清楚，但船身太晃，我差点打了个趔趄，于是赶忙又坐下了。“先一直往左，在那块大石头那儿右拐。”我朝他大喊。

进入前方的急流之后，船体立马失去了控制。我们将身体侧向一边，全速冲向前方的大石。我使出浑身解数，想把船划向右边，但是彼得还是按照老计划不停地往左划。结果我们连人带船一起撞在了石头上。船身一斜，差点翻倒在水中，我不禁失声尖叫。因为巨大的冲击力，我俩都一下子滑到了船头的位置。整条船失去重心，开始在水里打转，晃晃悠悠地朝下游漂去——完全偏离了我们预定的轨道。

我想往前划，彼得却不停往后用力，根本没法使船恢复平稳。船随着水流漂进了一个浅浅的漩涡。我本想跳下水去拉船，不料河水冰冷刺骨。

我从来没见过彼得生这么大的气。

他说让我按照原计划行事，听他指挥。我呆呆地看着岸边。彼得脸上的表情逐渐从生气变为震怒。“我已经快被冻僵了。”他气冲冲地说，“这时候掉到河里，我们很有可能会被冻死！如果船被大水冲走，我们连件干衣服都没得换，衣服都在船上！”

这真是一个糟糕的开始。

这只是我们遇到的第一段急流，旅行指南上明确标注着还有202个这样的险滩。

我严肃地向他保证，我不再随意更改计划，一切行动听从他的指挥。

然而，情况却越来越糟糕。一阵西风吹来，我们不得不加大马力朝下游划去，冰冷的浪花飞溅，袖子很快被打得湿透。我的视线只能照顾到左右大概半米的位置，根本不知道其他地方是什么情况。

每次都是，我明明想往这边划，船尾就是要跟我作对，往那边摆。我觉得往左边走合适，彼得偏偏觉得往右才对。这种糟糕的配合加上湍急的河水，让我们好几次差点掉进水里。

我开始焦虑，但是这种焦虑并不能帮助我顺利越过险滩。我也说不清为什么，我的实际行动总是和心里的真实想法背道而驰。

“这是上学的时候每年都会做无数遍的事情，你怎么就是做不好呢？”彼得的语气里充满了失望和沮丧，听得出他很怕掉进刺骨的河水里。

那几天，我的心情一直都很沮丧很低落，多希望自己当初没有和彼得一起上船啊！我泪眼婆娑、充满渴望地看着岸边，心想，要是能在路上走就好了。

我们的船有几次差点被河流两旁的柳树枝打翻，有时候还会撞上水底的木头。急流之后常常就是漩涡，可以说是险境重重，每次我们都被吓得失声尖叫。我们好像已经忘记了怎样相互配合，我一点也不喜欢这次划船旅行，因为这一路经历了太多惊恐、压力和险境。10 天之后，我们终于到了入海口，我连滚带爬地上了岸。

“天哪！终于下船了，我实在是太开心了！”我如释重负地大喊道。

“你说什么？”彼得的语气里满是惊讶，“真正糟糕的还在后面！”

我并没有通过这次经历学会怎样划船，但却切身感受到了愤怒会对人的正常思考产生多大的影响。反观彼得的愤怒和我作出的反应，我突然发现这种最本能的情感来源于恐惧。我们害怕失去自己心目中那些很珍贵的东西——地位、尊严、来自他人的尊重，甚至是害怕失去生命。

在那次乘船旅行之后，天气一直很糟糕。秋天悄然而至，白天变得越来越短。每天一早我们就得出发，因为吃过早饭之后差不多就到中午了。森林里潮气越来越重，很难找到干燥的柴火，晚上睡觉时我们也感觉越来越冷。

我们前方就是北岛最高的山脉——以险恶著称的塔拉鲁瓦山。这座山脉四周的天气状况都十分恶劣。有人说即使是夏天最热的时候，山上也会下雪。我听了之后感觉很紧张，因为现在已经是 5 月中旬，南风马上就要吹过来了。

我们没有顺着山脊往上走，而是选择沿着河流进入这座树林茂密的高山。那里没有可供通行的道路，但是彼得在地图上看到河流的源头处有一个营地，为了到达那里，我们只好涉水而过。一开始河里水不深，路很好走，走到一半之后，河里全是湿滑的大石头，我们只好踩着嵌在两岸峭壁上的巨石慢慢往前，好不容易赶在天黑之前到了营地。

第二天一早下起了雨，我们决定留下来休息一天。雨越下越大，我心里的焦虑也一点点增加。河水涨得很快，回去的路已经被封死了，我们只能硬着头皮继续往山上走。海拔 1300 米的高山耸立在眼前，我甚至已经能够想象到我们在大雾弥漫或是雷电交加里失去方向，茫然无措，然后走错方向，进入迷宫般的山谷，最后彻底迷失，暴尸荒野的场景。

我们坐在营地的火炉前，各忙各的活计：我在忧心忡忡地计算着剩下的食物还够吃几天，而彼得正在潜心钻研地图。

为了到达山顶，我们已经在森林里走了两天。每往上走几百米，气温就会下降好几度。渐渐地还下起了小雨，霏霏细雨落在古老的山毛榉树丛中，树林间弥漫的大雾使周围看起来神秘莫测。这些树已经在这里生长了好几百年，但它们居然还不到两米高。青苔呈亮眼的翠绿色，柔软地覆盖在森林的每一寸土地上。水汽弥漫的森林里一片宁静，我们发出的任何一丝声响都是对这静谧的破坏。

我们继续沿着高低起伏的山路不断往前。在路上，彼得用牙撕开密封袋，想吃一点葡萄干，那时候他的手已经完全冻僵没法活动了。刚停下吃了一大口，我俩就被冻得瑟瑟发抖，赶忙又往前走了起来。我们的背包里都浸满了水，背在身上感觉越来越重。

眼看大雨就要落下来时，我们到达了一处橙红色的铁皮棚子前，棚子的墙上钉着一张床铺和一条窄窄的椅子。尽管如此简陋，我还是很感激有一处栖身之地。我把被雨打湿的短裤脱下来，从防水袋里拿出羊毛裤和外裤换上，我们还用应急炉准备了茶和饭。

我穿着三层羊毛衫，行动十分不便，好不容易才把睡袋放到床铺上。平躺在睡袋里，我的鼻尖离房顶只有大概 10 厘米的距离。虽然已经把全部衣服穿在了身上，我依旧被冻得瑟瑟发抖。不知谁丢了一只羊毛手套在那里，根据它的外形和气味判断，少说放在那里也有 30 年了，我把它捡起来套在左手上，感觉暖和了一点。

大雨下到第二天都没有停。我们套上前一天穿的湿衣服，再一次向雨中走去。刚穿上湿衣服时，我感觉浑身难受极了，但没过一会儿就习惯了。

走在泥泞湿滑的下坡路上，我一路都小心翼翼地扶着树干，生怕跌倒。这条路走得我筋疲力尽而又惊心动魄。我知道，一个不小心我可能就会命丧山谷。不一会儿，我听到了远处汹涌的波涛声。虽然已经快要接近山顶，但山下湍急的水流声依然清晰可辨。

森林的尽头是一片贫瘠的山脊，我站在一片大雾中，完全迷失了方向，只好乖乖跟在彼得身后。他看过好几遍地图，想必已经把路线牢记在心了。他那双黝黑结实的腿一步步往前，在黄棕色的泥土上留下了一串清晰的脚印。我们眼前是一团深重的迷雾，人类和文明都好像是另外一个世界的事。

彼得走路的时候打了好几个趔趄，我担心他太累，想再帮他背点东西。

“我已经完全没力气了。”在我们即将爬上另一座山头时，彼得对我说。他包里还有一个重一公斤多的帐篷，我把它取出来并绑在了我背包的最上面。

“你已经背了太多东西了，亲爱的。”他的长头发湿漉漉地耷拉着，一脸疲惫地对我说。

说着，他从口袋里掏出地图。那张地图因为频繁的使用，折叠的位置已经磨出了两道交叉的白印，上面很多地方已经看不见了。硕大的雨点砸在本来就脆弱不堪的地图上，彼得缓缓转过身，继续朝山顶的方向走去。

幸运的是，我们最终找到了那座营地，它就建在山上的灌木丛里。天气好的话，那里的风景应该不错，但现在阴云笼罩，我们只能看到阵阵迷雾。房间里有一个火炉，但是没有柴。一摞厚厚的纸箱硬纸板被整整齐齐地码在架子上，应该是有人开飞机，用这些纸箱子载着物品来过这里。

“我们可以用这些箱子生火。”彼得笑着说。

我没想到这些硬纸板居然能燃烧这么久。我们趴在睡袋里下棋的功夫，火已经把衣服都烤干了。

“我们要好好利用这里的好天气。”第二天一早，彼得对我说。

“好天气？”我望向窗外，依旧是阴雨连绵。

“现在刮的是北风。”他说着，看了一眼指南针，“我们现在在海拔 1300 米的高山上，这种天气已经算暖和了。如果变成东风或是南风，我们一回到那座山头就会被冻成冰块！”

我听说喜马拉雅山上的登山者会在沿途看到很多被冻死的人。想到这里，我赶忙开始收拾行李。

我们跑出小屋冲进雨帘里。15 分钟后回到了山脊处。

暴风雨迎面而来，大风快要把我们吹起来。阻力太大，每往前一步都举步维艰。我找不到确切的词汇描述那种风在耳边怒吼的声音。巨大的雨点重重地砸在我的脸和腿上，我一点也没法往前走了。“回去吧！”我朝着彼得大喊，心里害怕极了。

“我们必须继续往前走！”彼得的声音几乎要被淹没在嘶吼的风雨声里。

雨水打得我睁不开眼。这辈子最讨厌的事情就是在嘶吼的狂风中和暴风雨搏斗！我想回营地，和彼得边烤火边下棋。

彼得用拐杖指了指路的方向。我想叫他一起回营地去。“等等！”

我大喊，朝他的方向走去，他以为我要跟他走，于是转身继续向风雨里走去。雨声噼啪作响，震耳欲聋，我用左手拿着手杖，另一只手捂住耳朵。

我们依旧一步步地行进在大雨中，筋疲力尽。我俩的行李几乎都在我身上背着，被水浸透的背包压得我喘不过气。山顶被笼罩在一片浓密阴郁的乌云里。山脊处的道路有时极其狭窄，让我有一种两边都是万丈深渊的错觉。

走过一块大石前，彼得让我带路。我把拐杖夹在两边腋下，准备徒手攀爬。一不小心，其中一根朝深谷的方向滑去，站在身后的彼得赶忙一把帮我抓住了它。我看着这副无数次挽救我于危难之中的拐杖，手柄的位置已经被磨得发亮。它们曾在危急中给予我支持，在怯懦时赐予我力量，丢了它们对我来说将是莫大的损失。

我们慢慢爬上了山巅，雨点依旧像石子一样噼噼啪啪地砸在我的帽子上，有彼得在身边我很放心——我觉得自己不孤独，他总是知道该往哪边走，虽然他面对的也是一片未知。他是一个勇敢的人，我对他充满由衷的钦佩。他置身于一片大雾里，走在一条夹在草地和碎石子的羊肠小道上，几米之外就是混沌和未知。想必他也曾感到过疲惫和恐惧，但他依然勇敢地带着我一路往前。

现在我们就站在这里，站在风雨凄迷的山顶上，全部家当都背在身上。山谷里，没有厨房里都是食物、衣橱里挂满衣服的家等着我们回去。我们只拥有此时此刻，其他的什么都不属于我们。我们要走到下个营地，洗干净衣服，把所有东西晾干，搭起帐篷住下来，祈祷着雨快点停，然后再次启程。

步履不停。

经过漫长艰难的攀爬，我们终于看到了指示前方为山顶的路标。彼得转过身，雨依旧无情地拍打在他脸上，他笑着向我伸开手臂，我笑着迎上去，在大雨滂沱中握住了他的手。

我吻了吻他沾满雨水的手背。

彼得用拐杖指了指山下。

“下山喽！”我大喊一声，和彼得相视而笑。

我们是那一年最后一批离开塔拉鲁瓦山的。我们走后，那里有段路坍塌了，直到一年后才被重新修好。那段时间，惠灵顿遭遇洪水，很多人在洪水中遇难。回程的途中，我们又遇到了极端恶劣的天气，6 个月后再次返回惠灵顿时，那里已经是冬天了。我们准备停下来，好好休息一段时间。

蒂阿拉罗阿之南岛行

已经9月了，本该马上就入春，但渡口边的海面上却阴沉沉地压着一大团乌云。在乘船前往南岛的路上，我望向窗外，预感又有一场暴风雨要来，满心焦虑。这种糟糕的天气已经让我深恶痛绝。

正式的徒步起点应该在马尔堡峡湾的最北端，当时有传言说那里正在遭受洪水侵袭，于是我们决定改道，先乘大巴去森林的入口皮鲁斯桥。在路上，我们看到了大片被洪水淹没的农田。

“女士们先生们，早上好！ 10分钟后，有两位乘客要下车，我们将在路边短暂停靠。”扬声器里传出司机的声音，“希望你们都随身携带了厚衣物，我们即将在前方遭遇雷暴天气。”

乘客们转过头，我看到了他们一个个脸上都写满了失望。

“好的。”彼得说着穿上雨衣。

“你们要去哪里？”前座的男士转过头来问我。

“因弗卡吉尔。”我们即将去那里接受一场酷刑，这地名说出来早已没什么可骄傲的了。

“哦，祝你们好运！”他回答道。他的语气里也满是低落。

又要在雨中行走，我的内心无比恓惶。肩上的背包很沉，帽檐已经挡住眼睛，我只能看见脚下肮脏的泥土。我和彼得一路上都沉默着。

在向森林进发的路上，雨势逐渐减弱，一阵阵微风拂过，我们的衣服很快就干了。山谷沐浴在早春温暖的阳光中，云雾缭绕。我们来到一条小溪前，溪水碧蓝，穿山而过。我静静地看着眼前这片美景，内心充满赞叹。大自然中的一切都是那么纯洁而完整，河岸边的树枝和石头都干净得一尘不染。我深吸一口气：“能再次回来真是太好了！”转头，我看到了彼得亮晶晶的蓝眼睛，就像眼前粼粼的河水一般闪着光。

我发现，以前自己并没有多想念这里。但是再次回来之后，我才感觉到自己好像更喜欢南岛的原始和壮丽。南岛只有约 100 万人，大部分人都是沿海而居。巍峨险峻的南阿尔卑斯山是人们最神往、最景仰的地方，山上有大部分区域依然保持着最原始的样貌。

旅途中的艰辛对我们来说早已不是什么新鲜事，但这次我们还是花了一段时间去回归和适应这样的生活。拨云见日，天逐渐放晴，终于暖和起来了。

几天后，我们进入了一段陡峭的山路，路的右边就是深谷和溪水。接近傍晚时，我们进入了树木丛生的山谷，想找个地方休息一晚。我们在一处风景优美的小溪旁停了下来，在柔软的落叶堆上搭起帐篷。四周巨大的岩石和丛生的古木营造出一种奇妙而神秘的气氛，让人仿佛置身童话世界。

我去河边洗了衣服，晾完时已经差不多接近傍晚了。我来到火堆旁坐下，看着烟在树林间袅袅升起。彼得正站在一个粗壮的树根上细细观察着下面的瀑布，手里拿着两根准备用来烧火的树枝。在落日余晖中，他的红毛衣格外显眼。我静静地看着他宽厚的肩膀、卷曲的头发和黝黑的脸庞，那一幕真是太美好了。

像往常一样，天一黑我们就睡了，不过没有在帐篷外面搭油布，因为天气不像是要下雨的样子。透过帐篷的薄布，我们能看到树枝的影子，它们正在暖风里轻轻摆动着，点点繁星在树枝间闪着微光。耳边是轻柔的潺潺水声。我们静静地躺了很长时间。

“米里亚姆，你睡了吗？”

“没。”

彼得轻轻笑了笑，说：“这就是旅行的意义，对吧？我们出来旅行就是为了来这样的地方看一看。”

我转过身面对彼得，他正平躺着看夜空，我起身轻轻吻了吻他的额头。“是啊。”我轻声说道，“就是为了能在这样的美景中生活。”

第二天一早，我们走出林带，进入了高山区。越往山上走感觉越冷，我们不得不一件一件地往身上加衣服。在进入另外一片林区后，我们发现那里有一条小溪，于是便在溪水旁的空地上支起了帐篷。没过几分钟，天空突然下起了冰雹，数以万计的冰球砸向地面，景象壮观。

覆盖着绿色青苔的地面很快就变成了一片白。我用拐杖绑了一个三角支架，彼得怕明天没有干柴火可以用，赶忙去捡了些树枝藏在树下。凌厉的冰雹慢慢变成了温柔的雪花，它们轻轻地落在长着青苔的树枝上，在地上积了足足有 10 厘米那么厚。我们在火堆旁挤作一团，说话时嘴里的雾气清晰可见。睡觉时，我们把所有衣服，包括帽子、围巾都穿在身上，可还是感觉冷。

大风过境，第二天清晨，空气清新，天空湛蓝。我带着来复枪向着雪地出发了，在低矮的灌木丛中，我沿着小溪一路往上。山势很陡峭，鸟儿们在山谷中盘旋惊叫，我时不时就要停下来休息一会儿。正当我靠在一棵大树下休息时，我听到树丛里传来一阵窸窸窣窣的声音，我连忙举起猎枪。但根据行进的速度判断，那应该不是一只山羊。我快速扫了一眼被雪覆盖的树丛，突然看到一只黑色的野猪。它正朝着山顶狂奔，一边跑一边用粗壮的脖子拱开前方的灌木和树枝。它跑到附近才意识到我的存在，猛地站住，尾巴和一条腿还悬在空中，一动不动地停在原地。有那么一刻，森林里所有声音都仿佛消失了一般。

这只野猪看起来很健壮，通体长着黑色的鬃毛和白色的长獠牙。在它强大气场的震慑下，我差点忘记了我是出来打猎的。一阵微风吹过，野猪闻到了我身上的气味，它突然意识到自己有危险，大声喘了几口粗气，接着以迅雷不及掩耳之势转身躲进了灌木丛里。

我只好继续往山上走。我觉得每种动物都有其独特的个性，却不知道动物眼中的人类是什么样的，它们肯定会觉得人类喜怒无常、捉摸不定吧——时而温和友好，时而残暴无情。

山上的草甸上覆盖着一层积雪，我一边走一边小心翼翼地避开大石头，生怕滑倒。我顺着山脊望过去，看到一块大石边有一个小黑点。几分钟后这个黑点开始移动，我断定那一定是某种动物。这几年我的视力越来越好，不使用望远镜，再加上常常往远处眺望，即使距离再远，我也能看个八九不离十。

那里地势空旷，鲜少遮挡。我怕自己被发现，只好在山背阴的一面小心翼翼地往上爬，路两侧的大石间堆满了积雪。天气很暖和，尽管我光脚穿着凉鞋，踩在雪地里也不觉得冷。爬了很长时间，我看到前面竖着一根巨大的石柱，于是赶忙躲在后面暗中观察。一看，我被吓了一大跳，十几只山羊正在远处吃草。我将身体微微倚靠在石柱上，瞄准了一只褐色的小山羊。听到枪声，其他羊一溜烟跑进了森林里。两只猎鹰盘旋在头顶上方，观察着我的一举一动。

我取出山羊的内脏。神奇的是，山羊死后，它身体里的那些内脏依然会动。我自己身体里的那些器官应该也是像这样跳动的吧，它们也是这样被层层生物组织包围着。我留了一些肉给那两只猎鹰，带着剩下的部分回了营地。

我太开心了！在这种极端恶劣的天气里，能在荒凉的野外捕到猎物，我的内心充满难以言表的兴奋之情，我感觉自己是如此的自由和独立。徒步需要消耗巨大的体力，而这些肉能为我们提供充足的能量。

第二天早上，卷好帐篷之后，我们继续朝山顶进发。那天天气很暖和，山上没有一丝风。中午，我们停下来，捡了些树枝，生了一小堆火。山上没有溪水，但是阴凉处还有一些没有融化的积雪，我铲了一些到铁皮罐里烧开。我们喝着茶，吃着烤面包，山下的美景尽收眼底，十分清晰。往西，我们可以看见纳尔逊。

“那里曾是我的全世界。”彼得说。他就是在那座镇子边上的一个农场里长大的。“你知道吗？还是个孩子的时候我觉得那里很大，没想到现在望过去只有这么一点点。”

海的那边就是亚伯·塔斯曼国家公园，我们曾在那座大山下的小屋里蜗居了整整一年。东边是马尔堡，6 年前我们的旅途就是从那里开始的。我还记得那个拿着弓箭走在河边，总担心迷路的自己。

在山上俯瞰自己曾经驻足逗留的地方，是一件很有意思的事。每一座海湾、山谷和高山上都有我们的故事。看着山下的一草一木，我感觉好像在回望过去这六年生活。

我们一连几天都行走在里士满山脉陡峭的山路上。因为路途太过于崎岖，我们走得很慢，有时候一天只能走 10 ～ 15 公里。两个星期后，我们走完了第一座山，还有另外一座山等着我们。山里的冬天还没有过去，路上还覆盖着厚厚的积雪。我们没有翻越雪山的装备，只好选择从比较好走的山路那边绕过去。

踩着积雪，在废弃的公路上走了好几天之后，我们来到一座美丽的大峡谷里，那里小河淙淙，树木林立。几只鹅成群结队地在岸边走着，一群天堂鸭喧闹着从头顶飞过，一派原始而自然的画面。很久以前，这里有一片巨大的牧羊场。有一天，我和彼得正在草坪上散步，突然看到了一座被废弃许久的老房子，乍看之下，跟当年伊丽莎白家的房子很像。房子周围的果树都还活着，还有几间牧人小屋和一个又大又破的马厩。透过厨房的窗户望进去，能看见火炉。不知道曾经住在这儿的一家人过着怎样的生活呢？

我们坐在一棵柳树下休息。时值春日，柳树枝抽出了翠绿色的嫩芽。房子周围有很多香蜂叶，我们随手采下几片用来煮茶，铁锅架在沙地的小火堆上，噗噗冒着热气，水里的气泡上下翻滚，看起来有趣极了。

“你知道那座山吗？”彼得用手指了指远处的雪山。

我摇摇头：“不知道，从来没见过。”

“你见过的！”彼得笑着说，“不仅见过，而且可以说是了如指掌。山那边就是鲍勃小屋！”

“哦对！是啊！”

“还记得我们在唐尼小屋待了整整 3 天哪儿也去不了吗？”

“感觉像是昨天才发生的事！你还记得下完雨放晴那天我们有多开心吗？”我环顾四周，“刚开始，我感觉树林和大山都很可怕，但现在已经很久没有过那种感觉了。”

“如果你无家可归，只能住在野外，大山就是你的家，那些人迹罕至的地方对你来说就没有那么可怕了。”

“现在都倒过来了。”我开玩笑地说，“待在特别安静的房间里，我反而觉得诡异可怕。”

“对啊，不得不说，过去10年你越来越成熟了。”彼得说，“你不再惧怕孤独，而且学会了从自己身上获取安全感，不再依附于我和我们之间的感情。你还记得几年前追求的那种安全感吗？就像你说的，它像茧一样紧紧裹着，让我俩都喘不过气。”

“嗯……”我点点头。

“如今你终于化茧成蝶了。”彼得慢慢俯身躺在草坪上，头枕在一根大树枝上。

休息了一会儿之后，我们再次出发，走到山毛榉树林里的时候，天开始下雨了。我们正想找棵大树避避雨，突然看到一群野马站在树林中间，一动不动地承受着风雨的肆虐。我们远远地走过，看到它们就那样不慌不忙地站在雨里，好像一切都与它们无关。除了偶尔拍一拍尾巴，它们几乎是完全静止不动的。这些生长在山谷中的动物，极富忍耐力。

几个星期后，我们走到了横穿刘易斯山口的一条高速公路附近，我想在那里搭车去附近的镇子采购些东西。我一早出发，但是到了路上之后，发现一辆车都没有。在冷风中等了很久之后，我听到远处传来了汽车开近的声音。一辆亮蓝色的小汽车风驰电掣地从拐弯处朝我开来。它从我面前一闪而过，然后停在了马路前方几百米的位置。我赶忙跑了过去。

“谢谢你停车！”我朝司机大喊，车里播放着震耳欲聋的摇滚乐。

那位女士笑着将音乐声调低，问我怎么一个人在这荒郊野外。在我讲清原委后，她让我上了车，并再次开始了风驰电掣的驾驶，仪表盘上显示时速为 100 公里。坐在车里的头半个小时，我害怕极了，感觉自己命悬一线，随时都有可能跟迎面而来的车撞得人车俱毁。

“只有你们俩吗？你们 24 小时都在一起？”她不可思议地问道，“你们比那些结婚 50 年的老夫妻在一起相处的时间都长！你说你们在一起 10 年了？”她将一缕碎发别在耳后，飞快地扫了一眼手机。“你们是怎么做到的？”她笑着，露出洁白的牙齿。我看了看她，她大概 40 岁的样子，皮肤很好，身上散发着迷人的香水味，整个人看起来很友善。

“我也不知道，真的。”我看了一眼后视镜上挂的一张小小的捕梦网，“应该就是主动去选择你想过的生活，和你喜欢的人在一起吧。”

“你说得真好！”她笑着轻轻拍了拍我的胳膊，仿佛我是她相识多年的老友，“几年前我嫁给了孩子他爹，那时候根本没想到他会变成现在这副混蛋样子。”

她用这种打趣的方式讨论这么严肃的话题，我觉得很有意思。

“我们在一起 7 年了。”她接着说道，“最小的孩子 4 岁时，我们决定分开，我现在有一个新男友，他人很好，跟我以前的丈夫简直有天壤之别。”她盯着方向盘上自己的手指，我顺着她的眼光看过去，看到她的长指甲上涂着紫色的指甲油。“你觉得维持良好亲密关系的关键是什么？”她问我。

关键？我陷入了沉思。感情是一件很复杂的事，不是三言两语可以说清的。“我不喜欢吵架。”我说，“如果彼得指责我，我一般都不会回嘴，如果他说的没道理，我会等他气消了之后再跟他谈，但一般到了那时事情也没那么严重了。”

“真的吗？那我也试试。”她匆匆瞥了我一眼，接着继续看向前方，“你们在树林里住？”

“对啊，所以我让你的车上沾上了一股柴火味！”我笑着说。

她说她并不介意，接着继续问道：“生理期的时候你怎么办？”

“我有一个月亮杯，它是硅胶制成的，跟酒杯有点像。用完之后将它拿到河里洗干净，可以反复使用，轻巧方便。”

“去河里洗？”她笑着摇摇头，“天哪！简直不可思议！那种生活我可过不了。那你们的东西都放在哪儿？”

“什么东西？”我笑着问道。

“家具之类的。”

“说实话，我们行李很少。”

她定定看了我几秒：“全在这个背包里？”

我点点头。

“哇！那你们没什么生活负担啊！至少不用担心账单，也不用担心家里这个坏了或者那个用不了了。”

我在安伯利下了车，那是一座被农田包围的小镇。这里的天气和山上迥然不同。10月天，山里还是寒风刺骨，而山下已经骄阳似火、花团锦簇。在去超市的路上，我反复回味着她最后说的那些话。我很喜欢这种箪食瓢饮的生活。拥有的少，也就没有那么多的担心和忧虑，生活自然更加简单。我们常说人支配财产，其实不然，更多的时候我们是在被财产奴役。

在货架间走了几圈，我停下来打量着周围的一切，这就是超市每天的日常：广播里播放着音乐，扫码器的声音此起彼伏。恍惚间，我突然意识到，自己是在从一个猎人的视角来打量周遭的一切。每个角落都不能逃过我的眼睛，我把每件商品、每个人都观察了一遍，突然想起自己还有任务在身，于是赶忙掏出购物清单。

我以前在吃的方面很挑剔，只买那些健康的绿色食品。8 个月的徒步生活让我变得不再那么讲究。一美元的面包吃起来跟五美元的面包没什么区别嘛！我买了一打鸡蛋、几包廉价面包、一罐玉米粒加烘豆。晚上吃饭的时候，我感觉这些食物简直是太美味了！

150 年前，克赖斯特彻奇和西海岸间只有一条可供通行的道路，那是当时的工人用凿子和铁铲一点点挖通的一条马道。最初的路标都是人们用斧头在树干上凿出来的，现在我们还能在很多古老的山毛榉树上看到这样的印记。那时候，人们为了生计来回奔波在这条路上。现如今，人们和森林之间的关系没有那么密切了，我们来这里多是为了娱乐和观光。

这条路坡度平缓，很适合行走。路旁有很多天然温泉，泡一泡十分解乏。仲夏将至，路旁的植物上已结出一颗颗小浆果。泡完温泉后，我们就去采野果，一吃就是几个小时。

我们沿着这条路，一直走到了哈泊斯山口。刚走到路口，一股森林的香气扑面而来，空气也一下子变得湿润多了。我们已经到达了山脉的西侧，群山直入云霄，两侧峭壁森严。放眼望去，山谷里一片苍翠，景色宜人。北边天空飘来一团紫红色的云彩，一阵鹦鹉的叫声也从那边传了过来。

一只翠绿色的大鹦鹉从山那边俯冲下来，它肯定大老远就看到我们了。它展开绿色的双翅，活像一个体操运动员一般。然后，它伸出双脚稳稳地落在了石头上，左看看右看看，认真打量着我俩，眼睛里没有害怕和担心，而是充满了好奇与智慧。

“你好哇！”彼得学着鹦鹉的声音说道。

小家伙一点一点地蹦到我们跟前，朝彼得靠在石头边上的背包凑了过去。它先用嘴巴拉了拉书包带，然后张着嘴朝我们这边看了一眼。它的舌头飞快地转动着，发出一种很奇特的叫声。我们三个在那里待了好一阵儿，它不停地啄着我们放在草坪上的地图。过了一会儿，它拍拍翅膀飞走了。

“这种鹦鹉很聪明。”彼得说，“有研究表明，它们的智商堪比大猩猩。过去它们很常见，现在数量越来越少，已经被列为珍稀动物了。”

晚上，我听到鹦鹉们的叫声回荡在山谷里，那声音优雅而迷人。

通过亚瑟山口进入南岛东部后，我终于松了口气，因为那里的气候稍微干燥些。我们穿过古老而茂密的森林，进入了一片荒凉的不毛之地，这里的山多为圆顶山，山势平缓。爬这种山不费力，但是很耗时，往往要徒步好几公里才能到达山顶。

我们路过了几个自然保护区，那里过去都曾是牧场。新长出的草早已覆盖了过去森林被焚烧的痕迹。历经风雨侵蚀，这里山石嶙峋，幽谷潺潺。

尽管这片区域早已划归环保部管辖，但过去牧民们的房子是可供游客居住的。这些屋子大多面积为十五六平方米，用石头或木材建成，屋内的陈设很简单，但是用来遮风避雨是足够了。每间屋子里都有桌子、书橱，我们可以在里面下棋、读书。屋内还有些罐子，里面装着发霉变质的茶叶。看着刻在木头上的屋主的姓名，我仿佛一下子穿梭回了那个遥远的过去。

一天，我们正在河边散步，突然一声锐利的鸣叫划破了寂静——一只老鹰正站在一块大石上，守卫着自己的巢穴。我们本不想惊扰它，但是被夹在峭壁和河流之间，我们只有眼前这一条路可走。没办法，我们只好将手杖举过头顶，慢慢朝它的领地走去。快走到顶的时候，老鹰突然一声长鸣，纵身跃起，接着俯冲而下，对我们发起了进攻。我们赶忙拿起手杖自卫。彼得一边挥舞着手杖一边对我说，他有个朋友因为离鹰巢太近而被啄伤了脸。我突然害怕起来，这时候要是再飞来一只老鹰就惨了。

很明显，这只愤怒的老鹰不会放过任何一次向我们发动进攻的机会。我们一边自卫一边往前跑，彼得在前面开路，以防另外一只雌鹰出现，我倒退着紧随其后，怕那只公鹰再次从背后对我发起攻击。看到它再次一跃而起，我突然意识到，它拼命维护领地不是因为自己强大，而纯粹是出于恐惧。

我们离开了环保部管辖的区域，进入了一条田间小路。农田、村舍整齐有序地被围墙和栅栏隔开，但是看不见牛羊的身影，因为这里没有草场，大概是早就被野兔吃光了。放眼望去，地上满是野兔窝，还有几只兔子在我们眼前蹦来跳去。我听说因为这里野兔肆虐，生态遭到了严重破坏，很多农民不得不被迫离开，去他处谋生。如今我亲眼目睹，才知道这些看似无害的小动物居然真的会成为生态破坏的始作俑者。

我们背着沉重的背包，带上充足的食物在大山里行进。我们忘记自己走了多久，也忘记了日期和时间，有时候要一连走两个星期才能看到公路。南岛这半边的路线较北边更长，但是几个月的行走已经让我们变得越来越强大。有几天，我们会感觉身心俱疲，再过几天又会重新“满血复活”。足够幸运的话，我还能在路上打到一些野味，吃饱之后又能精神振奋地再次出发。

适当的休息也很重要——长途跋涉会对肌肉、组织和韧带造成损伤，我们需要足够的时间来恢复。一旦感觉自己过于劳累或是活动过量，我们就会立刻停下来休息。所以我和彼得一路上都没有生什么病，也没有感觉哪里疼。再加上脚上穿着凉鞋，我一路都走得小心翼翼，就更不可能受伤了。

沿路的两条大河是我们遇到的最大阻碍。拉凯亚河纵横交错的河道网从远处就能看得见，河道间布满细沙碎石，有的地方还长着青草和小树。我们大概要走 5 公里才能到达拉凯亚河对岸，而且有几个河道水很深很急。于是，我们选择搭车，坐了 40 多公里，到达一座连接河流两岸的大桥之后，来到了河对岸。在偏僻幽静的乡间公路上很难搭到车，所以大部分路程我们都是步行完成的。一周后，我们又用同样的方式通过了第二条大河——朗吉塔塔河。

一天，天气很热，我们走出草木丛生的峡谷，向双拇指山山口处继续攀爬，金黄色的草甸和树丛间偶尔裸露出几块岩石。头顶骄阳似火，我戴着帽子穿着防晒衣，以阻挡烈日的暴晒。

好像有野山羊在山顶吃草，走近一看，我才发现是一大群塔尔羊，它们的毛色正好和周围的风景融为一体。其中有几只在吃草，还有几只在旁边放哨，配合很默契。

越过山口，我们往山下走，在一处适宜搭帐篷的地方安顿了下来。山里的傍晚寂静而美丽。空气微凉，天空仿佛被镀上了一层粉红色，明天一定又是个好天气。针茅和草丛中盛放着粉红色的玫瑰果，微风携带着花草香轻抚过山谷。我们用石头围了一个圈，捡了些树根生火，用大米和扁豆做了一顿简单的晚饭。吃完晚饭后，我正在用河沙洗锅，突然看见一只野兔在远处蹦蹦跳跳。在这之前的

3天里，每次出去打猎我都无功而返，这次一定要抓住眼前这个机会。我赶忙去找猎枪。

在草丛里匍匐前进了30米之后，前面没路了，但那个位置离野兔还有一段距离。我别无选择，只能开枪射击，子弹射中了兔腿。

“它还活着！”听到枪声后，彼得对我大喊。

我再次开枪，但是这次子弹射偏了。兔子拖着受伤的腿准备逃跑，我挣扎着站起来，穿过茂密的草丛朝小河边跑去。匆忙间，我在石头上滑了一下，差点整个人落到水中。好不容易到了河对岸，我喘着粗气，全速朝那只兔子追去。快追上的时候我摸了摸口袋，发现自己没有带那把随身小折刀。我只能再次扣动扳机。

砰——

子弹射穿了野兔的身体，撞到对面的石头上又反弹回来，从我身边飞了过去。

我呆住了。我感觉大脑一片空白，身体无法动弹。我差点被自己的子弹打中。

火堆旁的彼得也呆若木鸡，那一刻仿佛整个世界都静止了。星空下的草丛好像从未如此寂然。静默的群山在这一刻更加庄严肃穆。我仿佛听到了生命本身的韵律和心跳。在那一刻，我突然意识到自己的生命竟然如此脆弱。

我从地上捡起兔子，沿着陡峭的岩石一步步下了山。

我走到河边舀了一捧水，河水清甜。

太阳静静地落下，山巅上留下最后一抹红。

4 个月后，我们来到了一座叫特威泽尔的恬静小城，那是彼得自从徒步以来第一次走出大山。

“哇！外面的世界太不一样了！”彼得打量着田野四周的鲜花和长椅，“你知道最让我惊讶的是什么吗？这些都是为我们准备的：马路、人行道、商铺、座椅、食物，甚至那些花也是供人欣赏的。这种感觉太神奇了，对吧？”

我一路微笑着，看他迈着轻快的步伐走在路上。我说我想上网查查邮件，彼得说他想去找人聊聊天。

“那么，祝你好运！”说完，我便跑去找电脑。路上，我在镜子里看到了自己的样子。一双绿色的大眼睛在镜子那头盯着我，它们好像属于另外一个人。面颊黝黑而沧桑，眼睛周围全是太阳暴晒后导致的干纹，脑袋看起来好像也比以前大了，我猜大概是因为自己的身体变瘦小了的缘故吧。这几个月我瘦了很多，肌肉线条分明多了。

接近仲夏，白昼渐长。彼得提议先不继续往前走了，而是去附近的山林里转转。去那里要先通过一条十分崎岖的山路，我们在烈日下走得汗流浃背。虽然爬了一早上才到山顶，但是山上的风景让我们觉得一切都是值得的。四周峭壁高耸入云，一条清澈的河流从山下茂密的原始森林里穿流而过。放眼望去，整座山谷完全没有可供人通行的道路，完全一派纯粹而原始的风貌。静谧的空气里，一只嗡嗡作响的大黄蜂都显得聒噪。

下山的路多石而陡峭。在路上，我们看到了大朵盛放的白色百合。它们比其他高山花朵都开得繁茂。石缝间的白浆果让我们大快朵颐。伴着鸟儿清脆的歌唱，我们悠闲地走过河岸边的草地和树林。动物们在水边踩出的小径一直延伸向陡峭幽深的峡谷。有些深水池里还有虹鳟鱼，但是因为没有鱼竿，我们只能看看作罢。落日西沉，我们的影子投在波光粼粼的水面上。这是我在新西兰岛内见过的最安静、最原始的山谷。

一天晚上，我们在一片古老的树林中安顿了下来。将帐篷搭在松软的落叶上之后，我们随手捡了几根树枝，生火，开始炖兔肉。因为不想浪费那个安静而美丽的夜晚，我们打算吃晚饭后四处去转转。穿过茂密的杂草和黄灿灿的野花，我们来到一块大石头前坐了下来。夏天的傍晚，空气黏腻而潮湿，隐隐约约飘来一阵野花的芬芳，一切都被笼罩在温柔的橙色晚霞中。

“每当沉浸于这种醉人的美景之中，我都会想到死亡。”彼得说，“因为我希望自己最后能在这样美丽的大自然中悄然而逝。”

他的话让我们都沉默了半晌。

“亲爱的，总有一天我会先你一步离开这个世界。”他的语气温柔极了，“这结局让人有点悲伤，但我们曾经在一起活过、爱过，这就足够了。”

“是啊。”我双手环抱住他的腿，头轻轻靠在膝盖上。

“爱一个人就是给他一块土壤落地生根，看他不断成长，最后花开荼蘼。”他说，“花期短则一个星期，长则三四个月，但它总会过去，繁华过尽就是苍凉和萎败。”

我不知道该说什么，呆呆地看着在风中摆荡的野草。

彼得转过头来，看着我说：“别难过，我这不是还没有离开嘛。我感觉自己还有劲得很，怎么也能再活个几年，还有好多事要做呢！但是总有一天，我会没有力气陪你继续走下去，总有一天，你得像接受花开花落那样，接受我要死去的现实。”

我望着脚下粗糙的灰色岩石。好像有什么东西卡住了我的喉咙，眼泪不停地涌出来。

“或许在那之前你会想独自上路，到那时我也会放手让你离开。”他注视着高高的山顶。

“我不会离开你的。”我轻声说道。

“谁也不知道未来会怎样。这种情况有可能发生。你还年轻，这个世界将任由你闯。你可能会想独自旅行，想做一些我没法陪你一起完成的事。如果你想这样做，你能随时随地离开。你是自由的，你知道这一点，对吧？”

我轻抚着他的膝盖，然后紧紧将它抱在怀里。

“我不想拖你的后腿。”他轻声说道。

眼前的河流变得一片模糊。眼里噙满了泪水，我使劲摇摇头：“你没有，亲爱的。”

“希望如此。”他吻了吻我的手臂。

我们默默地看着周围的美景。

“我那天突然想到……”他说，“或许走到某处，我会觉得那里就是我想长眠的地方，那便是时候该停下来了。我想在山里找个安静的湖边住下来，了此残年。这个想法可能有点蠢，但我喜欢这样的结局。”

“但你还没有找到这个地方，对吗？”我小声问他。

“没有。所以不要哭。”他看着我噙满泪水的眼睛，对我说道。

我用双手捂住脸庞，眼泪从指缝中流出来，滴在石头上。

“你看那棵树。”彼得指着山下一棵倒下的山毛榉，“那棵树死了，倒在一边，将阳光和土壤让给了新的种子。某种意义上，死即是生。”

我们静静地享受着夜的美丽，那一刻是如此珍贵。天色一点点暗了下去，萤火虫闪着莹莹的微光。西边的天空里有一只乘风飞翔的鸟，它的羽毛被落日余晖镀上了一层金棕色。云彩先是变成了粉紫色，接着一点点黯淡下去，变成了一片灰色。

我们走过陌生的峡谷，越过僻静的溪流，在人迹罕至的森林里留宿，自己生火做饭，烹制野味，过着梦想中浪迹天涯的生活。我们不觉得旅途辛苦，也能够随遇而安。不断出发的感觉美妙极了，我们与万千生灵、四季轮替保持着同样的步调。

位于奥塔戈省的哈威亚湖，周边一片贫瘠、异常干燥。我们将帐篷搭在湖边的桉树林中。第二天一早睁开眼，四周已是一片此起彼伏的鸟鸣声。天还没有大亮，我昏昏沉沉地穿好衣服，钻出睡袋。我得再去附近的镇子里买点东西。背着空背包走在布满尘土的马路上，我多希望有个司机能早早经过这里载我一程啊！四周一片寂静，崭新的一天即将开启。早晨的空气新鲜而干燥，空气里飘荡着桉树和松树的芳香。

昨晚睡得很踏实，现在我感觉自己精神满满。大步行走在平坦的公路上，我感觉自己就像当初在惠灵顿动物园里看到的那只猎豹，浑身都是力气。原来身心舒畅、精力无穷竟是如此美妙的一种感受。我想跳起来去摸那根最高的树枝。我看了看自己的手和脚，有那么一刻，我很惊讶自己存在于这样一副躯壳里，我能用它真真切切地感受这个世界。

湖水碧蓝，赏心悦目。四周层峦叠嶂，太阳慢慢地升起来，将一层红色的光晕投在峭壁之上，整个人仿佛置身于天堂的圣光中。干涸的土地、枯萎的杂草和飞扬的尘土让我不禁想到了非洲。这里的天气还算温和，草木虽干枯，但没什么泥土，衣服洗了很快就能干，下雨天也没有多冷。

风景，只是我们喜欢某处的原因之一。走过这么多地方，每个地方都有其独特的树木、花朵、动物，都美得动人。在我看来，蜷缩在松树下探头探脑的小白兔，和站在树枝上俯视苍山大川的鹦鹉一样美好。

步行 10 多公里之后，我才搭到一辆顺风车。从镇子里回营地，我还得再走 10 公里。回营地的路上，西北面的天空急速飘来几大团云彩，看来即将有大风过境。

晚上，我们躺下还没有一个小时，突然狂风大作、电闪雷鸣。

这地方已经很长时间没有下雨了，湖水的水位降得很低，有几处已经露出了湖底的细沙。月光下，在湖面边缘卷起的漩涡里，沙土清晰可见。在树木的遮挡下风虽不大，但其所到之处都被覆上了一层灰尘。我感觉自己嘴里、嗓子里都是沙子，连帐篷里的睡袋都未能幸免。风越来越大，头顶的树枝嘎吱作响。我们焦虑地望着外面。

“你看到头顶上那些树枝了吗？”彼得说，“桉树枝很容易掉下来砸死人。我们今天一旦被砸中，必死无疑。”

狂风怒吼着吹过山野和湖面，我的心里越来越害怕。帐篷的支架被风吹得七扭八歪，帆布在狂风中抖动着，发出阵阵类似枪响的声音。每当一阵大风呼啸而过，我都会紧紧捂住耳朵。我不知道帐篷还能在这样的狂风中支撑多久，它可能随时都会被吹得分崩离析。偶尔一根小树枝或者树叶落下来，我都会被吓得半死。

“待在这里太危险了！”我大声对彼得说。树枝在狂风中噼啪作响，我心里害怕极了。此时此刻，我想到了那些生活在战火纷飞中的人们，一定有人和我一样，躺在床上，内心充满恐惧。但是我要担心的不过是头顶这根随时会掉落的树枝，而他们害怕的却是从天而降的枪弹。“我们要不要换个地方？”

“不要帐篷了？就那样坐在沙尘暴里？”彼得说，“那样情况会更糟。”

一夜无眠。第二天天一亮，我就钻出了帐篷。大风过境，尘埃遍野。我的衣服上还有头发里全是沙子，我赶忙去河边洗了洗，抬头时，刚好看到早晨的第一缕阳光照射山顶。能看到新的一天，我的内心充满感恩。

一路上，不同的风景在我们眼中流转变幻。我们走过偏僻荒凉的野外，也见过郊区豪华的别墅。我们还途径了瓦纳卡小镇，那里的自然风光尤其优美。时值仲夏，果树飘香。晚上，我们睡在松林间，早上起来，我们会加入晨起骑行和遛狗的队伍，一道去湖边散步。

有一次，我们在一块大石头下面乘凉的时候，遇到了另外两个徒步者。我们像好久不见的老友一样相互致意、寒暄。他们用了 3 个月的时间走到了这里。他们将行李很轻便地背在胸前，包上挂着胶靴、鞋套、越野手杖、滤水器、导航等设备，看起来比我们专业多了。我提议一起去喝杯茶，其中一个年轻人对我说他们要赶时间："我们已经比预定计划晚了一天。我们必须要在 3 周内走完剩余的路程。"

"3 周？"我大吃一惊。到因弗卡吉尔还有很长一段路要走呢。

"我也希望再多些时间，但是我们还要回去工作。"他笑着说，"回到真实的世界中去。"

"你现在就在真实的世界里。"我指着湖边连绵的群山说。

与他们道别之后，我和彼得再次启程。宁静的湖水和远处的群山相映成趣，美不胜收。能怡然自得地流连于这样的美景之中真是太好了！我们没有紧张的日程表，不用赶时间。即使 3 年都到不了因弗卡吉尔也没有关系。我们突然明白，时间是世界上最大的财富。

没过多久，我们看到一个女孩朝这边走来。她双颊苍白，看起来干净而体面，身上有一股防晒霜和芳香剂混合的味道。衣服很新，既不破也不脏。一看，她就是一个刚刚上路的徒步者。

她从我们身边经过时，我微笑着问："你也是北行者吗？"

"什么北行者？"她摘下墨镜，露出两只湛蓝的大眼睛。

"蒂阿拉罗阿之路北行的徒步者？"我详细地解释道。

"啊，是啊！"她露出一个大大的微笑，"我正往雷恩加角走呢。"

"你一个人走不害怕吗？"我问。

"嗯，我是从皇后镇出发的，一路上都住在沿途的营地里。今天晚上我可能要一个人住了，还真有点害怕。"

我朝她点点头，表示很明白她的感受。我很敬佩她这种独自上路的勇气。她整个人看起来充满自信，我从她身上仿佛看到了自己，我们都有那种狂热的勇气和天真的乐观。

上山的路崎岖不平，多是溪流和险滩。到达第一座山口时，我们早已筋疲力尽。天刚好下起雨，一条陡峭的小路歪歪扭扭地伸向荒凉的山谷。我的凉鞋上全是泥，有好几次差点跌倒，只好一路上都走得小心翼翼。我的背包里、脸上全是水，内心不由地涌上一股莫名的焦躁。

走了几百米，彼得发现了一条小溪。前方的地势再次陡然上升，山上泥浆滚滚。溪水奔腾而下，但是比起泥泞的山路似乎更好走些。

彼得建议，我们一起蹚过溪流后再自己找路下山，我赶忙点头答应了他。刚开始那50米很好走，水流平缓，水底的大石头也很平坦，我还在水里冲了冲凉鞋。

突然，溪水在两块大石间飞流而下，变成了一道小瀑布。我们顺着石头滑下去，发现下面是一座大峡谷。再往前，一道大瀑布赫然出现在眼前。没办法，我们只好爬出山谷，再次来到山上。

我们的左手边是万丈悬崖，四周峭壁森严，巨石高耸。几缕雾气飘来荡去，让人联想到荒废城堡里的鬼魂。如果不是身处其中，你很难想象到那种极致的原始感。

我们的右手边是一个陡峭的山坡，山坡上长满了小灌木。我爬到一堆碎石上，够到了一根上方的树枝，正准备往上爬，脚下的碎石子突然散了。所幸灌木托住了我，我正想继续往上，却发现背包钩上了头顶的树枝。我只好一只脚抵住碎石堆，一边慢慢将背包从树枝上取下来。历经千辛万苦，我终于爬上了山坡。

走了一会儿，雨慢慢小了，我心里终于松了口气。一路上有很多狭窄幽深的裂谷，我抓着沿途湿漉漉的植物，害怕一个不小心就会坠落。这座山谷里的一切都是出奇的大，植物长在这里就像是被放大了好几倍似的。他处"弱不禁风"的铁杉树居然能支撑住我整个人的重量，野草竟也长到了齐腰高的位置。道路险恶，我不得不屏气凝神，调动起全身的感官，每一步都走得小心翼翼。我必须全心全意地关注脚下的每一步，连发句牢骚的精力都没有。

经过几个小时的艰苦跋涉后，我们终于看到了远处的森林，终于能停下歇歇脚了，顺便生堆火把湿透的衣服烤干。我们走下山坡，在树林里一块平坦的空地上支起帐篷，遍地的灰色岩石给周围布上了一种神秘的气氛。轻快的小瀑布从山顶上飞流直下，夕阳即将收尽残照，一只小知更鸟欢乐地鸣叫着，欢迎我们来到它的王国。

整座森林还是湿漉漉的，我们在一根倾倒的树干下刨了些干燥的木头花，加上几片含树脂的叶子，点着了火，再慢慢往里添小树枝。过了很久，火慢慢着了起来，终于可以把湿衣服烤干了！过了几年的荒野生活，生火对我们来说早已不在话下。我们经常随身携带着火柴、打火机或是蜡烛。为了应对极端危险或是下雨天等突发状况，我们还准备了防水火柴和打火石。这是一项野外生存的必备技能。

“顺着现成的山路走和自己开辟道路完全不同，我是说，那种感觉太不一样了。你觉得呢？”我问彼得。

“是啊！”彼得说，“这一路我感觉自己活力满满。”他的眼睛里闪烁着对冒险和未知的无尽渴望。

“我也是！但我们为什么会有这种感觉呢？”

“大概是因为如果顺着一条路走的话，我们什么都不用想，就只要盲目地往前走就好了。”

“对，这种时候我们要调动起全身的感官。”火堆旁湿漉漉的背包和短裤被烤得冒起阵阵水蒸气。我想了想，接着问道：“离开城市和那种朝九晚五的生活来到大自然之后，你感觉自己有什么变化吗？”

彼得想了想，问我：“你呢？你觉得自己有什么变化？”

“我的视力更清晰了，听觉更敏锐了，身体里潜藏的第六感好像也得到了激活，感觉整个人都被打开了。跟10年前相比，现在的自己仿佛已经和大自然之间建立了某种感应，也能更好地与身边的人相处。”

“这听起来有点矛盾。”彼得说，“生活在荒无人烟的野外，却是为了与他人建立更好的联系。但好像的确是这样。”

“那过去6年你有什么变化吗？”我问。

“我的身体比10年前好太多了，能健健康康的，困了就躺在地上睡会儿，累了就坐在石头上小憩一会儿，这种感觉实在太棒了！”说着，他把短裤拿到火堆旁，“学术界有很多纷繁芜杂的概念和理论，试图将抽象的世界用具象的语言表达出来，但我认为在抽象世界中并没有秩序可循。自然界看似杂乱无章，实则潜藏着真正的秩序。”

在这片峡谷再往前走就是箭河，那里有很多淘金者。大型的开采车在成吨的沙石中翻搅着，有几个人在旁边拿着简单的挖掘工具，捡着机器留下的“漏网之鱼”。岸边有很多19世纪的淘金者们住过的老房子，房子周围是那时种下的鹅莓和覆盆子。100多年后，人们依然可以品尝它们的美味。

继续往前，我们穿过了箭镇，还路过了一座美丽的高尔夫球场，那里大树参天，鲜花盛放。青翠的两山间，一条干净的小径伸向远方。我们正走着，一只白色的高尔夫球从天而降，从彼得头边10厘米处飞过。我们不知道球从哪儿来，也看不见打球的人。但还好有惊无险。

我们沿途经过了皇后镇郊外的污水池，工业区的柏油路，还有海鸥在上空惊叫盘旋的垃圾场，最后走到一条高速公路边上。工人们正忙着施工，他们在加宽马路，各种机器声轰鸣作响。几个小时后，我们终于走到了皇后镇的镇中心，很多人正在瓦卡蒂普湖边悠闲地晒着日光浴，来自世界各地的游客齐聚在此，人声鼎沸，热闹非凡。我们和陌生人寒暄致意，品尝新奇的街边小吃，路边还有很多野生的梅子可供游人随手采摘。我们手中有磨得锃亮的手杖，背上挂着搪瓷杯、有匕首叮当作响的背包，在人群中显得十分扎眼。还有人给我们拍照，大概是我们的装扮实在是太与众不同了吧。

快到傍晚时，我们乘船去了湖对岸，湖水清澈碧蓝，四周群山起伏。我越来越期待剩下的这段旅程。再次来到两年前来过的南岛南部地区，我们决定放弃大路，进入一座僻静的、鲜有人问津的山谷。绿草如茵的河滩尽头是一片古老的森林。我们在河流附近的石堆上生起火，煮了茶，还烤了些薄饼。

一只翠鸟安静地立在不远处的树枝上，它背上的蓝绿色好看极了。这里的一切都很美，宛若精致的艺术品。南边飘来一片乌云，很快，雨淅淅沥沥地落了下来。我们赶忙把背包拖到树下躲雨。

“你觉得生命中最重要的东西是什么？”我问。

彼得咧嘴一笑：“我能讲出好几百件重要的事情。”

“可以列举其一吗？”

“勇气最重要。人类之所以可以繁衍生息数千年，正是因为有勇气和无所畏惧。你能想象冰川时期人类捕猎猛犸象的场景吗？我们需要勇气来克服恐惧、迎接未知。”他随手将一颗石子丢入水中，“你呢，你觉得什么东西最重要？”

“清醒。”我想了想说，“我们必须有清醒的头脑，才能辨认什么是最重要的。”

豆大的雨点砸下来，河面上全是密密麻麻的小水坑。雨越下越大，水面就像是一面被打碎的镜子。不一会儿，火就被浇灭了，只剩几缕青烟。

雨过天晴，我们继续顺着河流一路往南。沿途，我们经过了青草覆盖的荒凉山谷和有成百上千只黑胸麻鸭栖息着的繁茂农田。有一次，我们走了好几天才穿过一座牧场，可是期间连一个放羊人的影子都看不到。

雨季到来之前的天气一直都很好。一天早晨，天空突然一片阴沉，不一会儿，大雨倾盆而下。随着时间的推移，我肩上的背包越来越重。不知道天什么时候才会放晴，所以我们在一排松树下停了下来。吃的东西快没有了，我们每人只能吃六块饼干加一些花生酱。明天我必须搭车去附近的镇子里买些东西。

这点东西根本不够缓解我的饥肠辘辘。趁着彼得去林子里解手的当儿，我又想起还有一些可吃的东西，我吃了几颗干洋葱，味道还不错，有点像炸薯条，还吃了几条海苔和一大把速食土豆粉，简直都是人间美味。我正准备再来一口，彼得突然回来了，我被抓了个现行。

“你在吃土豆粉吗？”他翻着白眼，看着我沾满残渣的脸。

“只吃了一点点。”我撒谎说。

“这可是今天晚上的晚饭啊！”

走了一路，背包里面都被打湿了。我冻得瑟瑟发抖。雨下得这么大，怎么搭帐篷？南部的秋天已经来了，衣服被打湿之后很难干。林间小路的尽头是一座农田，从那里上山，要爬过一架木梯。要说在平时，我根本不会把这种小障碍放在眼里。但现在，光是看一眼我都觉得头痛。梯子的木板又湿又滑，每个台阶几乎有一米高。我背着沉重的背包，每往上一步都要用尽全身的力气。我抓着两边被钉得歪歪扭扭的木头杆，一路走得跌跌撞撞，身上的背包让我数度失去平衡，爬到顶上时，我还差点触到电线。“好累啊！”我心里想。

“太累了！”彼得突然说出我的心声，“要不是离终点还有100公里，我简直现在就想放弃。我的身体已经到了极限，感觉自己需要休息好几个月才能缓过来，只要不用再走，要我待在哪儿都行。”

几天后，我们进入了此行将要穿越的最后一座森林，这座森林不染凡尘，仿佛人间仙境。林间小路长满青苔，让这里看起来就像是一个小精灵生活的世界。我们也仿佛被森林施了魔法，心无挂碍地酣睡了一夜。由粗壮的树干和高大的树冠围起的几米见方的小地方，就是我们的安乐乡。

前方还有最后一处营地。通常情况下，我们不会选择住在公共营地里，想到在那里或许能遇到几个同行者，于是我们决定去住一晚。那里有一座残破不堪的老屋，我们在旁边找了一小块空地支起帐篷。

接近傍晚时来了一个法国人，他皮肤黝黑，但十分帅气。他说话时有一点害羞，行为举止优雅沉着，一举一动看起来让人赏心悦目。他说自己叫伊曼纽尔。因为他带的食物已经所剩不多了，于是彼得做了够三个人喝的黄豆汤。我们正准备开吃，森林里又传来另一个人的说话声。

一个身材高大、留着长卷发的大胡子向我们走来，他身上穿的衬衫破烂烂，裤子上满是泥点，笑得一脸灿烂。“你们好吗？”他大老远地朝我们喊。他是艾萨克，出生在以色列。与伊曼纽尔不同，这人性格十分欢脱，他先是热烈地与我们每个人握了手，然后就去屋子里找吃的了。结局很惨淡，他什么都没有找到，我们只好给他另做了些薄饼，又分给他些黄豆汤。

“如果今晚吃不上饭，你打算怎么办？”我问。

“没关系！明天晚上我就能去科拉克海湾的酒馆里大吃一顿了。”他愉快地说，“希望他们让我进去。”

我飞快地扫了一眼他脚上的鞋，右边那只的鞋底马上就快掉了。

“你干嘛不穿短裤呢？穿长裤容易被划烂或是弄脏。”我指着他大腿上的泥点说。

“因为我不想把腿弄脏啊！”他大声解释道。

我突然意识到，在他看来，衣服这些外物根本不属于自己。这与我不同，显然他的想法更加超然。没过几分钟，我就喜欢上了这个欢乐的小伙子，他身体力行地为我们展示了什么叫作活泼好动。一路走来，艾萨克包里唯一的行李就是一把吉他。在森林中，他弹唱的歌声听起来无比美妙。

天快黑时，又来了一个法国女人，她叫劳拉。“臭杰西！”她从路的那边走来，看到和我们一起围坐在火堆旁的艾萨克时突然大喊。

艾萨克笑了，他有点难为情地解释说：“这名字不是我起的，是路上碰到的另外一个家伙起的。”

“你好哇！伊曼纽尔！”她用法语跟自己的老乡打了个招呼。他们一起住在沿途的营地里，彼此之间都很熟悉。

劳拉那天早上出发的地方恰好是我们3天前的所在地。她身材苗条、富有活力，整个人看起来很健康。她好像有用不完的劲，一直把背包背在身上。几个小时后，她在随身携带的煤油炉上烧好水，冲了一小杯速溶土豆粉。我问她有没有感觉饿或是累。“一点也不！”她笑着，好像很惊讶我竟会提出这样的问题。

走了这么久，这是我第一次在一群徒步旅行者中找到了归属感。我喜欢这种感觉。步行几千公里是一项十分艰巨的任务，只有真正行走过的人才能体会到背着背包行走在山中的艰难，同样，也只有他们才能体会到历经辛苦过后一览美景的喜悦和完成每段路途之后的满足感。

第二天一早的劳拉与前一晚判若两人。她神情疲惫地说自己有点累，想快点走到终点。我在点火做早饭的时候，他们三个人就提前出发了，而我和彼得走出山谷和森林向海边去的时候，已经快要接近中午了。

我们站在沙滩上，轻柔的海风扑面而来。我们曾站在山上俯瞰过这片大海的壮阔，但是此时此刻，站在它的面前，我们依然为它的广阔和无垠感到震撼。走出密林幽谷，眼前的大海让我们的心灵顿时开阔。我深呼一口气："终于看到南大洋了！"

彼得倚在两根手杖上："这就是所有河流的源头，它慷慨地拥抱着整座新西兰。"

我笑着望向彼得。

这将是我们在野外度过的最后一个夜晚。布满鹅卵石的沙滩上看不到一个人影，风蚀形成的巨石阵伫立在长满青草的山坡上，看起来肃穆而庄严。我们顺着风向，在一根圆柱形的大石下安顿了下来。点着火，我们一边吃饭，一边眺望着蔚蓝色的大海。一朵朵浪花扭捏着，似乎想挣脱大海的怀抱跳到岸上来，还没走多远，大海又温柔地将它们拉了回去。

往南40公里处就是斯图沃特岛，岛上深蓝色的群山起伏连绵，看起来很神秘。海面上白色的雾气让这座岛看起来仿佛浮在半空中。

这是一个温柔而宁静的夜晚。

接着，我们看到了更为壮观的一幕景象：几千只黑色的海鸟排成八字形，从海岸边振翅飞过，时不时有几只一个猛子扎进水里，接着衔上鱼追赶大部队的脚步。它们就好像是一个整体，大部队秩序井然而又优雅地往前移动，好像一条延绵向远方的河流。我们静静地看着这神奇的一幕。

“那边——”彼得指了指东边，“就是南美洲的火地岛。从那边乘船过来到达的第一个地方就是我们现在所处的位置。”

我突然感觉自己好像搭上了一艘船，正在茫茫大海中航行。“你说明天会有人开船经过这里吗？”

“有可能吧。我们在这儿等着就好了。”彼得微笑地看着我，“明天我们即将开启生活的新篇章。”

“你觉得接下来会发生些什么？”我还记得六年前第一次进入荒野时，我也问过他同样的问题。未来再次陷入迷茫——前方一片大雾。

彼得大笑：“我不知道。但总会发生点什么的。”

天边云卷云舒，我们静静地看着。

“回家之后，生活会复归平静。”彼得说。

“不，我们没有家。”我微笑道，“生命会继续以难以预料的方式在我们面前铺陈展开。”

我们计划步行去因弗卡吉尔，看能不能从那里搭飞机或乘船前往其他国家。于是第二天一早，一起床我就迫不及待地开始收拾睡袋。

“在下雨呢，我们哪儿都去不了。”彼得说。

我撩开帐篷看了一眼，方圆几公里阴云密布，豆大的雨点从天而降。我又回来躺了一会儿，雨依旧淅淅沥沥地下着。彼得又睡着了，我穿好上衣和短裤，悄悄从帐篷里钻出来。虽然下着雨，但天气还算暖和。饱经数千年风雨侵蚀的大石头沉默地伫立着。我躲在一块4米多高的石头下面，雨正好淋不到脊背，我仿佛能感觉到它身上那种特别的能量。一夜之间潮水猛涨，惊涛拍岸，水花四溅。汹涌的潮水声中，过去6年的点点滴滴不断在我脑中回放、重现。

这一路，我学会了像水底石一样的顽强坚韧，像风中柳一样的恣意潇洒。我学会了行走，过四海为家、随遇而安的生活。6年的捕猎生活让我成了大自然的一部分。我学会了通过了解动物的脾性，甚至把自己想象成它们来捕猎。曾经包裹着它们的柔软皮毛，如今被缝制成了衣服和毯子包裹着我。我还学会了采野菜、种蔬果。这些技能都是使我受益终生的财富。

我把所有的锅、盘子和杯子放在石头下面，想收集些雨水。水滴和容器碰撞，发出了美妙的音乐声。我很快就接了满满一大杯，够煮茶了！我找了根木头，在大石头边上生起一堆火，虽然背上被雨打湿了，但是脸被烤得暖烘烘的。这根木头想必已经在大海里漂浮了很长时间，只有里面最坚硬的那个部分还没有腐烂。深橘色的火焰跳动着，我望着火焰的中心，那一刻，我好像看到了自己。

这些年我变坚强了，也似乎变得柔软了。我收获了一颗开放而又能悦纳一切的心。我感觉自己就像一株盛放在山谷中的百合花，对于另外一株我爱的花，我愿意给它空间，让它成长，任它盛放，也会平静地等待它最终的凋零。

群山烟雾缭绕，远处的小岛已经消失在一片薄雾之后。我倚着一块大石头，站在海边，看着水底的巨藻随着波浪一起一伏，水鸟低低地飞过水面。万事万物，都在雨中怡然自得，它们坦然地接受着发生的一切。

站在雨里，我浑身湿透，但我不再抗拒，任凭雨水打在身上。对于这些无法更改的事，全盘接受恐怕是最好的办法。荒野里的生活为我打开了一个全新的世界。未来的不确定让我有一丝害怕，但同时我也感觉自己前所未有地强大，因为我不再害怕失去。我学会了直面恐惧，并坦然接受了内心深处那些投射在外部世界的阴影。

很多年前，我觉得万事万物在这世上都有自己的一席之地，唯独我没有。如今我站在这里，我的脚仿佛第一次感觉到了大地的存在。我属于这里。我仿佛感觉脚上长出一条根茎，它不断生长，深深地扎进了这片土地。

一阵大风迎面吹来。山上雾霭蒙蒙，山下是翻滚的海浪，几朵云从远处飘了过来。这片荒野划过皮肤，穿透了我的身体和灵魂。

我敞开心扉，悦纳一切。

后记

“快来看啊！彼得！”我坐在因弗卡吉尔市图书馆的电脑前。彼得靠在我肩膀上，头发和衣服上都是一股柴火的味道。

“我收到一份来自出版社的邮件。这位女士问我是否有兴趣把我们在野外生活的经历写出来。”

彼得凑到电脑前看了看。

“要写一本书！”我惊讶地说，“我又不是作家，而且在学校时学得最差的就是英语了。”我突然紧张起来。

彼得定定地望着我：“我觉得，如果你能学会用弓箭打猎，你也能学会写作。”

看着他亮晶晶的眸子，我会心一笑。

“写作的大门永远为你敞开！”

于是，我又踏上了新的征程。